Penelope Rowe wurde 1946 geboren. Nach ihrem Abschluß an der Universität von Sydney arbeitete sie als Lehrerin an höheren Schulen und in der Erwachsenenbildung sowie als Journalistin und Radio- und Fernsehansagerin. Im Moment ist sie als Lektorin tätig. Penelope Rowe lebt mit ihren drei Kindern in Sydney.

Dieses Buch wurde auf chlor- und säurefreiem Papier gedruckt.

Deutsche Erstausgabe Oktober 1994

Titel der Originalausgabe »Tiger Country«

Originalverlag: Allen & Unwin, Sydney
Umschlaggestaltung: Manfred Waller, Reinbek
Umschlagillustration: Monika Gil'sing
Satz: Ventura Publisher im Verlag
Druck und Bindung: Elsnerdruck, Berlin
Printed in Germany
ISBN 3-426-65008-8
2 4 5 3 1

Penelope Rowe

Tigerland

Roman

Aus dem Englischen
von Barbara Scriba-Sethe

Knaur

Für meine Töchter und meine geliebten Freunde,
die mit mir durchs Tigerland gegangen sind
– und darüber hinaus.

1

Desmond legte den Hörer auf, stand einen Augenblick lang still und zupfte sich am Ohrläppchen. Dann strich er mit dem Finger über die Innenseite seines Hemdkragens und lockerte ihn vorne etwas. Eine Geste, die ihm aus den Jahren, als er einen geistlichen Kragen getragen hatte, geblieben war. Es entspannte ihn. Er konnte freier atmen.
»Also, das wäre erledigt.« Seine Mutter guckte schweigend zu ihm hinüber. »Sie sagte, sie werde den nächstmöglichen Flug nehmen. Sie kommt, Mutter.« Bedächtig schüttete er sich eine Tasse Tee ein. »Hast du Zitrone?« Die Mutter ging zur Obstschale auf der anderen Seite der Küche. Sie nahm die Zitrone, schnitt eine dünne Scheibe herunter und bot sie ihrem Sohn auf der Schneide des Messers an. »Danke!« Sie ging wieder zu ihrem Stuhl in der Frühstücksecke, und Desmond setzte sich ihr gegenüber. Es gab einiges zu sagen, und er formulierte die Worte im Geiste. Er wollte sichergehen, daß er das Richtige sagte und wirklich den richtigen Ton traf. Sinnlos, es in diesem Stadium noch schlimmer zu machen. Aber seine Mutter sprach als erste, mit einem Ausbruch von Leidenschaft, die ihn aufmerken ließ.
»Wozu will sie jetzt kommen? Wir sind auch ohne sie fertig geworden, oder? Mit ihr gibt's nur Ärger. Ärger.« Ihre Augen glänzten, aber sie weinte nicht. Sie konnte sich nicht erinnern, wann sie das letzte Mal geweint

hatte. Hatte sie jemals geweint? Desmond sah die schöne Frau an. Ich bin in meine Mutter verliebt, dachte er. Aber jetzt ging es darum, fair zu sein. Fair sein war wichtig.
»Ich weiß, Mutter, ich weiß. Aber er stirbt. Wirklich, er stirbt. Es bleibt nur noch sehr wenig Zeit. Sie hat das Recht, es zu erfahren. Und er verlangt nach ihr. Du weißt das. Du hast ihn gehört. Du hast ...«
»Nein, Desmond, versuche nicht, sie auf diese Weise zu entschuldigen. Ich will das nicht. Ich will nicht, daß sie herkommt und alle Leute durcheinanderbringt. Was hat sie je getan, um mir zu helfen? Es ist zu viel. Zu viel.« Tee schwappte auf den Unterteller, als sie die Tasse hochhob. »Mutter, Mutter«, flehte Desmond. Er sorgte sich um seine Mutter. Fühlte Ärger gegen seine Schwester in sich aufsteigen. Ja, wirklich, was hatte sie je getan? »Ich mußte sie informieren. Es war die christliche ...« Damit hatte er das Falsche gesagt. Er erkannte es, bevor die Worte ihm entschlüpft waren. Seine Mutter hatte sich abrupt erhoben, ein ersticktes ärgerliches Stöhnen entströmte ihrer Kehle, und sie verließ den Raum. Desmond blieb sitzen. Er schlürfte den Tee, lutschte an der Zitronenschale, schüttelte sich bei dem scharfen Nachgeschmack und spülte mit äußerster Gründlichkeit seine Tasse unter dem Wasserhahn ab. Er trocknete sich Finger für Finger die Hände am Küchenhandtuch und prüfte dann seine Fingernägel. Nagel für Nagel schob er die Haut zurück, um die vollkommenen Halbmonde freizulegen. Desmond war stolz auf seine Hände. Er hielt es für seine Pflicht, sie so vollkommen wie möglich zu pflegen. Nicht nur weil sie das

heilige Sakrament austeilten, sondern – genauso wichtig – weil es auch zeigte, wie sehr er auf die Gläubigen Rücksicht nahm, die zur Messe kamen. Er hatte seinerzeit widerwärtige Fingernägel bei Priestern gesehen, blutige Hautfetzen, die von aufgerissenen, nikotinbefleckten Fingern herunterhingen. Es hatte ihn entsetzt und zornig gemacht. Es war unentschuldbar.
Er hörte seine Mutter die Treppe hinaufsteigen. Er war versucht, ihr zu folgen, wollte es ihr noch einmal erklären, aber er wußte, es war nicht der richtige Augenblick. Ein Gefühl des Alleinseins überkam ihn. Da er der Älteste war, hatte das immer bedeutet, daß man in ihm den Führer sah. Es war nicht leicht. Wieder strich er mit dem Finger innen am Kragen entlang. In ihm rührte sich das Bedürfnis, die Sehnsucht nach der anderen Frau. Es war keiner der Tage, an denen sie sich trafen. Er wollte sie trotzdem sehen. Sie würde es verstehen. Sie verstand alles. Er sah auf seine Uhr. Fünf Uhr. Dienstag. Wie lange würde es wohl mit seinem Vater noch dauern? Würde seine Schwester rechtzeitig kommen? Wieder spürte er den Anflug von Ärger in sich aufsteigen. Sie machte nur noch weitere Sorgen. Das war das letzte, was sie brauchen konnten, sich auch noch darum sorgen zu müssen, ob sie rechtzeitig ankommen würde. Typisch. Typisch. Er ballte die Fäuste. Die Knöchel standen heraus. Er bewegte die Sehnen über den Knöcheln. Die Adern traten bläulich hervor. Dicke scheußliche Venen. Er erinnerte sich nicht, jemals bei anderen Leuten so dicke Venen gesehen zu haben. Aber vielleicht bildete er sich das nur ein. Wie auch immer, er mochte sie nicht. Er löste die Fäuste.

Bald hörte er seine Mutter die Treppe wieder herunterkommen. Sie betrat erneut die Küche. Er lächelte sie an. Das war ganz sie. Mrs. Milton hatte sich ein anderes Kleid angezogen, wie sie das jeden Tag um fünf Uhr gemacht hatte, erinnerte er sich. Ebenso hatte sie ihr Haar gekämmt und den Lippenstift nachgezogen. Jahrelange Gewohnheiten. Und warum auch nicht? Sie verleihen harten Tagen etwas Glanz. Es ist gut, daß die Menschen an ihren Gewohnheiten festhalten. Desmond erhob sich und legte den Arm um die Schultern seiner Mutter. Er tätschelte sanft ihre Wange und küßte sie auf ihr prächtiges, volles weißes Haar.

»Ich muß jetzt los, Mutter. Es sind heute abend einige Dinge zu erledigen, die mich auf Trab halten. Du wirst mich nicht erreichen können. Mach dir keine Sorgen. Ich werde telefonisch mit dir in Verbindung bleiben. Morgen habe ich den ganzen Tag frei. Ich komme als erstes zu dir, und wir gehen zusammen ins Krankenhaus. Mach dir jetzt keine Sorgen wegen Margaret. Sobald ich was weiß ... sie sagte, sie wolle noch Bescheid geben ... ich kümmere mich darum. Es gibt keinen Grund, sich Sorgen zu machen. Denk daran, nicht wahr? Die Jungen werden bald hier sein, du brauchst dich also nicht zu sorgen.« Mrs. Milton band sich die Schürze um die Taille. Desmond spielte mit dem Gedanken, doch zu bleiben. Er kannte keine bessere Küche als die seiner Mutter, und in der Gesellschaft seiner Brüder fühlte er sich wohl und entspannt. Aber nein. Heute abend brauchte er die Frau. Er küßte seine Mutter erneut. »Ich ruf' dich an, Mutter. Bis morgen.«

Desmond schloß die Autotür auf und glitt hinter das

Lenkrad. Er empfand keinerlei Schuld, weil er seiner Mutter etwas vorgemacht hatte. Es war für sie angenehmer, sich vorzustellen, daß er noch eine Predigt vorzubereiten oder eine sonstige kirchliche Pflicht zu erfüllen hatte. Er hatte großen Respekt vor seiner Mutter und wußte, was erlaubt war und was nicht. Sie wußte, daß die Priester heutzutage zu einigem imstande waren. Manchmal sprach sie mit schneidender Bitterkeit von dem einen oder anderen Priester, der seinen Beruf »in Verruf brachte«. Sie hatte aus ihrer Meinung über die Amoralität der Welt und die Laxheit der Geistlichen seit dem Zweiten Vatikanischen Konzil kein Hehl gemacht. Sie wollte nichts darüber wissen. Es würde sie nur schmerzen. Es durfte keinen Skandal geben. Die Frau kam ihm in seinem Priesterleben nie in die Quere. Sie lebte allein in ihrer geschmackvollen, sauberen Wohnung mit Blick auf den Hafen, und er kam zu festgelegten Zeiten zu ihr. Desmond ließ sanft den Motor laufen. Gott, war er ihr dankbar! Die Einsamkeit, das körperliche Verlangen und die Dürre des priesterlichen Lebens hätten ihn zugrunde gerichtet. Er jagte den Motor hoch, nahm den Fuß von der Kupplung, stellte den Rückspiegel ein und fuhr auf die Straße hinaus.

Das Telefonat war beendet. Margaret stand noch immer da, den Hörer an die Brust geklemmt, und hörte das schwache »piep, piep«, den »laß mich hinein, hilft mir denn niemand«-Schrei aus dem Hörer. Schließlich legte sie auf. Ihr Blick wanderte durch die Wohnung: riesige, ungeordnete Bücherregale, ältliche Sessel, eine Schale mit gelben Krokussen auf dem Tisch sowie mit Drucken und Familienphotos gepflasterte Wände. »Wir haben's gut gemacht, Mädchen«, flüsterte sie und blickte auf ein riesiges Photo ihrer beiden Töchter, das ihnen entsetzlich peinlich war, jedesmal wenn sie nach Hause kamen. Aber es war nicht die gemütliche Londoner Wohnung, die sie sah. Im Geiste war sie zu dem großen dunklen Haus auf der anderen Seite der Welt geeilt. Jetzt ist er gekommen, dachte sie. Jetzt, nach dem ganzen Schmerz und Haß und dem schrecklichen Ärger und all den Jahren, jetzt ist er gekommen. Dieser Telefonanruf, auf den ich vorbereitet war und den ich gefürchtet und herbeigesehnt hatte.

Herbeigesehnt? Ja, herbeigesehnt. Wußte ich nicht, daß es bis zu dem Augenblick, als der Anruf kam, auf den ich reagieren konnte, eine unerledigte Sache gab? Ihr gefiel dieser Ausdruck »unerledigte Sache«, trotz seiner populärpsychologischen Assoziationen. Darin steckte auch der harte, bestimmte Ton von: »Da bin ich, habe die Ärmel aufgekrempelt und kein bißchen Angst vor harter Arbeit.«

Sie ging zum Spiegel hinüber. Ein hageres Gesicht starrte ihr entgegen. Sie beugte sich näher heran und strich ihr Haar straff aus der Stirn. An den Wurzeln leuchteten graue Haare, noch nicht genügend, um sie wirklich grauhaarig nennen zu können, aber ausreichend, um deutlich zu machen, daß sie dabei war, zu altern. Physisch, ja, da war sie erwachsen. Jetzt werde ich herausfinden, ob ich wirklich erwachsen geworden bin.

Sie ging ins Schlafzimmer, setzte sich auf den Bettrand und begann eine Liste aufzustellen. Ihre Töchter lachten über die endlosen Listen, die sie brauchte, um ihr Leben zu ordnen. Fahrkarten bestellen, Mädchen anrufen, P. anrufen, Zeitungen abbestellen, Gwen-John-Probe streichen, Schlüsseln nach nebenan bringen, Ankunft bei D. bestätigen, verderbliche Nahrungsmittel aus dem Eisschrank nehmen, Auto in die Garage stellen. Etwa eine Minute lang dachte sie noch nach, fügte ein paar Punkte hinzu und legte dann die Liste neben das Telefon. Sie zerrte den Koffer vom Kleiderschrank herunter und begann ihre Kleider hineinzupacken.

Mrs. Milton lag in der Badewanne, das heiße Wasser plätscherte über ihren dünnen Körper. Sie dachte mit Widerwillen an ihre Tochter Margaret. Das Mädchen würde nach all den Jahren einfach wieder in ihr Leben eindringen, wohingegen sie, die Mutter, nie die Gelegenheit hatte, wegzufahren. Bitterkeit, Müdigkeit und Wut über ein Leben voller Aufopferung und Disziplin verzehrten sie, sogen ihre Energie auf und ließen sie als ein erschöpftes Gehäuse voller Verzweiflung zurück. Sie hielt sich aufrecht durch ein rechtes Maß an Wut und griff gierig nach den spärlichen Vergnügungen, die sich ihr boten.

Es besänftigte sie, in ihrem Bad zu liegen; das war das einzig wirklich sinnliche Erlebnis, das sie kannte. Wenn sie es auch nicht offen aussprechen würde, empfand sie doch Erleichterung bei dem Gedanken, daß die Jahre, die sie nur für andere lebte, bald vorbei sein würden. Es würde nicht mehr lange bis zum Tod ihres Mannes dauern. Sie dachte an Desmond, ihren Erstgeborenen, ihr strahlendes Kind. Was hätte sie die ganzen Jahre ohne ihn gemacht? Den Sohn, den sie Gott geschenkt hat. Desmond hatte sie nie enttäuscht. Desmond, der die Dinge in die Hand nahm, wenn sie ihr zu schwer wurden, der sie mit einer Sanftheit und einem Verständnis liebte, wie sie es nie bei einem anderen Mann gefunden hatte. Desmond, ein Priester, für den die erste Frau, die einzige Frau, seine Mutter war. (Oh, und seine Schwester! Sie weigerte sich, dabei zu verweilen.) Und da waren noch ihre anderen Söhne, die sie heute abend versorgt hatte, vorbildliche, in freien Berufen arbeitende Männer, die sich gut gemacht und bis dato keinerlei Neigung gezeigt hatten zu heiraten. Sie konnte mit Recht stolz auf sie sein.

Aber an ihre Kinder zu denken bedeutete, daß sie an ihre Tochter denken mußte, und das machte sie wütend. Jedesmal. Jedesmal. Das Mädchen verdarb alles. Und warum? Warum? Warum mußte sie anders sein? Warum mußte sie immer ihren Kopf durchsetzen? Wenn ihre Brüder gefällig sein konnten, warum nicht sie? Tat, was ihr gefiel. Ohne Rücksicht auf die Familie, auf alles, was heilig war. Kam in all den Jahren nie nach Hause, ging nie zur Kirche. Eine Scheidung, und der Himmel weiß, wie viele unmoralische … Beziehungen. Und ging aus allem unversehrt hervor! Ohne Rücksicht auf Vater und Mutter. Nur gelegentlich eine Postkarte oder ein Photo mit hochtrabenden Nachrichten von den Enkelinnen. Dann aus heiterem Himmel die Briefe, die vor drei Jahren ins Haus geflattert kamen, als sie gehört hatte, daß ihr Vater krank sei. Ein bißchen spät! Rührend, sein Gesicht zu betrachten, als er den ersten gelesen hatte! Briefe, die er mit seiner Frau hatte teilen

wollen. Aber sie wollte nicht. O nein! Zweifellos, sie wollte nicht. Wenn Margaret meinte, sie könne ihre Mutter um den kleinen Finger wickeln, genauso wie sie es mit ihrem Vater getan hatte, da hatte sie sich getäuscht. Wie konnte sie es wagen? Miststück! All diese Jahre, als er sich nach einem Wort von ihr verzehrt hatte. Erst seine Krankheit hatte sie aufscheuchen können. Ihr Zorn war so groß, das Mrs. Milton sich in der Wanne aufrichtete, den Stöpsel herauszog und sich hochhievte. Sie biß die Zähne zusammen. Selbst das Bad war ihr verdorben. Das Mädchen konnte sogar das verderben.

Der alte Mann lag im Krankenhausbett. Seine Söhne hatten sich um ihn versammelt. Seine Frau versorgte ihn. Sie war sein Sargnagel und seine Kraft. Nur eines war noch zu tun, und es wäre zu Ende. Ich warte, Matti, ich warte.

Er kehrte im Geiste zu den Briefen zurück, zu Briefen, bei denen sein Herz einen Sprung gemacht hatte, als er die Handschrift auf dem Umschlag gesehen hatte. Sie war zu ihm zurückgekommen. Aber warum war sie je weggegangen? Gegangen mit Haß, der in ihren zornigen Augen glühte. Das würde er nie verstehen. Alles, was ich getan habe, war zu deinem Besten, Matti. Du mußt das verstehen. Ich wollte das Beste für dich. Kannst du das nicht glauben? Das Beste. Das Leben ist hart, ich habe dir das immer und immer wieder gesagt. Wie hättest du überlebt? Wenn du nicht von früh an gelernt hättest, wie hart das Leben ist? Ich mußte es auch lernen. Ich hätte ohne Härte nichts erreicht. Sieh dir an, was ich geschafft habe. Die Welt ist kein Ort für Weichlinge. Er hob seine gebrechliche Hand und wischte die Tränen weg, die ihm die Backen herunterliefen. Er fing jetzt leicht an zu weinen. Er war dankbar, daß seine Frau nicht da war und es sah. Sie würde erraten, daß der Grund Matti war. Es würde sie aufregen. Aber wie konnte er dagegen an? Er mußte sich versichern, daß seine Tochter verstand. Beeil dich, Matti, beeil dich.

2

Morgendämmerung färbte den Himmel über Sydney. In der Flugzeugkabine war alles zum Landen bereit, das Fahrwerk herausgelassen. Die Maschine setzte sanft auf der Aschenbahn des Flughafens von Sydney auf. Formalitäten und Formalitäten, Gedränge von Menschen, alle gereizt, fern der Heimat, müde. Endlich nahm Margaret ihr Gepäck in Empfang. Sie packte es mit fester Hand, atmete tief ein und strebte durch die Türen nach draußen, um ihren Bruder Desmond zu treffen. Nur noch durch das Geländer von ihm getrennt, stand sie vor ihm. Sie wußte nicht, ob sie ihn küssen sollte. *Vielleicht habe ich Angst vor dir.* Er lächelte sie ernst an und bedeutete ihr durch eine Neigung des Kopfes, daß sie am Ende des Ganges zusammentreffen würden. Sie ging weiter, lief um das Geländer herum und, warum nicht, reckte sich und küßte ihn.
»Gute Reise gehabt?«
»Na ja, weißt du ... Desmond, wie geht es ihm?«
»Schlecht und recht.«
»Kann ich ihn jetzt sehen?«
»Nein, du sollst erst nach Hause kommen.« Es lag ein Anflug von Gereiztheit in seiner Stimme. Sie spürte ein Prickeln in ihrem Körper, ein leichtes Pulsieren am Ende des Hinterkopfes. Sie nickte, und beide eilten auf den Parkplatz zu.
Die Fahrt zur Familie dauerte weniger als zwanzig Mi-

nuten, und während dieser Zeit spürte Margaret, wie ihr Körper erstarrte. Sie sah ihren Bruder an. Konnte er das Klopfen ihres Herzens hören? Tief einatmen. Tief ausatmen.

»Alles in Ordnung?« fragte Desmond.

»Klar. Nur ein bißchen müde. Es ist ein höllischer Flug. Ich werde schnell wieder auf die Beine kommen. Jedenfalls wäre es wohl das beste, wenn ich bis heute abend wach bleiben könnte.«

Desmond fuhr vorsichtig und wies mit der Genauigkeit eines Reiseleiters auf Veränderungen in der Stadt hin. Margaret grunzte bestätigend. Tief einatmen. Tief ausatmen. Dann schwenkte er elegant zur Seite, drosselte die Geschwindigkeit, bis der Wagen nur noch kroch, und fuhr durch die Tore des Centennial Parks.

»Oh! Es ist noch alles, wie es war. Nichts hat sich verändert.«

»Das Beste, was unsere Stadtväter jemals für die Stadt getan haben«, sagte Desmond streng. Sie blickte eifrig von links nach rechts. Die Rosengärten, die Ententeiche, die Hochwassergullys, die amputierten Statuen, und ja – da waren auch sie, die alten Papierborkenbäume mit ihren Rinden, die wie Altpapier unordentlich um die Bäume herumlagen. Sie erinnerte sich an alles. Tief einatmen. Tief ausatmen.

Sie sehnte sich nach einer Zigarette. Sie blickte kurz ihren Bruder an.

»Was dagegen, wenn ich rauche?«

»Ich fürchte, ja.«

»Oh.« Sie tauchten durch die großen Sandsteintore, fuhren über den Buckel und glitten den Abhang hinunter, immer weiter hinunter, bis das Auto vor einem großen Backsteinhaus zum Stillstand kam. Dann schwangen sie sich beide gleichzeitig hinaus und schlugen hinter sich die Tür zu. Sie eilte zum Kofferraum, hievte ihren Koffer heraus und ging aufs Tor zu. »Komm, gib ihn mir!« sagte ihr Bruder und streckte die Hand aus.

»Geht schon.«

»Gib ihn mir!« Sie reichte ihm den Koffer hinüber, ging langsam den Pfad entlang und betrachtete das riesige alte Haus. Der Test, das Abschätzen begann. Er stirbt. Desmond eilte geschwind an ihr vorüber zur Haustür und steckte den Schlüssel in das Schloß. Er trat zur Seite, um sie eintreten zu lassen, schloß ruhig und sorgfältig die Tür hinter ihr, während sie wartete, und führte sie dann nach hinten ins Haus. Die Küche. Dort saß ihre Mutter, so schön, wie Margaret sie in Erinnerung hatte. Sie las Zeitung.

»Oh, da bist du ja.« Sie legte die Zeitung zusammen. »Desmond, setz den Kessel auf, Liebling.«

»Hallo«, sagte Margaret. Sie beugte sich vor und küßte das weiche, faltige Gesicht mit den hohen Katherine-Hepburn-Backenknochen. »Wie geht es dir?«

»So gut, wie es zu erwarten ist. Dein Vater wird sich freuen, dich zu sehen, Margaret.«

»Ja. Hm … nun ja … wann kann ich zu ihm? Ich meine, kann er Besuch empfangen? … egal wann? Ist er wach und all das?«

»Desmond wird dich zum Morgentee hinbringen. Das kannst du doch, nicht wahr, Liebling? Es wäre mir eine große Hilfe.« Desmond nickte.

»Nein. Nein. Ich kann wunderbar allein hinfinden. Kei-

ne Umstände! Wirklich, ich laufe sogar gerne. Ich habe vierundzwanzig Stunden lang gesessen.«
»Na gut. Aber ich lasse nicht zu, daß du ihn aufregst, Margaret. Daran denke, bitte.« Margaret sagte nichts. Sie unterdrückte eine scharfe Antwort. Ich werde ihn nicht aufregen. »Ich werde ihn nicht aufregen«, sagte sie schließlich.
Desmond reichte Margaret eine Tasse Tee. Sie schaute auf seine Hände, als er sich zu seiner eigenen Tasse setzte. Geweihte Hände, die die Göttlichen Mysterien ausführten. Sie mochte seine Hände nicht. Sie waren zu sauber. Zu manikürt. Fast, als machte das eine Frau für ihn. Die Finger waren zu plump. Es waren die Hände ihres Vaters. Sadistische Hände. Ich frage mich, wie ein Sauberkeitsfetischist es ertragen kann, sich seinen körperlichen Funktionen zu widmen? Was für ein widerlicher Gedanke! Halt ein, Margaret. Sie schüttelte den Kopf wider die fürchterliche Gedankenverirrung.
»Wie lange beabsichtigst du zu bleiben, Margaret?« Die Tochter sah die Mutter an. Tief einatmen. Tief ausatmen.
»Ich bleibe, bis er tot ist, bis zum Begräbnis und alldem.«
»Ho.« Ein spöttisches Lachen. »Dann haust du also gleich wieder ab. Es ist alles wunderbar für einige Leute. Für dich ist alles leicht, nicht wahr, Margaret?«
Bitte, nicht jetzt. Nicht jetzt.
»Nun, nein, eigentlich nicht. Aber London ist mein Zuhause. Die Kinder, meine Arbeit ...«
»O ja. Diese berühmte Arbeit. Australien ist nicht gut genug für deine berühmte Arbeit?«
»Nun, ich hatte noch keine Gelegenheit, sie hierher zu

verlegen, wenn es das ist, was du meinst.« *Hasse mich nicht.*

»Na ja … Ich meine es ernst, Margaret. Keine Aufregungen.«

So schnell wie möglich. Margaret trank ihren Tee zu Ende. Sie duschte geschwind, zerrte frische Kleidung aus ihrem Koffer und schlüpfte hinein. Sie rannte fast mit einem beiläufig hingeworfenen »Bis nachher« durch den rückwärtigen Garten und entkam durch das hintere Tor. Sie verlangsamte kaum den Schritt, bis das große Haus aus dem Blickfeld entschwunden war.

Nun kramte sie in ihrer Handtasche, schnappte sich dankbar die Zigaretten und zündete sich eine an, bevor sie die Straße überquerte. Einen Augenblick lang mußte sie innehalten, um sich wieder zu fangen. Es sah alles so anders aus. Nicht wie in jenen Tagen, als sie und Tante Ely hier zusammen spazierengegangen waren. Sie hatte Tante Elys Hand fest umklammert gehalten, als sie an der lauten, stinkenden Kneipe und den dunklen Häuserreihen mit abblätterndem Putz und ihren mit Beton eingefaßten Balkonen vorbeigegangen waren. Sie hastete vorwärts, wich den Hundehaufen aus, bis sie das Krankenhaus vor sich sah, ein neues strahlendes Krankenhaus. Sie beschleunigte nochmals den Schritt, eilte durch die Türen, fragte bei der Aufsicht nach ihrem Vater und lehnte sich erschöpft an die Wand des Aufzugs, der sie nach oben brachte. Tief einatmen. Tief ausatmen.

Seine Tür war einen Spalt geöffnet, schief klebte eine mit Bleistift geschriebene Notiz darauf. »Nur Familie.« Sie zwängte sich durch die Tür. Ein Mann lag schlafend auf dem Bett. Weißes Haar. Weißes Gesicht. Weiße Bettücher. Grellweiße Schneefelder. Ein Mann, dessen Atmung zischend und langsam war. Und seine Zähne. War es das Maul des Todes? Seine Lippen waren über das Zahnfleisch zurückgezogen, und Margaret wurde von Entsetzen gepackt.

Dann kam die Überraschung. Er öffnete die Augen, und sie sah Erkennen in ihnen dämmern, eine Weichheit darin aufscheinen. Er klopfte schwach aufs Bett und sagte ganz klar und fest: »Matti.«

»Oh, Daddy.« Rührung überkam sie plötzlich, sie fühlte sich wie ein Kind und eilte zu ihm hinüber, um ihn zu küssen. Tränen quollen aus ihren Augen.

»Aber, aber. Nicht sowas«, sagte er streng. »Hier, setz dich neben mich!« Sie zog einen Stuhl dicht neben das Bett, so daß ihr Kopf auf gleicher Höhe mit dem seinen war.

»Danke, daß du gekommen bist, Liebes.«

»Oh, aber natürlich bin ich gekommen. Natürlich.« Natürlich?

»Sag, wie geht alles bei dir, Liebes? Deine kleine Aufführung, und die Kinder? Geht es ihnen gut? Studieren sie? Bist du glücklich, Matti?« Er war in Eile mit seinen Fragen. Die Zeit war knapp. Er mußte es wissen. Beruhigt werden.

»O ja, Daddy. Ich bin glücklich.« Ein langes Schweigen folgte. Er schloß die Augen, tankte Energie. Sie wartete, hielt sich für etwas Ungewisses bereit. Die müden alten Augen öffneten sich wieder. Er sprach mit großer Nachdenklichkeit.

»Manchmal denke ich, Liebes, daß du nicht einen glück-

lichen Tag in deinem Leben hattest.« Sie starrte ihn an, unfähig zu antworten. Konnten zwei Menschen, Vater und Tochter, so wenig voneinander wissen?
»Oh, Daddy, ich bin sehr glücklich. Meine Arbeit, die Kinder ...« Er schüttelte ungeduldig den Kopf auf dem Kissen.
»O ja, all das ... Aber, nun ja ... es war so vieles unerfreulich. ... dieser ganze Kram, als du heranwuchsest ...« Er schien erregt. »Ich wollte doch nur, daß ihr, ihr alle, glücklich werdet, weißt du.«
»Oh, ich weiß. Wirklich, ich weiß es. Ich bin. Ich ...« Er schüttelte schwach den Kopf, seine Augen verließen nie ihr Gesicht. Was gab es da zu sagen?
Sie rutschte auf ihrem Stuhl hin und her. »Dein Zimmer ist hübsch. All die Blumen ...«
»Ja, deine Mutter sorgt dafür.« Margaret sah sich nach weiterem um, worüber sie reden könnte.
»Oh, und auch die Photos.« Familienphotos, ihre Mutter, ihre Brüder. Etwas fehlte. Sie selbst und ihre Kinder. Jedes Weihnachten hatte sie Photos von den Kindern geschickt. Babyphotos, Erster-Schultag-Photos, Jungmädchen-Photos, Examen-Photos. *Es soll mir egal sein.*
»Ich habe jetzt einen Beutel, Liebes.« Einen Augenblick lang verstand sie nicht.
»Oh?«
»Ja«, und er öffnete seinen Schlafanzug, schob ihn zur Seite, und ihr Blick fiel auf die Ausbuchtung. Es war plötzlich und schockierend. Ihr wurde übel.
»Oh.«
»Desmond sagt, ich solle es niemandem zeigen. Aber meiner Meinung nach ist es besser, es zu wissen. Er

war ziemlich verärgert, merkte ich, aber ich habe ihm gesagt, daß ihn das nichts angehe. Jedenfalls«, er zerrte das Ding aus dem Blickfeld, während er sprach, Gott sei Dank, »ist das eine große Verbesserung gegenüber den Dingern, die sie in meiner Jugend fabriziert haben. Rieben die Haut drumherum auf. Schrecklich. Und der Gestank. Schrecklich. Ich habe gehört, Sir Robert Mezies hatte eins, und die Königinmutter. So, da ist er.« Sie nickte, lächelte, immer noch krank von dem Anblick. »Nun, mein Liebes, jeder ist sehr freundlich, sehr freundlich. Eine Menge Besuch. Ich war immer der Meinung, daß ein Besucher mit dem Gefühl gehen sollte, gut unterhalten worden zu sein. Geben, nicht nehmen, darum geht es im Leben.« Sie nickte, hörte nur halb, was er sagte. Seinen philosophischen Ausführungen brauchte sie jetzt nicht zu lauschen. Sie kannte sie seit langem auswendig. Aber wie dieses zerbrechliche, sanft blickende Wesen auf dem Bett mit ihrem agilen, harten, beherrschenden Vater in Einklang bringen? Je genauer sie hinguckte, um so kleiner, hilfloser wirkte er. Nichts deutete hier auf ihre Erschaffung, den Kriegshelden, den Überbringer von Geschenken, den tollsten Arzt. Nichts auf den liebevollen Vater, den sie gerne in ihm gesehen hätte. Hier war einfach ein ganz gewöhnlicher Mensch mit Fehlern, jetzt wie ein Kind, das man auf den Schoß nehmen und streicheln konnte. Das war nun der Mann, den sie für Gott gehalten hatte. Nun war Gott Mensch geworden. Eigenartigerweise sah sie die Pietà. Das Gesicht war das gleiche, und die Augen, die Augen, tief in den Kopf zurückgesunken und von tiefen Schattenbuchten umgeben. Der Schädel unter dem Fleisch war gut sichtbar. *So sieht also ein sterbender Vater aus. Die Trauer, die ich für uns beide empfinde, ist fast zu groß, als daß ich sie ertragen könnte.* Und so plötzlich wie er erwacht war, sank er auch wieder in den Schlaf, und das laute Atmen begann. Margaret erhob sich leise vom Stuhl neben dem Bett und ging zum Fenster hinüber. Sie lehnte die Stirn gegen den Rahmen und starrte zu den Plantanen unter ihr hinaus. Sie erinnerte sich. Sie erinnerte sich an alles.

Sie mußte sich hingesetzt haben. Wahrscheinlich döste sie. Plötzlich wimmelte es in dem Zimmer von Leuten. Ihre Mutter war gekommen und ihre Brüder. Die Männer begrüßten sie reserviert. Der Raum war zu voll. Die Intimität war verflogen. Und sie brauchte vor allem Intimität, wenn sie fähig sein wollte, die Geister zu beschwören und noch einmal die alten Erinnerungen durchzuspielen. Auf eine letzte Reise mit ihm zu gehen.

»Bleibt irgend jemand nachts bei ihm?« fragte sie.

»Nein, die Krankenschwestern sind phantastisch.« Die Stimme ihrer Mutter war bestimmt. »Für sie ist es leichter.«

»Also hört mal, ich kann Wache halten. Ich geh' heim und mach' ein Schläfchen. Dann komm' ich zurück und werde nachts bei ihm sitzen.«

»Ich habe dir gerade gesagt, die Schwestern ...« Margaret schenkte dem keine Beachtung. Sie mußte einfach bei ihm sitzen.

»Ich werde es gleich mit ihnen klären.« Sie ging aus dem Zimmer, wartete nicht auf den Streit. Beim Hinausgehen sah sie den Ärger in den Augen ihrer Mutter. *Ich mache ihr angst. Sie ist eifersüchtig auf ihn und mich.*

Als Margaret wieder zu Hause ankam, war die Müdigkeit verflogen. Sie war außer Atem, ihr war schwummerig vor banger Erwartung. Sie konnte nicht zur Ruhe kommen. Sie ging durch das leere Haus, durchstreifte Zimmer für Zimmer. Mit unbewußter Heimlichkeit stieg sie die Treppe hinauf und übersprang automatisch diejenigen Stufen, die knackten. Hier oben war es ruhiger, durch Rolläden gegen das Licht und den Verkehrslärm geschützt. Vor dem Schlafzimmer ihrer Eltern hielt sie inne, starrte hinein. Margarets Blick wanderte über das monumentale Bett mit den vier geschnitzten Pfosten und blieb auf dem Paneel haften. Ihr Paneel. Sie merkte, wie sie lächelte. Sie ging weiter. Ihr Zimmer. Das Rosa nun verblaßt. Der Zentifolienteppich zerzaust und grob, wie sie ihn noch in Erinnerung hatte. Sie wich zurück vor dem bedrückenden Raum und ging weiter zu dem Verandaschlafplatz. Das gleiche durch Milchglas gefilterte Licht, die gleiche Klarheit von Luft und Raum. Derselbe Zweig, wie eine Schattenpuppe, die nach all den Jahren noch immer ihren Tanz vollführt. Sie stand lange in diesem Zimmer. Das Kinderzimmer. Die ganzen Babys. So herzig. Ihres. Oh. Sie legte sich die Hand auf den Mund vor Erstaunen über die Lebendigkeit des Bildes. O ja, selbst damals war ich glücklich. Ja.

Sie ging weiter. An der Tür des Arbeitszimmers hielt sie wieder inne. Ihre Augen erforschten seine Bücherregale, seinen Schreibtisch, seinen Stuhl, seine Notizblätter. Ihre Nerven kreischten in einer Panik des Erinnerns. Ihr Magen rebellierte, und sie eilte zur Toilette. Als sie geduckt und verstohlen auf der alten Holzbrille saß, tanzten die Erinnerungen vor ihr, stellten sie auf die Probe, neckten sie, verhöhnten sie, forderten sie zum Spiel auf. Deshalb bin ich gekommen. *Ich habe Angst.*

Es war ein Hindernislauf der Erinnerungen. Sie schwankte, als sie das Badezimmer verließ, und wandte sich zur Hintertreppe. Natürlich! Hatte Desmond nicht geschrieben, schon vor Jahren, daß die Hintertreppe abgerissen worden war? Sie dachte, sie würde jetzt gern zur Hälfte die alte Treppe wieder hinuntergehen, den Chiffon tastend, ihn in dem staubigen Halblicht hinter sich herziehend, ein Geschmack von Süße auf den Lippen, und dann hellwach, doch heimlich in der Düsternis sitzen. Trotz ihrer Anspannung wanderte sie weiter, wie ein Zahnarzt auf der Suche nach einem schwer erkennbaren Loch. Wären die anderen erst einmal zurückgekehrt, würde sich das Gleichgewicht verändern, die Geister würden sich verstecken. Sie ging die Vordertreppe wieder hinunter. Von einem Zimmer zum anderen spazierte sie langsam durch ihre Kindheit. Da war er, der Kamin im Salon, der Kamin, wo sie einst gedacht hatte, daß alles für immer zu Ende wäre. Aber nun, es war anders gekommen; das war alles.

Im Eßzimmer nahm sie all das bedrückende, glänzende Zedernholz und das Mahagoni, die blitzenden Silberleuchter, die Tafelaufsätze und Tabletts nicht zur Kenntnis und stellte sich statt dessen dicht an die Wand. Sie hielt die Nase an die Tapete und schnüffelte. Sie glitt mit den Fingern über das elegant gestreifte Papier und tastete nach dem geheimen Dahinter. Vielleicht genau da, da wäre … Sie lachte fast laut heraus über ihre Blödheit. Ihre Sentimentalität. Sie ging hinaus zur Küche. Sie starrte auf die Nische, wo einst der schwarze Steinofen gestanden hatte. Sie sah die Gestalten – ihre Mutter und sich selbst –, wie sie die braune und weiße Sauce rührten. Die Frauen zusammen. Nur das eine Mal.

Plötzlich erstarrte sie. Sie hörte Schritte. Bevor sie wußte, was sie tat, stürzte sie, zwei Stufen auf einmal nehmend, die Treppe hinauf und hockte sich in den Verandaraum. Ihr Herz klopfte. Sie zitterte. Wie schnell behaupteten sich die alten Reaktionen wieder. *Ich bin überreizt nach der Reise. Es gibt nichts, wovor ich mich fürchten müßte.*

Unten legte sich Desmond kurze, scharfe Worte zurecht. Es würde zweifellos nicht lange dauern, bis die Gelegenheit da wäre, wo er sie benutzen müßte. Um die Wahrheit zu sagen, er fand es sehr schwierig, christliche Barmherzigkeit auch auf seine Schwester anzuwenden. Sie bereitete Verdruß. Nicht ihm, nicht jetzt. Aber sie hatte es als Kind getan, denn sie war so ein verhätscheltes Quengelbaby gewesen, das leicht alles verdarb, weil es nicht tat, was man es hieß. Das war in Kürze ihr ganzes Problem. Sie tat einfach nicht, was man sie hieß. Mußte immer ihren eigenen Kopf durchsetzen, ganz gleich, was für Unannehmlichkeiten daraus erwuchsen. Er zog die Stirn in Falten, knirschte mit den Zähnen. Ihr Vater lag im Sterben, und sie hatte es schon geschafft, ihn aufzuregen. »Wo ist Matti? Wo ist sie?« Den ganzen Morgen fragte er das immer wieder, und sie merkten ihm an, daß er unruhig war. Und hier kam sie nun langsam die Treppe hinunter.

»Geschlafen?«

»Nun, irgendwie bin ich nicht dazu gekommen. Ich habe einfach, nun, ich ...« Ihre Stimme verhallte. Sie konnte die Spannung zwischen ihnen riechen. »Wie lange wird es wohl dauern, Desmond? Was sagen die Ärzte?«
»Nicht lange. Was hast du zu ihm gesagt? Er ist beunruhigt, erregt. Er fragt immer wieder nach dir. Was hast du gesagt?«
»Nichts.«
»Hör mal, Margaret, Mutter will nicht, daß er sich aufregt. Es ist alles sehr schwierig für sie. Du tust dich leicht ... aber wir müssen damit schon seit langem umgehen. In diesem Stadium bitte keine Aufregungen!«
»Ich habe nicht die Absicht, ihn aufzuregen.«
»Na, dann paß dich gefälligst an!«
»Wie meinst du das?«
»Ich meine, anpassen. An alle anderen. Stolzier nicht umher, als seist du anders als alle anderen. Nur dieses eine Mal. Versuche, etwas weniger egoistisch zu sein.« Sie schnappte nach Luft. Seit wie vielen Jahren hatte sie dieses Gefühl? Dieses Gefühl, daß sie irgendwie in verschiedenen Welten wohnten. Viele, viele Jahre. Und nun dieses. Sie war müde und allein. Er redete noch immer. »Wir sind alle eingeteilt für da drinnen. Wir wechseln uns ab, damit niemand übermüdet wird ...« Er zog ein kleines Notizbuch aus seiner Tasche.
»Also, die beste Zeit für dich ...« Sie behauptete sich erneut.
»Entschuldige Desmond, aber ich habe schon gesagt, was ich zu tun gedenke. Ich werde heute nacht bei ihm bleiben. Die Schwester sagt, es sei in Ordnung. Damit ist alles klar.«

»Was *du* zu tun gedenkst! Das ist es, was du immer getan hast. Was *dir* paßte. Ich ...«
»Tut mir leid, Desmond.« Sie war jetzt kalt und hart. »Ich habe nie bemerkt, daß irgend etwas von dem, was ich tat, dich in irgendeiner Weise behindert hätte. Ich bin zu müde, um darüber zu diskutieren. Außerdem habe ich nicht den ganzen weiten Weg gemacht, um mich mit irgend jemandem zu streiten, am allerwenigsten mit meinem ältesten Bruder, den ich nun einmal zufällig, sicherlich auf unzulängliche Weise, liebe. Ich werde mich jetzt hinlegen, und um acht geh' ich ins Krankenhaus. Vielleicht können wir später noch mal reden?«

Im Krankenhaus war es sehr still. Die Besucher waren weg, und die Nachtschwester ging von Zimmer zu Zimmer, um Medikamente auszuteilen. Margaret zog wieder den Sessel neben das Bett. Und als die Nachtschwester eintrat, öffnete ihr Vater die Augen.
»Noch nicht, danke, Schwester«, sagte er bestimmt. Er wandte sich an seine Tochter. »Sie versuchen, einem Schlafpillen einzutrichtern, und schließlich schläft man auch den ganzen Tag. Konnte das Zeug nie ausstehen ... habe meinen Patienten immer gesagt ...«
»Ja, Dr. Milton. Ich komme nach einer Weile wieder, falls Sie Ihre Meinung ändern. Aber jetzt gebe ich Ihnen erst einmal diese Spritze. Sie werden sich wohler fühlen.«
Margaret schaute zu, wie die Schwester vorsichtig eine kleine Nadel in die Vene des Vaters schob. Sein Arm sah so mitgenommen und hilflos aus, wie er da auf dem Leinentuch lag.

»Was ist das Schwester? Kriegt er eine Menge davon?«
»Alle paar Stunden. So oft wie nötig. Es verschafft ihm Erleichterung. Und Sie? Ist Ihnen wohl? Lassen Sie es mich wissen, wenn Sie etwas brauchen ... ich bleibe die ganze Nacht auf der Schwesternstation.«
Nachdem die Schwester hinausgegangen war, war es still im Zimmer.
»Na, Liebes? Fühlst du dich wohl? Es ist schön, daß du hergekommen bist. Es wird nachts immer etwas einsam. Ich schlafe nicht allzu gut, weißt du. Wird etwas einsam.«
»Ich weiß. Deshalb meinte ich auch, ich würde gerne herkommen.« Sie sah, wie seine Hand unter der Bettdecke nach ihr tastete. Sie beugte sich hinüber, nahm sie und fühlte seinen Händedruck.
»Es wird jetzt nicht mehr lange dauern, Liebes.«
»Ich weiß.«
»Bei deiner Mutter darf ich so nicht reden. Sie will es nicht hören. Aber ich muß es jemandem sagen. Dir kann ich es sagen. Du warst nie besonders zimperlich. Es wird nicht mehr lange dauern, und so ist es nun einmal.« Sie umschloß seine Hand fester. Er ist einsam. Dinge sagen wollen, und niemand, dem man es sagen kann. Er hatte die Augen geschlossen. Der Druck auf ihre Hand lokkerte sich nicht. In dem trüben Licht konnte sie ihn unbehelligt beobachten. Sie sah die kleinen, unbewußten Bewegungen seiner Lippen. Als ob er mit sich selbst redete. Vielleicht tat er es. Hatte er das nicht immer getan? Sie spürte, wie sich ihre Augen mit Tränen füllten. So menschlich. Ein menschliches Wesen, aller Macht entblößt, außer der Macht seiner eigenen, sterbenden Würde.

Oh, es war fast zu schwer zu ertragen. Zu schwer, den Schmerz ihrer Liebe und ihres Hasses zu ertragen. Wie konnte er ihr das antun? Sich als ein armes, zerbrechliches Häufchen Mensch darbieten, das sie eigentlich nicht hassen konnte. Er war hilflos. Aber nicht zu hilflos, um ihr das anzutun. *Endlich sehe ich dich als ein menschliches Wesen. Und ich liebe dich.* Liebe. Haß. Heftiger Zorn überkam sie. Erregt zog sie ihre Hand zurück. Wie damit umgehen? Jede Erwartung erwies sich als verrückt. Gefühlswogen, die sie aus aller Sicherheit und Gewißheit herausrissen und sie zu ertränken drohten, falls sie sich nicht widerstandslos von ihnen tragen ließ. *Ich halte es nicht aus. Ich halte es nicht aus.*
Jetzt öffnete er wieder die Augen. Von neuem tastete er nach ihrer Hand. Sie gab sie ihm.
»Kann ich dir etwas holen? Etwas zu trinken?« Sie hielt ihm das Glas mit dem gebogenen Strohhalm an die Lippen. Er sog daran. Unmerklich. »Daddy, heute nachmittag … hast du gesagt … was übers Glücklichsein … Bitte … Wirklich … Ich möchte, daß du es weißt. Mein Leben war und ist glücklich. Ich habe so viel …« Er tätschelte ihre Hand. Sie spürte sein Mitgefühl in dem Tätscheln. Sie wollte sein Mitgefühl nicht. Sie wollte seinen Glauben. »Daddy, ich hab' dich lieb. Das weißt du, nicht?« Irritiert und verlegen schüttelte er seine Hand.
»Natürlich, Liebes.« Er hielt inne. Dann, ganz schnell: »Alles, was ich getan habe, war zu deinem Besten.«
»Ich weiß. Ich weiß.«
»Ich habe mich manchmal gefragt, Matti …« Er unterbrach sich, sein Gesicht war eine schreckliche Grimasse. Er zwang sich, weiterzusprechen. »Ich habe mich

manchmal gefragt, ob ich dir gegenüber nicht ein wenig zu hart war, als du heranwuchsest.« Sie gab ein Grunzen von sich, unfähig, darauf etwas zu sagen. »Aber ich wußte es nicht besser.« Sein Händedruck war schmerzhaft. »Es war zu deinem Besten. Ich wollte, daß du zu einem selbständigen, aufrechten Menschen mit Prinzipien heranwuchsest. Das war alles, was ich wollte.«

»Und das bin ich, Daddy, das bin ich.« Er rüttelte an ihrer Hand. Um was zu sagen? Sie sah ihm in die Augen und konnte nichts darin lesen.

3

Margaret-Anne Milton wartet unter dem riesigen Moreton-Bay-Feigenbaum auf die Straßenbahn, die sie am Hafen entlang in die Schule bringen wird. Während sie wartet, beschäftigt sie sich damit, die orangefarbenen Feigen zu zerquetschen, die verstreut auf dem Bürgersteig liegen. Schnell ißt sie ein Bonbon. Vielleicht ist ja dieses Bonbon zu essen eine läßliche Sünde. Mummy hat verboten, auf dem Weg von oder zur Schule Bonbons zu kaufen oder zu essen.
Die junge Köchin Elizabeth ist gerade bekränzt worden. »Nicht bekränzt, Dummerchen. Gekrönt«, sagt ihr Bruder, und da Margaret-Anne glaubt, daß er alles weiß, ist sie einverstanden, daß sie »gekrönt« worden ist, aber für sich selbst nennt sie es immer noch »bekränzt«. Ihr Bruder Desmond ist praktisch die wichtigste Person in ihrem Leben. Sie sind nur zehn Monate auseinander und unternehmen die meisten Dinge gemeinsam, wenn auch auf verschiedene Weise. Um nur die Bonbons zu nehmen, die sie gerade ißt. Sie heißen »Krönungstausch«, und Desmond kauft jeden Morgen eine Pakkung nur wegen der beiden Karten darinnen. Er sammelt die Karten, weil darauf die englischen Könige und Königinnen seit Wilhelm dem Eroberer abgebildet sind. Die Bonbons sind von keinerlei Interesse für Desmond. Hinter den Karten ist er her. Eine gänzlich andere Sache. Bestimmt keine läßliche Sünde, und er kann schon

die Namen der Monarchen aufsagen, auch noch in der richtigen Reihenfolge. »Es wäre jedoch Verschwendung, die Bonbons einfach wegzuschmeißen«, hatte Margaret-Anne gesagt. Er händigt ihr jeden Morgen die Bonbons aus und steckt für sich die Karten ein. Wenn, wie sie meint, das Ganze nicht auch ein klein bißchen was Böses an sich hätte, wäre es ein perfektes Arrangement. Desmond hat eine Menge Karten. Er sammelt alles Mögliche. Zu Hause hat er in seinem Schrank immer noch ein Osterei vom letzten Jahr. Er weiß noch nicht, daß seine Schwester an der Seite ein Loch gebohrt, ein Stück davon gegessen und dabei entdeckt hat, daß es sowieso ganz weißlich und alt ist.

»Matti, Matti, mach zu! Die Straßenbahn kommt«, ruft Desmond seiner Schwester zu. Jeder zu Hause nennt Margaret-Anne Matti. Der Taufname hat sich als Fehler herausgestellt, ein solcher Zungenbrecher, obwohl die Nonnen sie immer bei vollem Namen nennen. »Ein solches Privileg, Margaret-Anne, Namen von zwei Heiligen zu haben.«

»Matti, mach zu!« Desmond packt sie am Arm, unterbricht ihren Gedankenfluß. Es gibt so viel zu sehen und darüber nachzusinnen. Gerade jetzt beobachtet sie die beiden Church-of-England-Mädchen. Die eine hat Zöpfe. Matti hätte so gerne Zöpfe. Wie sie sich wohl anfühlen, überlegt sie. Ob es wie bei einem Affenschwanz ist? Ob es wohl weh tun würde, wenn einer auf einen Zopf träte. Matti hat lockiges, blondes Haar. Sie hätte gern schwarze, geflochtene Haare. Sie hätte auch gern eine Brille, Krücken und eine Zahnspange. Wie sehr sie Leute mit gebrochenen Gliedern, besonders gebrochenen

Beinen, beneidet. Sie müssen dann nicht nur einen Verband tragen, sondern auch noch so 'nen Metallschienen-Dings unter dem Fuß. Manchmal wickelt sie Baumwoll- oder Gummibänder um ihre kleinen weißen Zähne, damit jemand auf den Gedanken käme, sie müsse eine Spange tragen. Einmal hatte sie auch fast eine ganze Woche lang ein Auge geschlossen gehalten, vielleicht käme ja das Gespräch auf eine Brille. »Hör sofort damit auf«, hatte Mummy schließlich gesagt. »Deine Augen sind völlig in Ordnung. Hör auf, dich interessant zu machen.«

»Sich zur Schau stellen«, hatte Desmond gesagt. Manchmal ist Desmond schrecklich.

Das Mädchen mit den Zöpfen und ihre Freundin heben ihre Mappen auf. Mappen! Matti hätte gern eine richtige Globite-Mappe. Alle haben sie eine Globite-Mappe (und Derwent-Bleistifte), außer Matti (und Desmond). Mummy sagt, daß auf dem Rücken getragene Lederranzen viel praktischer für Kinder sind. Matti schiebt sich näher an die Mädchen heran, als sie von der Bordsteinkante herunter- und auf die Straßenbahn zugehen, die bläulich blitzend auf sie zurattert. Es sind nicht nur die Zöpfe, die sie interessieren. Vor allem sind sie Church-of-England-Mädchen. Natürlich fiele es Matti nicht im Traum ein, sie anzusprechen. Aber ist es schließlich nicht eine Todsünde, überhaupt eine solche Kirche zu betreten? Dann ist da die Sache mit der Scheidung. Matti weiß, daß es Mädchen in der Church-of-England-Schule gibt, deren Eltern geschieden sind. Geschieden! Das ist eines der erstaunlichsten und schrecklichsten – und aufregendsten – Dinge, die sie

sich vorstellen kann. Katholiken lassen sich nicht scheiden, bis auf einen Mann, den »armen Peter Phillips«, der bei der Sonntagsmesse den Kollektenteller herumreicht, aber nie wieder zu einer heiligen Kommunion gehen kann.
All das schießt ihr kreuz und quer durch den Kopf. Das Leben ist ein wunderbares Abenteuer voller Entdeckungen und »Vielleichts« und »Was, wenn's«. Ihre Art zu gehen zeugt davon. Matti geht selten normal. Sie hüpft oder geht auf Zehenspitzen. Wenn sie besonders gut gelaunt ist, hopst sie sogar. Sie ist einfach hübsch anzusehen.
Und warum sollte es auch anders sein? Alles ist ziemlich vollkommen in ihrer Welt. Sie hat Desmond, der ihr Sachen erzählt. Schon bevor sie mit der Schule begann, hatte er ihr Geschichte beigebracht.
»Wer hat den Rubikon überquert?«
»Caesar.«
»Wer hat die Alpen überquert?«
»Hannibal.« Wunderschöne Namen.
Bei Desmond gibt es auch einen Jungen in der Schule, der Bluter ist. »Wie in den königlichen Familien«, hatte Desmond ihr erzählt. Matti ist sehr stolz. Sie kennt fast eine königliche Person. Desmond ist für Matti ungeheuer hilfreich. Und ein vollkommener kleiner Gentleman.
Dann sind da noch Mummy und Daddy. Mummy hat viel um die Ohren. Sie hat wieder ein Baby bekommen. Nach Desmond ist es Mattis Liebling. Mummy ist einfach Mummy, die sie wegen feiner Kleider mit zur Schneiderin, Mrs. Deutsch, nimmt. Und zu Miss Mueller, der anderen Schneiderin, wegen der gestreiften

Schuluniform. Mummy lädt Desmond und Matti in allen Ferien zu »Cahills-mit-den-Drehtüren« ein. Desmond ißt immer eine Waffel mit Karamelsauce und Matti immer Sandwiches mit Hühnerfleisch. Matti bettelt Mummy immer an, ihr eine Pfefferminzkrem zu kaufen, aber Mummy tut das selten.
Daddy hat auch viel um die Ohren. Daddy ist Arzt. Er nennt Matti sein kleines »Püppchen« und lächelt ihr unentwegt zu, vor allem, wenn sie Mummy mit dem Baby hilft. Daddy ist ein richtiger Neuankömmling in Mattis Leben. Er war im Krieg, dann hatte er studiert. Lange Zeit waren nur Mummy, Desmond und Matti zu Hause. Matti kennt Daddy immer noch nicht sehr gut, aber sie hat, so lange sie sich überhaupt erinnern kann, immer von ihm gehört. Sie weiß, daß er ein tapferer Soldat war. Sie hat Photos von ihm in seiner Soldatenuniform gesehen. Sie weiß, daß er ganz wichtige Dinge studieren mußte. Er ist sehr tüchtig. Sie weiß, daß die ganze Zeit, die er anderswo verbracht hatte, für Mummy, Desmond und sie war. Daddy liebt sie alle sehr. Er ist erst seit einem Jahr wieder bei ihnen und hat so wunderschöne Geschenke mitgebracht. Matti ist von Wärme durchflutet, wenn diese sehr wichtige und ganz besondere Person ihre Liebe über sie ausschüttet und ihr sagt, was für ein liebes kleines Püppchen sie ist.
Die Straßenbahn rattert durch die Bucht zum Point Piper hinauf. Desmond steigt aus. Matti beobachtet ihn. Sie wünscht sich, sie hätte ein Mittagspausenbrot im Ranzen. Desmond hat Kuchen und Früchte und ein Tomatensandwich dabei. Einmal hatte er eine Banane in seinem Ranzen gelassen. Bis Mummy sie fand, war sie

matschig geworden und gleichsam an der Taschenwand hochgewachsen. Matty denkt sich alle möglichen, herrlichen Dinge für ihr Mittagsbrot aus, aber was soll's eigentlich? Die aus den unteren Klassen essen mittags genauso in der Schule wie die aus den oberen Klassen, die Internatsschüler sind. Minze, Kartoffelbrei, Kürbis und manchmal entsetzliche, aufgesprungene Apfelklöße voller Salzklumpen.

Es ist in der Tat strikt verboten – eine höchst ernste Angelegenheit –, Essen mit in die Schule zu bringen, außer vielleicht Hustenbonbons. Einmal hatte Matti schwarze Kräuterbonbons mitgebracht und vorgegeben, Daddy habe gesagt, sie brauche sie. »Diese sind gegen meinen Husten. Darf ich sie, bitte, lutschen?« Mutter McPhee hatte ihr die Erlaubnis erteilt. Die anderen Mädchen erklärten meist, sie seien beim Arzt gewesen, und er habe gesagt, sie müßten Bonbons lutschen. Matti beneidet sie um ihren Besuch beim Arzt. Sie geht nie zum Arzt. Ihr Vater ist ja Arzt. Er verschreibt nie Hustenbonbons. Er tätschelt nur ihren Kopf: »Du wirst schon wieder gesund.« Sie hätte es gern, wenn er ihr irgendwelche Medikamente gäbe oder sie zu einer Sprechstunde fahren würde. Mummy meint, Ärzte sind eben so mit ihren eigenen Familien. Außerdem gehört Daddy nicht zu diesen Ärzten mit Sprechstunden. Matti begreift, daß er bedeutender ist.

Die Straßenbahn fährt am Wasser entlang. Der Hafen glitzert in dem sanften diesigen Frühmorgenlicht. Vom Promenadenrand verlaufen lange Piers in den Ozean hinaus. Alle möglichen Boote sind dort festgemacht. Der Gestank von vergammelten Pflanzen dringt auf die

Straßenbahnreisenden ein, als sie durch die schmale Bucht fahren, wo hinter dem Kino bei Ebbe die Schlickflächen bloßliegen und es auf den stinkenden dunklen Meeresalgen von Wasserinsekten kreucht und fleucht. Lauter Wasserinsekten. Ein riesiger Dampfer hupt klagend. Rote Küstenwachschiffe vermelden das Ablegen des großen schwerfälligen Sunderland-Flugbootes, das zu den Heads aufbricht. Trotz der Bewegung und des Lärms ist es friedvoll, schön.

Matti beobachtet den fernen Dampfer. »Johan van Oldenbarnevelt«, flüsterte sie vor sich hin. Das war der Name des Schiffes, mit dem Daddy nach Hause gekommen war. So ein wunderbarer Name. Vielleicht ist es das da draußen, und irgendwo tief unten in seinem Rumpf ist genau die Kabine, in der Daddy auf der ganzen Fahrt von England gewohnt hatte. Genau die Kabine, in der Matti auf dem Boden gelegen und verwirrt zu dem Fremdling aufgeschaut hatte, der Mummy im Arm hielt und auf eine riesige blaue Schachtel deutete. »Das ist für dich, mein Püppchen. Eine Puppe aus London.«

Wunderbare Londoner Puppe. So wundervoll, daß sie nun in einer riesigen blauen Schachtel im Wäscheschrank lebt. Einmal in der Woche, wenn Mummy aus dem Schrank frische Leinentücher holt, läßt sie Matti damit spielen. Die Londoner Puppe mit ihrem Sonnenhütchen und flachsgelbem Haar, mit dem Satinkleid, den Schuhen und Söckchen sowie – am tollsten – dem winzigkleinen Teddybär in den Armen. Matti würde gern ständig mit der Puppe spielen, aber Mummy sagt, daß sie viel zu schade dafür sei. Und damit basta.

Die Straßenbahn kriecht den Hügel hinauf, und Matti

macht sich bereit. Da, direkt auf der Hügelkuppe, liegt Sacré Cœur. Ein riesiges Sandsteingebäude. Sandstein von diesem zarten Rosa und cremefarben und braun, wie buntes Eis. Die Bögen und Türmchen wunderbar ausgewogen, wenn auch düster und abweisend.
Matti springt fröhlich und vertrauensvoll aus der Straßenbahn. Seit mehr als einem Jahr geht sie nun zur Schule. Sie hüpft durch die schmiedeeisernen Tore, zieht sanft die Handschuhe über und winkt, während sie um die Pförtnerloge herumgeht, Mutter Pförtnerin zu. Nur Besucher gehen durch die Loge. Dann schlendert sie den Seitenpfad hinunter und um die Ecke herum, während ihr der Duft der Lantana-Büsche in die Nase steigt. Sie hält inne, um in die Grotte hinunterzusehen, wo die Statue Unserer Lieben Frau auf dem erhabenen Felssitz sichtbar ist. Matti hofft, daß ihr Unsere Liebe Frau eines Tages erscheinen und Geheimnisse erzählen wird, wie in Fatima. Als sie weitergeht, trifft sie auf die Mutter Oberin, die die Novizinnen auf ihrem Morgenspaziergang geleitet.
Sie bleibt stehen und macht einen Knicks, wie sie es gelernt hat. Die Mutter Oberin neigt den Kopf. Matti beobachtet einen Augenblick, wie die Nonnen ihren Spaziergang den Pfad entlang fortsetzen. Matti kann kaum glauben, daß Nonnen auch Menschen sind. Sie hält erneut inne und blickt zu ihnen zurück. Sie bemerkt, wie diese unter ihren Umhängen unsichtbar, sorgfältig die Hände gefaltet haben. Ihre langen weißen Schleier und gekrausten Hauben wirken wie Scheuklappen, so daß sie nicht nach rechts und links blicken können.

Dann setzt Matti ihr Hüpfen fort. Sie umspringt die letzte Ecke und stößt die schwere Holztür auf. Hier sind die unteren Klassen der *Junior School* untergebracht. Es riecht vertraut und einladend nach Bleistiftspitzen, Schuhen und Feuchtigkeit. Die Feuchtigkeit geht von den steinernen Wänden aus. Matti weiß das. Sie hatte eines Tages das Gesicht daran gepreßt und die Feuchtigkeit gerochen.

»Guten Morgen, Margaret-Anne.«

»Guten Morgen, Mutter.«

»Lauf nach Bethlehem, Liebes, und mach dich für den Religionsunterricht bereit.«

Matti eilt von ihrem Schließfach in Nazareth zu ihrem Klassenzimmer in Bethlehem. Sie bleibt stehen, läuft zurück, holt ihre Handschuhe hervor, die sie aus Versehen in den Ranzen gesteckt hatte, zieht sie über, wie es für den Religionsunterricht geboten ist. Dann zerrt sie an ihrer Unterhose, die in den Poposchlitz eingeklemmt ist, und beginnt ihren Tag mit den Ordensfrauen von Sacré Cœur.

Mutter McPhee, mit weicher Haut und pummelig, ist die Leiterin der *Junior School.* Sechsunddreißig Kinder, und alles Gotteskinder. Mutter McPhee betrachtet alle als ihre Geschöpfe, als das besondere Geschenk von einem liebenden Gottvater. Sie umsorgt und liebt sie. Die Kinder fordern sie heraus und ermüden sie. Mutter McPhee fürchtet, daß eine mütterliche Zuneigung sie allzu nachsichtig gegenüber ihren Streichen machen könnte. Sie sieht sich gelegentlich zu ihrem eigenen Kummer gezwungen, hart durchzugreifen.

An diesem Morgen ist Mutter McPhee nicht glücklich. Die kleinen Mädchen stehen mit ihren Handschuhen hinter den Stühlen und warten auf das Morgengebet vor dem eigentlichen Unterricht. Und wie Kinder nun einmal so sind, weiß sie, daß sie nicht lange ruhig warten würden. Auf ihrem Gesicht liegt ein Zug der Zerstreutheit. Mairie Molloys Mutter hat es nicht bemerkt. Wenn sie Mairie zur Schule bringt, kommt sie häufig zu einem kleinen Schwatz herein. Sie ging vor vielen Jahren mit Mutter McPhee zur Schule: Claire. So hatten die kleinen Mädchen sie wirklich einmal Mutter McPhee nennen hören. Es war kaum zu glauben gewesen. Sie hatten aufgeschreckt gekichert, und Mairie stand für kurze Zeit im Mittelpunkt der Aufmerksamkeit. Die kleinen Mädchen spornten sie an: »Frag deine Mutter. Mach schon. Was für eine Farbe haben ihre Haare?« Über die Haare einer Nonne wird unendlich spekuliert, nicht nur über die von Mutter McPhee. Wie schrecklich, sich für immer ganz kahl scheren lassen zu müssen. Es ist wohl entsetzlich, Nonne zu sein, und am schlimmsten daran ist wohl diese Haarsache. Mrs. Molloy redet über das Klassentreffen. Mutter McPhees Augen wandern durch die Klasse. Die Mädchen fangen an, unruhig zu werden, Matti sieht zu Mairie hinüber. Fühlt sich Mairie schrecklich wegen ihrer Mutter? Schließlich weiß jedermann, daß nur in ganz wenigen Ausnahmesituationen Mütter in die Schule kommen sollen. Haben die Mädchen erst einmal die Tore durchschritten, werden die Nonnen ihre Mütter. Jeder weiß das. Bis auf Mairies Mutter. Arme Mairie!
Mutter McPhee schickt ein stilles Gebet um Geduld gen

Himmel. Gott geht seltsame Wege, und Mrs. Molloy hat zu Hause Probleme. Aber, um alles in der Welt, das geht nun schon seit letztem Weihnachten so. Die Kerzen brannten herunter, und das braune Papier der Weihnachtskrippe fing Feuer, während Mrs. Molloy herumquatschte. Jedoch wurde, Gott sei Dank, kein größerer Schaden angerichtet. Die gute Frau scheint nicht zu begreifen, wie ungelegen ihr Besuch kommt.

Die fünf Kinder stehen nicht mehr gerade. Klack, klack, klack, ertönt das kleine Holzsignal in Mutter McPhees Hand verborgen. Wortlos bedeutet sie mit dem Finger, daß das Gezappel aufzuhören hat. Matti ist ungeduldig, gelangweilt. Sie zieht einen Handschuh aus, beugt sich nach vorne und taucht einen Finger in das Tintenfaß auf Mutter McPhees Schreibtisch. Sie steckt ihn in den Mund. Anschließend dreht sie sich zu den Glastüren um, die zu St. Maria Foretti führen. Die Kindergartengruppe dort sieht sie. Sie streckt die Zunge heraus, bewegt sie hin und her. Die Kleinen beginnen zu kichern und mit dem Finger zu deuten. Mutter Freeman, die durch keinen Elternteil abgelenkt wird, blickt auf und sieht Matti. Geschwind ist sie zur Stelle. »Mutter McPhee, Margaret-Anne lenkt die Kinder ab.«

Mutter McPhee legt zurückweisend einen Arm auf Mrs. Molloy, entschuldigt sich in bestimmtem Ton und stellt sich vor Matti. Matti mag den modrigen, anonymen Geruch des schwarzen Sergengewands nicht. Sie wendet den Kopf ab.

»Sieh mich bitte an, Liebes«, sagt Mutter McPhee. »Was hast du im Mund?«

»Nichts, Mutter«, sagt Matti kühn.

»Mach den Mund auf!« Matti macht den Mund auf. »Zunge raus, bitte. Das ist eine sehr kurze Zunge. Ganz heraus, bitte.« Matti fühlt sich nun nicht mehr so mutig. Sie streckt ihre blauschwarze, nach Rost schmeckende Zunge heraus.
»Geh in mein Zimmer, Margaret-Anne. Warte dort auf mich. Ich bin sehr enttäuscht von dir.«
Matti geht, nun beschämt. Sie mag die Unterrichtsstunden, und wahrscheinlich muß sie jetzt in Mutter McPhees Büro bis zum Mittag bleiben. Puuuh! Und sie mag Mutter McPhee. Sie ist wirklich wie eine Mutter. Sie hat Matti sehr gern. Matti weiß das ganz genau. Puuh. Sie geht an dem leeren Zimmer mit dem riesigen, altmodischen Zahnarztstuhl vorbei, worauf die Nonnen noch vom Zahnarzt behandelt werden, und betritt das Büro von Mutter McPhee. Sie setzt sich auf die geschnitzte Mönchsbank, lehnt sich an die Wand und starrt düster auf die Schatten.
Die Mutter Oberin ist auf dem Weg, um die Kleinen zu besuchen. Wen sieht sie da in Mutter McPhees Büro? Die Mutter Oberin hat nie kleine Mädchen unterrichtet. Ihre Talente liegen anderswo. Die Kleinen sind Gottes Engel auf Erden. So nimmt sie Mattis Hand und führt sie wieder ins Klassenzimmer. Die Klasse erhebt sich gemeinsam. »Guten Morgen, Ehrwürdige Mutter«, singen sie. Alle machen einen Knicks.
»Verzeihen Sie, Mutter McPhee«, meint die Mutter Oberin höflich. »Ich bin sicher, Margaret-Anne hatte nichts Böses im Sinn. Vielleicht war es ein Unfall.« Mutter McPhee neigt ehrerbietig den Kopf. Man ist nicht anderer Meinung als die Mutter Oberin, wenn man auch

vielleicht, welch Sünde, eine aufkeimende Gereiztheit spürt.
»Bestimmt wird Margaret-Anne einen herrlichen St. Tarsisius abgeben.« Mutter McPhee kann nicht verhindern, daß ihre Augen sich vor Überraschung weiten.
»Ja, Ehrwürdige Mutter. Aber wir haben uns schon für eines der Zwillingsmädchen entschieden.«
»Ja, Mutter McPhee, das stimmt. Deswegen bin ich gekommen. Deren liebe Mutter hat mich heute morgen angerufen. Die Zwillinge haben Mumps. Margaret-Anne wird unser St. Tarsisius werden.«
Wie jede Mutter fühlt Mutter McPhee sich zu manchen Kindern mehr hingezogen als zu den anderen. Unter ihrer Tracht ist Mutter McPhee ein menschliches Wesen. Sie bekämpft diese natürlichen Neigungen und ist aufs gewissenhafteste gerecht. Allein hätte sie sich gegen Matti entschieden, denn Matti ist jemand, zu dem sie sich hingezogen fühlt. Sie jedoch nach der Episode von heute morgen auszuwählen, wäre nicht gerecht. Doch die Mutter Oberin hat gesprochen. Mutter McPhee mag das Leben einer eingeschlossenen Nonne führen, aber das macht sie nicht unweltlich. Sie hält das Leben für hart. Nur Festigkeit und Disziplin helfen ihr, sich seinen Anforderungen zu stellen. Matti muß lernen, daß Privilegien Verpflichtungen mit sich bringen. Sie muß lernen, daß sie ihre Begabung von unserem Gesegneten Herrn hat und daß deswegen viel von ihr gefordert werden wird. Sie muß lernen, und zwar frühzeitig, daß sie es Gott, ihren Eltern und Lehrern schuldig ist, zum Dank für diese Gaben nach Vollkommenheit zu streben.

Deshalb nimmt Mutter McPhee Matti an diesem Nachmittag beiseite und spricht entschiedenen Tons mit ihr. »Margaret-Anne, du hast mich mit deinem dümmlichen Benehmen sehr enttäuscht. Dein Mangel an Disziplin macht uns beiden, der Mutter Oberin und mir, Sorgen. Die Mutter Oberin hat in ihrer Weisheit entschieden, daß St. Tarsisius für dich von großer Hilfe sein wird. Du wirst ein sehr braves Mädchen sein müssen. Wenn dir eine solch große Ehre zuteil geworden ist, würdest du dich mit schlechtem Benehmen versündigen.«
»Oh, ich verspreche es, Mutter. Ich verspreche es. Ich werde brav sein. Ich verspreche es. Danke, Mutter. Es tut mir leid, Mutter.«
»Sehr gut, Liebes, ich hoffe es. Denk daran, dies ist ein sehr großes Privileg. Lauf nun!« Sie klopft dem Kind sanft auf den Kopf. Sie sehnt sich danach, ein Kind in den Armen zu halten und es zu knuddeln und zu knuddeln. Ihr Herz ist voller Sehnsucht. Sie muß Gott bitten, daß er in seiner göttlichen Weisheit dieses Vakuum füllt.

Manchmal ist Matti auch zu Hause ein bißchen ungezogen.
Matti reitet auf Tante Elys Rücken. Es ist ihr verboten worden, auf ihrem Rücken zu reiten. Mummy ist nun hereingekommen und hat scharfe Worte gebraucht. Matti ist auf den Boden geglitten, den Tante Ely schrubbt.
»Matti, wie oft habe ich dir schon gesagt, daß du das nicht tun sollst? Tante Ely hat einen schlimmen Rükken.« (Was Matti weiß. Bittet sie nicht in ihren Nachtgebeten Gott, Tante Elys Rücken besser werden zu lassen und Onkel Harolds Nase und Mrs. Demeralds

Brust?) »Wenn du das noch einmal tust, gibt's was mit dem Kochlöffel.« Matti guckt verängstigt Tante Ely an, die ihr zulächelt. Sie legt der knienden Frau die Arme um den Hals, drückt sie fest an sich und küßt sie übers ganze Gesicht. Oh, wie wunderbar feucht fühlt sich Tante Elys Gesicht an. Diese weiche, weiche Haut.
Manchmal denkt Matti, es wäre schön, wenn Tante Ely ihre Mutter wäre. Tante Ely hat nie mit ihr geschimpft. Außer, wenn Matti ihr auf den Rücken kraxelt, und selbst dann konnte man das kaum schimpfen nennen. Sie sagt nur, daß Matti das Jesuskind traurig macht, und wenn Matti ein braves Mädchen ist, wird es für die wunderschöne Krone, die oben im Himmel für sie angefertigt wird, einen weiteren Diamanten geben. Matti kann diese Krone sehen. Sie findet es herrlich, zu wissen, daß da oben eine Krone auf sie wartet. Schön glänzend und mit einer Menge Rauschgold, wie das der Märchenkönigin in der Pantomime, zu der Mummy sie und Desmond mitgenommen hat.
Matti beschließt, ein braves Mädchen zu sein und beim Bodenputzen zu helfen. Tante Ely gibt ihr einen kleinen Lappen, und die beiden wischen im Duett. Tante Ely ist eine wunderbare, geheimnisvolle Person. Ihr Vorname ist Gypsy, was übersetzt Zigeunerin heißt. Man stelle sich vor, Ely als Zigeunerin. Bunte Kopftücher, goldene Medaillons, Kristallkugeln, Zukunft voraussagen. In einem Buch, das Daddy aus England mitgebracht hatte, hat Matti alles über Zigeunerinnen gelesen.
»Sei nicht töricht, Matti«, meint Mummy. »Natürlich ist Tante Ely keine Zigeunerin.«
»Aber sie heißt so.«

Matti kann sich darauf keinen Reim machen. Es ist der sonderbarste Name, den sie je gehört hat. Und Tante Ely ist die wunderbarste Person. Sie ist dick, so dick. Wenn sie Matti in den Arm nimmt, und die beiden umarmen einander immer, ist sie schwammig und weich. Oberhalb von ihrem Kleid ist die Haut faltig, und in der Ritze steckt ein Taschentuch. Und Tante Ely riecht so gut. Feucht, kühl. An diesem Nachmittag geht Matti mit zu Tante Ely nach Hause. Die Hausarbeit für Mrs. Milton ist erledigt. Manchmal darf Matti mitkommen – um Tante Ely »zu helfen«. Sie überqueren den grünen Rasen und die kühlen Grasflächen, um in den baumlosen Vorort voller alter, mit Brettern vernagelter Häuser und auf den Straßen spielender Kinder zu gelangen.
Matti packt ganz fest Tante Elys Hand, als sie am Hotel vorübergehen. Hotels machen Matti angst, all der Lärm und der Geruch und die »schrecklichen alten Kreaturen«, wie Mummy sie nennt. Nun biegen sie in Tante Elys Straße ein. Liebenswürdig grüßt sie alle Leute, die Tante Ely ihr benennt. Tante Ely scheint so viele Leute zu kennen. Mehr als Mummy und Danny jedenfalls. Sie betreten das Haus. Matti weiß, daß sie nicht in das vordere Zimmer gehen darf. Niemand tut das. Es muß in Ordnung gehalten werden, falls der Gemeindepfarrer hereinschaut. Hinaufgehen darf sie auch nicht. Tante Ely hat Mieter, und sie dürfen nicht gestört werden. Aber sie kann in die Küche und Tante Elys Schlafzimmer gehen. Das macht sie auch. Immer. Es ist so wunderschön mit dem Bild. »Erzähl mir noch einmal davon, Tante Ely!«

»Das ist die heilige Veronika. Sie hat Jesus das Gesicht abgewischt – Matti, vergiß nicht, den Kopf zu senken, wenn du den Namen von Jesus hörst –, als Er sein Kreuz nach Golgatha trug. Also, das ist sie, und sie zeigt dir das Tuch. Siehst du?«

»Ich kann darauf das Gesicht von Jesus sehen. Kann ich. Seine Augen folgen mir, nicht wahr? Wo immer ich in dem Zimmer stehe, sie folgen mir. Es ist Zauber. Es ist Zauber.«

»Nein, Matti. Es ist ein Wunder.«

»Ein Wunder. Ein Wunder.« Matti verbringt eine Menge Zeit in diesem Zimmer und versucht, dem Bild auf die Schliche zu kommen. Wirbelt plötzlich drumherum. Späht genau hin. Versucht, es zu übertölpeln. Tante Ely hat recht. Es ist ein Wunder. »Oh, Tante Ely. Weißt du was? Ich mach' bei dem Stück mit. In der Schule. Ich bin St. Tarsisius.«

»Oh, wirklich, Liebling? Das ist ja wunderbar. Gott segne dich. Von jetzt an wirst du ein ganz braves Mädchen sein, nicht wahr, wo dir eine solche Ehre zuteil geworden ist?« Matti nickt.

»Natürlich. Mutter McPhee hat es mir schon gesagt.«

Die *Junior School* ist wochenlang mit Proben für *St. Tarsisius' Tod* beschäftigt. Matti überlegt, wie ihr das Leben jemals zuvor auch nur ein bißchen aufregend hatte vorkommen können. Sie findet alles wunderbar. Besonders liebt sie die kurze, weiße Seidentunika, die sie tragen muß, mit einer goldenen Troddelkordel um die Taille. Um ihr Haar bindet Mutter McPhee ein Lederband. Als eines Morgens die Mutter Oberin hereinschaut, um Bonbons und Heiligenkarten zu verteilen

und zu sehen, wie es mit dem Stück vorangeht, hört Matti sie flüstern: »Engelsgleich.«
Als St. Tarsisius muß Matti durch die Straßen von Rom eilen und das Heilige Sakrament, das sie im Oberteil ihrer Tunika versteckt trägt, vor den Angriffen und Beleidigungen vorübereilender heidnischer Römer schützen. Die anderen Kinder sind das Heidenpack. Sie müssen auf sie losgehen und versuchen, ihr die kostbare Last zu entreißen. Matti muß widerstehen und nach göttlicher Unterstützung rufen, bis sie zu Boden geht – und Tod. Wie sie sich dreht und duckt, Grimassen zieht und sich krümmt, hinfällt, sich dreht und windet …
»Margaret-Anne. Wedel nicht so mit den Beinen, bitte. Versuch, ein bißchen mehr ladylike zu sein.« Matti liegt regungslos, fühlt sich tot, heldenhaft und wunderbar. »Margaret-Anne, steh sofort von dem Linoleumboden auf, sonst holst du dir noch eine Erkältung«, befiehlt Mutter McPhee.

Später, im selben Jahr, beginnt die monatelange Vorbereitung auf das glanzvolle Fest der Heiligen Erstkommunion. Mattis Klassenkameradinnen sind die diesmal Auserkorenen der *Junior School.* Monat für Monat klärt Mutter McPhee sie über die Bedeutung des näherkommenden Tages auf. Sie zeigt ihnen besondere Heiligenbilder und nimmt sie mit in den Kongregationsraum der *Junior School,* wo sie geheime Vorsätze (für die sie beten sollen), kleine Strafen für Selbstverleugnung (die sie ausführen sollen) und geistliche Schriften zum Lesen mitgeteilt bekommen. Mutter Lacey, eine Novizin mit weißem Schleier, überwacht eine Gruppe aus den unteren Klassen, während Mutter McPhee das Freitagsnachmittagsgebet leitet. Mutter Lacey hat keine Erfahrung mit Kindern und fürchtet die Freitagnachmittage. Die Kinder scheinen freitags besonders töricht und unverschämt zu sein.

»Setz dich. Ich ... nein, nicht jetzt, Anne. Na, wenn du mußt. Leg das Hüpfseil weg, Elizabeth, und setz dich. Sind wir alle da? Nein, nicht jetzt. Ja, Marella?«

»Bitte, Mutter. Können wir unsere Hongregation haben?«

»Was meinst du damit?«

»Mongregation. Sie wissen doch. Wie die anderen da. Sie erzählen uns Geheimnisse und so. Was wir tun sollen und ...«

»Sei nicht töricht, Liebes. Setzt dich hin, und wenn deine Erstkommunion naht, wirst du drankommen.«

»Aber ...«

»Setz dich!« Mutter Lacey ist erschrocken über den schrillen Ton in ihrer Stimme. Sie fragt sich, ob sie kleine Mädchen überhaupt mag. Es sind lauter kleine ... Schlaumeier. Oh, und man sehe nur, wie diese schreckliche Noni Plowman dasitzt, mit einem Gesicht wie ein Hund. Dann strickt sie auch noch mit dieser schrecklichen, knallroten Wolle und den zaunpfahlähnlichen Nadeln. Zaunpfähle ... Mutter Lacey lächelt. Weniger als zwölf Monate zuvor war sie mit Dad umhergeritten, um die Zaunpfähle oben im Walgett zu prüfen.

»Wenn ihr still und lieb und nett seid, erzähl' ich euch von meinem Pferd«, sagt sie. Die Klasse merkt auf. Eine Nonne mit einem Pferd? Mutter Lacey klappt das Geschichtsbuch zu und beginnt zu erzählen.

Im Aufenthaltsraum beginnt die Kongregation. Die kleinen Mädchen sind ganz aus dem Häuschen wegen des bevorstehenden Festtags und lauschen verständnislos Mutter Porters Ausführungen über die heiligen Mysterien. Matti kann sich nicht vorstellen, daß sich Jesus bei der Kommunion wirklich in sie hineinbegeben wird, aber sie will es nicht anzweifeln. Das nennt man »Glauben«, sagt Mutter McPhee. Andere spezifische Dinge betreffen und interessieren die Gruppe jedoch mehr.
»Wenn man an der Kommunion teilnimmt, ohne daß einem bei einer Beichte die Absolution erteilt worden ist, hat man eine doppelte Todsünde begangen und kommt direkt in die Hölle.«
»Falls man stürbe«, präzisiert Matti.
»Natürlich«, erwidert Mutter McPhee, die sich inständig bemüht, ihren Schützlingen klarzumachen, daß es in ihrem Alter praktisch unmöglich ist, eine Todsünde zu begehen.
»Und wenn man jemanden umbringt?« fragt Matti.
»Ich glaube kaum, daß du jemanden umbringen wirst, Liebes«, antwortet Mutter McPhee.
In Gedanken ist Matti weiter mit den Themen Sünde, Strafe und Beichte beschäftigt. Auch ohne Todsünde fallen ihr genügend normale läßliche Sünden für die Freitagsbeichte ein. Sie fragt sich, ob Vater Bates vielleicht meint, sie halte mit etwas zurück. »Drei ›Gegrüßet seist du, Maria‹, Gott segne dich, mein Kind«, ist alles, was er je von sich gibt. Manchmal denkt Matti, er ist hinter seinem schön geschnitzten hölzernen Sprechgitter eingeschlafen, da es zwischen ihren Äußerungen immer wieder ein langes Schweigen gibt. Aber nein. Schmerz-

voll einatmend, wird er mit einem Stöhnen lebendig. »Oh, mein Gott, es tut mit herzlich leid ...« Und Matti beginnt mit dem Absolutionsgebet. Allmählich gewöhnt sie sich an sein Verhalten und beschließt, daß ihre Sünden zum Vorzeigen reichen. Ihre wöchentliche Begegnung wird so angenehm und vorhersehbar wie Mutter McPhees verträumtes Morgengesicht.

Morgen ist der große Tag. Die Gruppe wird daran erinnert, daß sie nach Mitternacht weder essen noch trinken darf. »Falls ihr euch nicht wohl fühlt, dürft ihr einen Schluck Wasser trinken. Aber nur, wenn unbedingt nötig«, sagt Mutter McPhee.

Matti erwartet ihre Erstkommunion voller Erregung und frohen Herzens. An diesem besonderen Tag werden ihre Eltern im Innern des Klosters willkommen geheißen. Eine der wenigen Gelegenheiten, da Zuhause und Schule einander überschneiden, und deshalb um so bedeutsamer. Mattis Klasse versammelt sich früh mit den Eltern im Aufenthaltsraum der Mutter Oberin. Auch Desmond ist gekommen, jedoch zur Sakristei geführt worden, um mit dem Gewand eines Ministranten ausgestattet zu werden.

Scheu und still (denn vor der Kommunion ist ihnen Schweigen auferlegt) werfen die Klassenkameradinnen verstohlene Blicke auf die weißen Kleider, Schuhe und Seidenhandschuhe der anderen. Matti ist ein ganz klein bißchen enttäuscht von ihrem Kleid. Mummy hat es bei Mrs. Deutsch nähen lassen, da sie die Stangenware der Spezialgeschäfte nicht leiden kann. Es ist aus Voile, schönstens mit Biesen versehen und ganz einfach. Matti hatte auf Rüschen und Petticoats gehofft.

Die Mutter Oberin und ihre Helferinnen kommen mit den französischen Schleiern und Kränzen an, Erbstücke aus dem Mutterhaus in Frankreich. Das Verschleiern ist zeremoniell und würdevoll. Jedes kleine Kind steht zwischen seinen Eltern, den großen Kranz tief in die Stirn gezogen, und wartet darauf, zur Kapelle geleitet zu werden.
Nun beginnt die Herrlichkeit. Die Mutter Oberin drängt sie weg von ihren Eltern zu den Türen der großen gotischen Kapelle. Hier warten sie feierlich und voll ehrfürchtiger Scheu auf das Zeichen, um den Mittelgang hinaufgehen zu dürfen. Vor ihnen ragt der Bogen des Sandsteindaches hoch, und ihr Ziel, die Schwelle zu dem riesigen Marmoraltar, erscheint weit und prächtig. Er erstrahlt im Kerzenschein. Weiße und gelbe Blumen quellen in schwindelerregender Fülle aus den Vasen. In dem hölzernen Chorgestühl entlang der Kapellenmauern beenden die Chornonnen ihre Morgenandacht, den Singsang der Litanei, wobei Anrufe und Erwiderungen von den Dachsparren widerhallen.
Auf den Bänken im Kirchenschiff knien regungslos die Internatsschülerinnen. Sie dürfen sich um keinen Preis hinsetzen oder umdrehen, damit sie die Kommunionkinder besser sehen können.
Die Andacht ist zu Ende, und verstummt wartet die Kapelle. Von der Orgel dringen Klänge süßer Reinheit nach unten. Die Kommunionkinder beginnen langsam und feierlich den Mittelgang entlangzuschreiten. Sobald sie an die Altarabgrenzungen kommen, gleiten sie auseinander und bewegen sich, bis zur Perfektion geprobt, auf die wartenden Betpulte zu, die mit weißem

Satin bedeckt sowie mit weißen Bändern und Blumen umwunden sind. Dahinter steht ein gepolsterter, satinbezogener Stuhl. Matti denkt sich, daß es so im Himmel ist. Sie kniet verträumt und mit gesenktem Kopf nieder, benommen von den Gerüchen, der Musik und den cremefarbenen, flackernden Kerzen. Hunderte und Aberhunderte davon.
Die Anweisungen der Liturgie hüllen sie ein.
Dann donnert die Orgel im Triumph los. Matti und die kleine Gruppe der Kommunionkinder verlassen ehrfürchtig die Kapelle und laufen in die ausgebreiteten Arme der Mutter Oberin und der Ordensschwestern. Matti wird von Nonne zu Nonne weitergereicht, spürt, wie deren Lippen leicht ihre Wange berühren, und hört, wie die Rüschenhauben ein knackendes Geräusch an ihrem Ohr verursachen. Dann werden die Heiligenkarten und besondere Rosenkränze verteilt. Die Kinder wandern mit ihren Eltern in den Speisesaal, wo die Nonnen darauf warten, das festliche Frühstück zu servieren.
Dieser Morgen ist für alle wirklich wichtig. Sie stehen im Mittelpunkt der Aufmerksamkeit. Es ist ein einziges Gewirr von Lobeshymnen, Ausrufen des Entzückens und Segenswünschen sowie von blitzenden Fotoapparaten.
Aber ein Jahr später gibt es wieder einen Trupp Kommunionkinder. Matti muß alles voller Neid und Wehmut von der Kirchenbank aus beobachten. Wunder und Zauber sind vorbei.

4

Mrs. Milton ist zu Hause und zieht das Vierpfostenbett ab. Ihr Atem ist ein pfeifendes Keuchen. Ihre Nase tropft. Irgend etwas, Gott weiß was, ist an dem Bett, das bei ihr Keuchen und Nasentropfen hervorruft. Sie seufzt, als sie das Laken geschickt über die Matratze zieht. Ihr Bauch ist hinderlich, und in ihren Adern pocht es. Sie würde am liebsten ins Bett fallen, mit dem Gesicht nach unten, und regungslos liegenbleiben. Aber nein. Es gibt soviel zu machen, und als erstes dieses Bett. Sie hat sich inzwischen mit dem morgendlichen Bettenmach-Ritual abgefunden, obwohl sie, als ihr Mann das erste Mal nach Hause kam, überrascht und verärgert war.

»Ein schlampiges Bett werde ich nicht dulden«, hatte er gemeint. »Betten müssen ganz abgezogen, die Matratze täglich umgedreht und das Bettzeug gelüftet werden, bevor es wieder überzogen wird.«

»Aber, Patrick, zweimal würde bestimmt … Oh, schon gut.« Sie hatte sein Gesicht gesehen, hatte gesehen, wie die Kälte in seine Augen kroch, und war verwirrt, ja, sogar verängstigt.

Mrs. Milton beugt sich vornüber, um das Laken glattzustreichen. Sie zieht die Ecken fest, einer Krankenschwester würdig. Sie streckt den Rücken durch, drückt mit der Hand auf den lästigen Ischiasnerv und schnauft laut. Sie sucht in ihrer Schürzentasche und fischt ein verkrumpeltes Taschentuch heraus, womit sie ihre Nase abwischt. Sie tastet erneut und holt ein Pfefferminz aus der Tasche. Sie steckt es in den Mund und fühlt sich ruhiger. Pfefferminzbonbons sind ihr kleines Geheimnis. Oje, so viel zu tun, und das gründlich. Der Fremdling, der zu ihr aus England zurückgekehrt war, hatte Vorstellungen, die sie schlichtweg überwältigt haben. Sie wohnt auf einem Paradeplatz. Als sie zu dem Stuhl geht, um die Kissen einzusammeln, guckt sie in den Spiegel und sieht schnell wieder weg von dem grauen Gebilde mit den dunkel beschatteten Augen, das ihr entgegenstarrt. Ist das dieselbe Frau, die sich mit einer Krinoline herausputzte und den Scarlett-O'Hara-Preis gewann? Die Frau mit Zylinder und Frack, die im »Trocadero« auf dem Tisch getanzt hat? Bestimmt nicht.

»Doch, sie ist es, sie ist es«, flüstert sie und starrt die Frau im Spiegel an. »So war es nicht immer. Ich weiß nicht einmal, wie es passiert ist. Wie ist es passiert?« Oh, fatale Frage. Mrs. Milton beginnt zu weinen, schnieft elendig, tropf, tropf, tropf. Herrgott im Himmel! Sie sitzt auf dem frischgemachten Bett.

Aber warum ist es eine solche Überraschung für sie? In den Briefen aus England hatte er sie oft genug gewarnt, ja, hatte er. Briefe darüber, daß man nicht mehr über die Stränge schlagen sollte. Briefe über den Ernst des Lebens und die Notwendigkeit, weiterzukommen, über die Opfer, die das mit sich bringen würde. Jetzt weiß sie, was das alles bedeutet. Er wird arbeiten, und das Leben wird streng sein. Sie wird die unerschütterliche Stütze sein und jeden Atemzug ihres Lebens ihm und der großen, ihnen bestimmten Familie weihen.

Mrs. Milton putzt sich entschieden die Nase. »Nun, davon bekommt das Kind kein Kleid.« Gereizt versucht sie, den sich vorwölbenden Bauch einzuziehen, der sie bei jeder Bewegung behindert. »Ehe bedeutet Opfer«, sagt ihr Mann Patrick, »und Geben und Nehmen.« Sie geht schnell hinaus, um den Teppichkehrer zu holen. Eine Menge Nehmen. Wo bleibt das ganze Geben? Nein, das ist ungerecht. Er arbeitet hart. Es ist alles für uns. Nicht wahr? Sie beschließt, diese Gedanken beiseitezuschieben. Sie will sich mehr Mühe geben. Es wird ihn freuen – und der Friede bleibt erhalten. Den Frieden erhalten. Immer größere Mühe. Allein schon für Desmond und Matti. Keine Kleinkinder mehr. Keine Engel mehr. So schwer zu wissen, was man tun soll. Warum spielen sie nicht mehr zusammen wie einst? Das sollten sie. Das sollten sie. Eine Familie hat in sich rund zu sein, stellt Dr. Milton fest. Desmond und Matti müssen lernen, wieder miteinander auszukommen. Sie sollen mit diesem ständigen Gegreine aufhören, daß sie nach der Schule an dem Dreirad- und Autoskootergerattere den Weg hinauf und hinunter teilnehmen wollen. Mummy hat ihnen schon immer erklärt, Daddy meine, das Spielen auf dem Fußweg (und das auch noch barfuß) sei gefährlich. »Eins führt zum anderen. Als nächstes wird die Spielhalle kommen«, behauptet er. Was Mummy insgeheim bezweifelt. Aber so ist es nun einmal.
Desmond und Matti sind entsetzlich streitlüstern. Während Mrs. Milton ihren morgendlichen Pflichten nachgeht, hocken die beiden Kinder an der Hintertreppe.
»Nein, du bist der Kunde.«
»Nein, du.«

»Nein, ich bin der Metzger.«
»Ich bin aber der Junge, blöde Kuh«, sagt Desmond und hackt fachmännisch die Hibiskusknospen zu Fleischbrocken. »Du mußt weggehen, in einer Minute wiederkommen und Fleisch bei mir bestellen.«
Matti trottet den Weg hinauf, setzt sich unter den Briefkasten und wartet darauf, daß Desmond fertig wird. Sie rückt ihren Hut zurecht und hängt sich den Korb an den Arm. Als Desmond ruft, möchte sie gern in Mummys alte Schuhe mit den hohen Absätzen hineinschlüpfen.
»Offen, fertig!« jodelt ihr Bruder. Es dauert einen Augenblick, bis Matti ihre mit Sandalen bekleideten Füße in die Schuhe gezwängt hat. Dann stakst sie den Weg entlang zum Metzgerladen.
»Guten Morgen, Mrs. Magerkinshaw«, sagt Desmond.
»Guten Morgen, Mr. Mainsbridge«, antwortet Matti in hohem Singsang.
»Ist das nicht schrecklich mit der armen Lily Maxwell?«
»Oh? Davon weiß ich nichts.«
»Sie ist von der Straßenbahn heruntergefallen«, kichert Matti, »auf dem Weg in die Stadt, um sich bei Mr. Stegmar eine Dauerwelle machen zu lassen ...«
»Das reicht. Los, Matti. Bestelle endlich etwas.« Desmond wedelt mit dem Messer.
»Oh, sehr schön.« Hochnäsig. »Ich hätte gern sechs Koteletts und eine Lammkeule, bitte.«
»Nein, du kannst nicht soviel auf einmal bestellen, sonst gehen mir die Sachen aus.«
»Aber ich bringe sie wieder zurück«, meint Matti. Desmond guckt listig.
»Du kannst sie nicht zurückbringen. Du kennst die Re-

geln. Du hast sechs Koteletts bestellt. Jetzt mußt du sie auch essen.«
»Tu ich nicht.«
»In Ordnung. Aber du mußt die Lammkeule essen.«
»Tu ich nicht.«
»Mußt du aber ... So lauten die Regeln, die wir aufgestellt haben.« Matti zerrt ihren Hut herunter und schleudert die Schuhe von sich. »Ich esse das scheußliche Zeug nicht. Mummy hat gesagt, ich soll das nie wieder essen.« Die Hibiskusknospe liegt markig und schleimig auf der Treppe.
»Spielverderberin. Schwätzerin. Du mußt es essen, oder ich spiel' nie wieder mit dir. Nie wieder.« Er macht Anstalten zu gehen. Matti blickt wütend auf das »Fleisch«. Es ist so langweilig, wenn man niemanden zum Spielen hat.
»Desmond, bitte. Ich tu alles, was du willst, aber nicht das Fleisch. Ich werde kotzen. Bitte, bleib hier und spiel mit mir. Ich tu alles, was du sagst. Bitte.«
»Versprochen?« fragt Desmond.
»Versprochen.«
»Hand aufs Herz und fahr zur Hölle!«
»Ja, Hand aufs Herz und fahr zur Hölle!«
Desmond steigt wieder in die Arena. »Mach als erstes den Metzgerladen sauber!« befiehlt er. Dankbar schleudert sie die vergammelten alten Blumen in den Garten.
»Nun komm hier mit runter, und ich werde dich deinen Finger in Toms Loch stecken lassen.« Matti holt tief Luft. Desmonds Spiel! Das Tom-Spiel! Die schreckliche Monsterperson, die im Dunkeln hinter den Spinnweben wohnt, die das Loch in der Ziegelwand bedecken. Das

Monster, das kleine Kinder umbringt, mit Vorliebe kleine Mädchen, indem es ihnen mit giftigen Zähnen in den Finger beißt. Nach den Hieben, die er letzte Woche bezogen hat, meinte er, er werde das Tom-Spiel nie wieder spielen.
»Nein, Desmond, das darfst du nicht.«
»Du hast geschworen, Matti.« Ja, hat sie.
Krank vor Angst folgt sie Desmond. Er schiebt die Blätter der *Monstera deliciosa* beiseite und öffnet eine kleine Tür, die tief unten in dem Sandsteingemäuer eingesetzt ist. Er stößt Matti hindurch und folgt ihr. Mit angehaltenem Atem ducken sie sich in dem feuchten Dunkel.
»Tom«, ruft Desmond. »Tom. Wach auf! Matti ist hier, um dich zu besuchen. Sie will ihren Finger in dein Loch stecken. Tom. Tom.« Seine Stimme ist weich.
»Nein, bitte nicht, Desmond. Ruf ihn nicht. Bitte nicht diesen Singsang. Ich mach es. Ich versprech's. Wenn du mit diesem Rufen aufhörst.«
»Nicht hineinstecken und dann wegrennen?«
»Nein. Ich verspreche es.«
»Gut. Komm hierher!« Er nimmt ihren Arm und zieht sie zu dem Stein. Zwischen den Ziegeln ist ein schwarzes Loch voller Spinnweben. »Steck ihn rein. Mach schon.«
»Laß mich erst los.« Desmond läßt los. Blitzschnell rennt Matti zur Tür. Desmond ist vor ihr da.
»Du Lügnerin, Matti. Du miese kleine Schummlerin. Du hast es versprochen. Nun muß ich dich zwingen.«
»Nein, Desmond. Nein!« Matti fängt an zu brüllen. Desmond zerrt sie zurück zu dem Loch und taucht ihren Finger in das Loch. Matti heult auf vor Angst. Pipi, warm und beißend, läuft ihr die Beine herunter.

»Du Schwein, Matti. Du hast in die Hose gemacht.« Desmond gibt Matti einen Stoß in den Rücken und rennt zur Tür. »Schwein«, wiederholt er, als er durch die Tür stürmt, diese hinter sich zuschlägt und davoneilt.

In der Dunkelheit eingeschlossen, brüllt Matti weiter. Sie brüllt vor Wut, Angst und Scham. Sie brüllt vor Haß auf ihren Bruder. Als sie schon völlig verzweifelt ist, kommt Mummy, zieht sie ärgerlich heraus und zerrt ihr die stinkende, nasse Unterhose herunter. Sie schimpft, Matti sei ein dummes kleines Mädchen. Solche dummen Spiele mit Desmond zu spielen.

»Aber er hat mich gezwungen.«

»Sei nicht dumm, Matti. Geh und räume deine Puppen auf. Halt dich fern von ihm! Daddy kann sich heute abend mit ihm befassen.«

Für den Rest des Tages halten sie verdrießlichen Abstand voneinander. Matti hilft Mummy beim Backen der Lamington-Kuchen, umhüllt jedes Stück mit Schokolade und rollt es in Kokosnuß. Sie ist beschäftigt, sehnt sich jedoch nach einem Spielkameraden. Doch Desmond schmollt. Desmond kann ein richtiger Schmolljunge sein.

Jetzt kommt er bald. Auf Mummys Drängen hin wird alles Spielzeug sauber weggeräumt, und Matti wird hinausgeschickt, um nachzusehen, ob noch Dreiräder auf dem Weg herumstehen. Mummy rennt nach oben, um ihren Lippenstift nachzuziehen, die Schürze abzulegen und das Kleid zu wechseln. Daddy will es ordentlich und sauber, wenn er nach einem harten Tag heimkommt. Das ist das Wenigste, was er erwarten kann.

Er ist gekommen und hat sie begrüßt. Mummy hat ihm,

oje, von ihnen erzählt. Ehrlich gesagt, Mummy weiß nicht, wie sie mit Desmond und Matti umgehen soll, wenn sie miteinander streiten. Sie neigt dazu, Matti für verantwortlich zu halten. Wenn Matti nicht ein solches Theater machte ... Desmond wird herbeigerufen. Ihm wird sein Mißverhalten vorgehalten.
»Was hast du zu deiner Verteidigung zu sagen, Sohn?« fragt Daddy. Desmond sagt nichts, starrt auf irgendeinen Punkt zur Linken von Daddys Kopf.
»Rede!« Nichts. »Na gut, du läßt mir keine Wahl. Hol den Holzlöffel.«
Matti holt tief Luft. Sie kennt das Ritual auswendig. Der langsame Gang zur Küche, das Gerumple in der zweiten Schublade, der Gang zurück, das Aushändigen des Werkzeugs, die Forderung nach den Handflächen. Oder Hosen runter. Das Ausweichen, das Zur-Seite-Springen, der gebellte Befehl, das Krachen des Holzes auf Fleisch, das Anhalten des Atems. Das Ritual, die Waffe wieder in Empfang zu nehmen – »Danke, Daddy« – und sie zurück in die Schublade zu stecken. Dann die Entschuldigung.
Aber heute abend ist Desmond kühn. Was ist das? Kein Holzlöffel? Tja, Desmond hat ihn in zwei Teile zerbrochen und anschließend in den Hochwassergully geschmissen. Mattis Augen blitzen verschreckt zwischen Vater, Mutter und Bruder hin und her. Sie überlegt, ob sie in Toms Loch hätte schreien sollen. War es denn so schlimm? Hier gibt es nun Schwierigkeiten.
»Bring mir die Zeitung!« befiehlt Daddy. Offenbar unbeteiligt tut Desmond dieses. Jetzt muß er die Hosen runterlassen, und die Zeitung knallt auf seinen Hintern.

Fest, unerbittlich und andauernd. Matti zuckt bei jedem der acht Schläge zusammen. Fahl und verbittert stellt sich Desmond wieder gerade hin.
»Hoffentlich ist es das letzte Mal, daß ich gezwungen bin, mich mit deinen Schikanen abzugeben, Sohn. Du darfst deiner Schwester nicht weh tun. Du darfst nie ein Mädchen schlagen. Drücke ich mich klar genug aus?«
»Ja.«
»Ja, was?«
»Ja, danke.«
»In Ordnung, Alter. Geben wir uns die Hand und sind wir wieder Freunde. Dein alter Dad haßt es, dich zu schlagen. Freunde?« Dr. Milton streckt die Hand aus, aber der Junge hat sich trotzig abgewandt. Der Doktor preßt grimmig die Lippen zusammen. Aus seinem Gesicht weicht alle Farbe. Trotz ist er nicht gewohnt. Er läßt es nicht zu, daß man ihm trotzt. »Stell dich hinter die Tür, Desmond. Wenn du bereit bist, dich zu entschuldigen und deine Strafe anzunehmen wie ein Mann, kannst du zu uns an den Tisch kommen.«
Was für ein schlimmes Mahl! Messer und Gabeln klirren verloren. Mrs. Milton sieht zur Tür und blickt von Zeit zu Zeit ärgerlich auf Matti. Mattis Herz klopft. Sie ist schuldig und voller Reue. Schließlich unterbricht Mrs. Milton das Schweigen. »Sein Essen wird kalt, Patrick.«
»Natürlich. Aber Desmond weiß, was er zu tun hat, wenn er ein warmes Essen haben will.«
»Es wird verderben.«
»Na gut, meine Liebe. Matti, nimm Desmonds Essen

und stell es in den Eisschrank.« Mrs. Milton kann es kaum glauben. »In den Eisschrank, bitte, Matti. Soll er es kalt, aber unverdorben essen!« Matti erhebt sich und sieht hilfesuchend zu ihrer Mutter hinüber. »Beeil dich«, bellt ihr Vater. Matti geht um den Tisch herum und hebt den Teller hoch. Angewidert sieht ihre Mutter zur Seite. Matti geht durch die Tür. Judas. Judas. Desmond will sich nicht entschuldigen. Dr. Milton schickt ihn wütend in die Dunkelheit hinaus zum Brennholzhacken, in die Nähe von Toms Loch. Krach! Krach! Krach! Als sie in ihrem warmen Bett liegt, hört sie entfernt das Holz unter den Beilschlägen zersplittern.

Tagelang liegt Spannung über dem Haus. Desmond will sich nicht entschuldigen. Dr. Milton will nicht sprechen. Mummy kauft Desmond einen Spielzeugzug. Sie redet in seinem Zimmer auf ihn ein. Ist da der Anflug eines Lächelns, das Matti auf seinem Gesicht entdeckt, als er sagt: »Tut mir leid, Dad.«? Ist es das Sich-Brüsten eines Siegers?

Matti ist gezähmt. Sie hat Daddy beobachtet. Sie hatte Angst vor seinen grimmig zusammengepreßten Lippen. Sie hat sein Zausen ihrer Locken vermißt. Er war überhaupt nicht richtig Daddy ... Sie dachte, fühlte, wie schrecklich es wäre, da draußen im Dunkeln zu sein. Das darf ihr nie passieren. Sie wird immer das tun, was Daddy sagt, und sie wird in Sicherheit sein. Wie kann sie ihn erfreuen, damit er sie nie nach draußen schickt? Sie will Mummy helfen. Ja, das will sie. Daddy hat immer seine Freude an ihr, wenn sie hilft. Oh, Desmond, manchmal bist du dumm. Siehst du nicht, wie leicht es ist, Daddy zu erfreuen?

5

Matti macht Daddy Freude, indem sie Mummy mit den Babys hilft – Desmond und Matti gehörten zu den Großen. Daddy »schärft Disziplin ein«. Inzwischen gibt es drei neue kleine Geschwisterchen. Sie eilt mit den warmgemachten Gemüsen, der Flasche in heißem Wasser, dem sterilen Schnuller, der umgekehrt in der Flasche steckt, die Treppe hinauf. Man sehe nur, wie gekonnt sie all dies auf die Kommode stellt und das nasse, riechende Baby aus dem Bettchen hievt.

»Du wirst zu groß für das Bett«, schimpft sie. »Du mußt in das Kinderbett, wenn Mummy wieder ein Baby kriegt. Dir wird das Kinderbett gefallen, nicht wahr, Herzchen?« Sie taucht ihre Nase in die Fettfalte auf seinem Bäuchlein und bläst pupsige kleine Blasen auf seine Haut. Das Baby quietscht vor Vergnügen, umklammert mit den Fäusten Mattis Locken und zieht daran.

»Au! Laß los.« Sanft, immer sanft macht sie sich los und bereitet es für sein Bad vor. Die Augen des Babys folgen jeder ihrer Bewegungen, als sie mit angewinkeltem Ellbogen die Wassertemperatur prüft, die Seife, die Handtücher und die frischen Anziehsachen für später bereitlegt. Matti ist sehr tüchtig und glücklich. So glücklich. Ihre kleinen Brüder lächeln und sind anhänglich. Sie wird geliebt, gebraucht und herbeigesehnt. Vor allem aber freut sich Daddy, weil sie so schön hilft. Sie singt

ein Liedchen, so glücklich fühlt sie sich an diesem sonnigen Morgen. Daddy kommt am Kinderzimmer vorbei.
»Du klingst wie ein leiernder Plattenspieler, Matti. Um alles in der Welt, versuch die Noten richtig zu singen. Mit diesem Lärm kannst du Tiger in die Flucht jagen.« Matti wird rot vor Scham und schweigt. Sie hört ihre Mutter sprechen.
»Sag nicht so etwas zu ihr, Patrick. Du entmutigst sie. Ich hör' sie gern singen.«
»Nun, sie hat nicht das Ohr dafür, meine Liebe. Entweder hat man's, oder man hat's nicht, und die arme kleine Matti hat es leider nicht, so ist es eben.« Matti hört ihn lachen, als er weitergeht. Ihr Gesicht glüht. Sie zittert.
»Schenk ihm keine Beachtung«, sagt ihre Mutter, als sie hereinkommt und merkt, daß sie alles mitgehört hat. *Schenk ihm keine Beachtung!* Weiß sie nicht, daß Matti Daddy immer Beachtung schenkt? Sie ist sein Püppchen.

Jedes Jahr unternehmen Daddy, Desmond und Matti eine Reise. Nur zu dritt, sie erleben gemeinsam ein Abenteuer, aber ein Abenteuer, das jedes Jahr wundervoller wird.
Sie fahren am ersten Tag nach Weihnachten los, es ist heiß und vier Uhr morgens.
»Müßt ihr so früh losfahren?« meint Mummy.
»Ich möchte dem Verkehr zuvorkommen«, antwortet Daddy. Aber die Straße nach Hawkesbury ist schon mit Autos verstopft. Matti schaudert ein wenig, weil sie einmal auf dieser kurvenreichen Straße ihr ganzes Malbuch (mit den farbigen Abbildungen von blauen und gel-

ben Wellensittichen) vollgespuckt hatte. Nach der Hawkesbury-Brücke atmet jeder auf, da es von hier an bisher noch niemandem schlecht geworden ist. Ständig die gleiche Litanei: »Hier machen wir immer Pipi«, »Dort bekommen wir unsere Milchshakes und Toasts« und »Ich bin dran, vorne zu sitzen«.

Matti gewinnt während des Weges von Hexham bis Aberdeen den Kirschsaugwettkampf. Am späten Nachmittag halten sie bei einem baufälligen Schuppen, den Dad das Görenkabäuschen nennt. (»Gören« ist auch ein verbotenes Wort!) Dort kämmt ihnen Daddy die Haare, er streicht Mattis Kleid glatt. Sie wissen, daß sehr bald die kleine Stadt am Fuß der Moonbi-Bergkette auftauchen wird, wo sie eine Weile bleiben werden.

Erwartungsvoll windet Matti ihren Körper, während sie näher kommen. Sie wird ihre Großmutter sehen, die winzig, nie griesgrämig ist und einen Dutt hat. Schon kann sie die Umarmung der kleinen Frau spüren, schon hat sie den Geruch des Hauses in der Nase. Sie kann den schweren, betäubenden Duft der Veilchen, den Geruch von heruntergefallenen Orangen, die den ganzen Weg wie ein Teppich bedecken, und den faulen, stechenden Geruch der Blasenfüße auf den Rosen riechen. Sie kann das Zitronenöl riechen und das Wachs der nächtlichen Kerze, die vor dem Infant of Prague und der Little Flower brennt.

Matti kann schon die seltsamen alten Vitrinen mit den Perlmuttintarsien sehen, die im Haus herumstehen. Den Ständer mit altmodischen Hüten und Spazierstöcken. Alte Golfbälle in Schubladen, Postkarten, braune gewellte Fotos und hindrapierte afghanische Tücher.

Matti kann das Kochen und Rauschen des schwarzes Heizkessels hören, aus dem das Wasser in die auf Krallenfüßen stehende Badewanne sprudelt, auf dem Waschtisch die Flasche sehen, die mit »Solyptol« beschriftet ist.
»Solly pottle, solly pottle, solly pottle«, flüstert sie vor sich hin. Und sie sieht die durchscheinenden eierförmigen Seifenstückchen, die wie Bernstein leuchten.
Matti träumt. Sie träumt von ihrer Großmutter. Vielleicht wäscht sie ihre Haare, wenn sie da sind. Der geheimnisvolle Knoten, den sie so bewundern, wird sich vor ihren Augen entrollen. Die großen Haarnadeln werden in die silbern eingefaßte Glasschale gelegt und eine Wolke von dickem weißem Haar wird zu einem Heiligenschein gebürstet. Dann geht es mit dem Küchenstuhl und den Zinkschüsseln hinaus auf den hinteren Rasen. Die kleine Dame wird das Haar waschen, und es wird nach Zitrone riechen. Matti ist ganz aufgeregt. Ihre Großmutter, unbefangen wie ein junges Mädchen, wäscht, taucht ein, spült. Dann trocknet das Haar wunderbar auf ihren Schultern.
Und genau, wie Matti es sich vorgestellt hat, geschieht es. Dann ziehen sie weiter. Eine weitere Reise. Anderer Großelternteil. Wieder brechen sie früh auf, mit einer riesigen Schachtel voller Sandwiches – Curry und Ei, Bananen –, alle schön mit Salatblättern belegt, in Butterbrotpapier eingepackt. Außerdem Stücke von Tante Sowiesos Früchtebrot. Noch mehr Meilen. Noch mehr Quizspiele, noch mehr Rücksitzbalgerei mit Desmond. Mehr Ablenkungen. Thunderbolt und Uralla, Bluff Rock und ein Besuch in der Kathedrale von Armidale. Immer

weiter, zur Standhorpe-Grenze und mit Triumph nach Brisbane.
Es ist wirklich ein Triumph. Das kleine Mädchen jubelt vor Entzücken, als es den Kopf durch das Schiebedach des alten Wagens streckt und das Auto über die Story Bridge durch das Tal zu dem riesigen Haus zockelt, wo Großvater wohnt. Nächte mit Moskitonetzen, drückender Hitze. Morgendliches formelles Frühstück. Tage mit Junggesellen-Onkeln, die Matti und Desmond Auto fahren, fischen und Zigaretten paffen lassen; die sie vielleicht sogar mit zu einem Picknick bei den Gaswerken von Pinkenba nehmen. Wundervolle Geschichten über den Roten Admiral, Dick Whittington, die Polizei und betrunkene Hexen. Tage mit tropischen Farben, Bougainvillea, Bäume mit orangefarbenen und roten Blüten, Mango- und Papayabäume. Ein Großvater, der einen tüchtigen, angsteinjagenden Streit bei Tisch liebt. Matti tollt umher, erinnert sich ihrer Erziehung und sieht Daddy stolz lächeln, wenn sie in wohlgesetzten Worten spricht und beim Abfahren daran denkt, zu sagen: »Danke, daß ich kommen durfte.«
Es ist spät. Matti ist müde. Daddy drückt aufs Gaspedal. Sie rasen durch die Nacht nach Hause. Der Zauber ist vorbei. Nach-Hause-Fahren ist etwas ganz anderes als Wegfahren. Viele Meilen und wenige Städtchen liegen dazwischen. Der Busch ist schwarz und einsam. Desmond legt sich auf den Rücksitz. Matti sitzt vorne neben Daddy. Ihre Augen brennen vor Müdigkeit. Ihr Kopf fällt nach vorne und ruckelt sie alle paar Minuten wach. Sie beschließt, Daddy nicht mehr beim Fahren zu helfen, sich zusammenzurollen und zu schlafen. Wie jedes Jahr.

Sie zieht die Füße an, legt sich über die Handbremse und bettet sich behaglich, sicher und warm in Daddys Schoß. Wie immer.
»Matti! Setz dich sofort auf!« Er zerrt an ihrer Schulter. Ihr Kopf wird zur Seite gerissen. »Setz dich auf!«
»Ich bin müde, Daddy! Ich möchte schlafen.«
»Dafür bist du viel zu groß, Matti. Setz dich sofort hin!«
Sie zieht sich hoch und setzt sich aufrecht hin. Rote Punkte, es summt wild in ihrem Kopf. Sie reibt sich die Augen.
»Bitte ...« Der Wagen schwenkt auf den Seitenstreifen. »Spring nach hinten, Matti. Desmond, komm nach vorne.«
Sie krabbelt nach hinten und streckt sich auf dem harten Sitz aus. Es ist dunkel und einsam. Sie ist so weit weg von ihm. Ihre Hand gleitet in die tröstliche Wärme zwischen ihren Schenkeln. Sie sehnt sich nach dem warmen Daddy-Geruch.

Eines ihrer Lieblingsdinge im ganzen Haus ist Mummys und Daddys Bett. Matti hat noch nie ein solches Bett gesehen, außer in einem Märchenbuch. Sie hat ihren Schulfreundinnen davon erzählt, aber auch von ihnen hat noch nie jemand ein solches Bett gesehen. (Vielleicht kann sie ihnen eines Tages das Bett zeigen? Vielleicht auch nicht, weil Daddy meint, sie habe ihre Brüder, mit denen sie spielen könne, und das sei genug. Er hält nichts von fremden Kindern. Keine Geburtstagsfeste, keine TV-Serien, kein *Women's Weekly*. Es ist alles zu ihrem Besten.)
Das Bett ist aus alten Tagen, mit hohen geschnitzten

Bettpfosten und oben von einer Rüsche umgeben. In die Pfosten sind Rosen, Tulpen und Efeuranken geschnitzt. Matti liebt es, sie mit dem Finger nachzuziehen. Allein sie zu berühren, läßt sie glauben, sie sei im Märchenland. Am Fuß jedes Pfostens gibt es ein glattes, rechteckiges Paneel. Ein Paneel ist so gemacht, daß es aus seiner Halterung schlüpft und lose hängt, wenn man darauf drückt und es hochschiebt. Innen ist ein Hohlraum, der für alle möglichen Dinge benutzt werden könnte. Matti kann nicht verstehen, warum es niemand benutzt. Man könnte geheime Briefe dort verstecken oder eine Landkarte oder Juwelen – alles … »Hör auf zu träumen, Matti«, sagt Mummy, wenn sie gefragt wird, warum sie in dem Paneel nichts aufbewahrt. »Du bist eine kleine Romantikerin.« Matti hofft noch immer, daß sie es vielleicht doch benutzen würden, nachdem sie ihnen gesagt hat, wie nützlich und geheim das Paneel ist. Sie guckt immer wieder nach.

Das Bett. Matti liebt es, es sich mit Mummy und Daddy zu teilen, frühmorgens hineinzukriechen und Mummy zuzusehen, wie sie dem Baby die Flasche gibt. Matti weiß, daß sie einst auch so gefüttert wurde. Einmal war auch sie klein genug, um sich zwischen Mummy und Daddy zu kuscheln. Sie begreift das natürliche Fortschreiten der Dinge und rollt sich zufrieden am Fußende des Bettes zusammen. Sie wartet auf ihre Chance, mit dem Baby schmusen und es dann zu seinem Platz auf der Veranda zurückbringen zu können.

Es gibt besondere Gelegenheiten, wo sie ein Anrecht, ein echtes Anrecht, auf das große Bett hat. Wenn Daddy weg muß, oder Mummy, weniger oft, dürfen sie reihum dort schlafen. Jetzt ist Mummy für einen Tag oder so weggefahren. Matti ist an der Reihe. Sie ist aufgeregt. Sie hat sogar Mummys und Daddys Badezimmer benutzt, denn das darf man, wenn man in dem großen Bett schläft. Sie hatte ihren Schlafanzug angezogen und war auf Mummys Seite des Bettes gesprungen und ... was dann? Daddy ist hereingekommen, und er ist böse. So böse.

»Was machst du da?«

»Ich bin dran.«

»Sofort raus da, Matti!«

»Aber ich bin dran.«

»Hast du nicht gehört? Sofort. Geh zu Desmond und sag ihm, er soll kommen. Er soll heute nacht hier schlafen ...«

»Aber ich bin dran.«

»Du sollst sofort in dein Zimmer gehen. Ich verbiete dir, hier noch einmal zu schlafen. Ist das klar? Matti klettert aus dem Bett. Aus irgendeinem Grund, den sie nicht verstehen kann, fürchtet sie sich und fühlt sich mies. Als hätte sie etwas Schlimmes angestellt. Sie begreift nicht, was das sein könnte. Sie kriecht in ihr eigenes Bett und zieht sich die Bettdecke über den Kopf. Sie ist ihres Rechtes beraubt worden. Alles, was sie will, ist, Daddy zu gefallen und ihm nahe zu sein.

Sie wird sich nun in der Nähe des großen Bettes unbehaglich fühlen. Sie wird das Geheimfach kaum noch öffnen. Selten wird sie sich zu der Gruppe gesellen, die in das morgendliche Bettzeug verknüllt ist. Sie darf nicht. Da lauert etwas Gefährliches und Schlimmes. Sie könnte unbemerkt darüber stolpern. Aber was? Was?

Dr. und Mrs. Milton liegen nebeneinander in dem großen Ehebett. Die eheliche Pflicht ist getan. Dafür kann sie dankbar sein. Er ist liebevoll gesprächig. Er liebt sie. »Ich möchte dich gern auf etwas aufmerksam machen, Liebes. Desmond und Matti wachsen heran.« Er hebt die Hand gebieterisch. »Ihnen wird nicht die nötige Disziplin zuteil. Wegen Desmond mach' ich mir wenig Sorgen. Er braucht nur die Führung einer starken Hand. Er macht uns Ehre. Die Priester sind entzückt über seine Fortschritte. Bei Matti ist es völlig anders. Matti wird einmal Ehefrau und Mutter werden, so es Gott gefällt. Sie muß von früh an lernen, daß das Leben hart ist. Wie du selbst nur allzugut weißt. Unterstütze mich deswegen, bitte. Matti muß Disziplin lernen.« Mrs. Milton liegt passiv da und hört sich alles an. Sie fragt sich, warum er ihr das alles erzählt. Macht er nicht immer das, was er für das Beste hält? Sie ist müde. Ausgelaugt. Eines Tages wird ihre Tochter dieselbe Erschöpfung kennen. Man entkommt dem nicht. Sie könnte hundert Jahre schlafen. Was für eine neue Schwierigkeit schleudert er ihr nun entgegen?

Dr. Milton hat die ganze Angelegenheit mit dem frühmorgendlichen Schwimmunterricht sehr sorgfältig überdacht. Er ist fest davon überzeugt, daß frische Luft und Training sowohl im physischen als auch im geistigen Bereich von großem Nutzen sind, aber besonders in dem der Disziplin. Sport bildet den Charakter, und da Matti später nicht Fußball spielen wird, ist es um so wichtiger, daß sie ihren Schwimmunterricht ernst nimmt. Vor Jahren, als er gerade zurückgekommen war, hatte er versucht, Desmond und Matti das Boxen beizubringen. Hatte er nicht Boxhandschuhe gekauft und ihnen die rudimentären Regeln des Wettkampfs beigebracht? Daß man in der Lage sein muß, ein oder zwei Faustschläge einzustecken. War es sein Fehler, wenn es zu früh war?

»Los. Los«, hatte er gedrängt und sich auf die Knie begeben, um für sie leichter erreichbar zu sein. »Auf, los! Legt eure ganze Seele hinein. Los, Matti. Schlag zu! Schlag zu!« Nein, es war kein Erfolg gewesen. Die Kinder wollten nicht auf ihren Vater einschlagen. Die Zeit verging. Das mit dem Boxen war möglicherweise eine schlechte Idee gewesen, aber das mit dem Schwimmen sicher nicht. Ging er nicht jeden Morgen schwimmen, sommers wie winters, als er noch ein Junge war? Das hat ihm doch nicht geschadet, oder? Es ist hart, ja. Aber charakterbildend. Er fängt an.

»Matti! Desmond! Auf, auf! Aus den Betten!«

Jeden Morgen dasselbe. Er reißt sie aus dem Schlaf, zerrt sie mit der Autorität seiner Stimme aus den Betten. Verschlafene, unwillige Kinder. Er krümmt vor Ungeduld seine Finger. »Auf, auf! Beeilt euch! Kommt!« (Früher war Matti einmal nicht aufgestanden. Sie hatte getrödelt, sich in ihre warme Decke gekuschelt. Ehe sie sich's versah, hatte ihr der Vater einen Krug kaltes Wasser ins Gesicht geschüttet. Der Schock und die Hilflosigkeit hatten sie überwältigt. Jeden Morgen erinnert sie seine Stimme wieder daran, und sie zittert erneut vor Demütigung.)

Die Kinder springen hoch. Innerhalb von drei Minuten sitzen sie im Wagen, krampfhaft ihre Handtücher haltend. Matti windet und zwängt sich in ihren Badeanzug,

knotet und löst immer wieder die Bänder, damit sie ja richtig sitzen. Nicht zu eng und nicht zu locker um den Hals, damit sie nicht beim Schwimmen stören.
Sie fahren die Straße hinunter und biegen zur Bucht ab. Matti schaudert. Sie schaudert jeden Morgen. Und schnieft. Und wünscht sich, sie könnte in der unheimlichen Stille des hypnotisch glitzernden Wassers verschwinden. Aber da ist keine Zeit für Wünsche. Der Wagen ist neben dem Park zum Stehen gekommen. Der Vater hat die Zündung abgestellt. Auf geht's. Es gibt Arbeit. Matti schlängelt sich unlustig durch das Drehkreuz und betritt vorsichtig die wackeligen Bretter, die einen Weg um das Schwimmbad herum bilden. Als sie zwischen den Brettern hindurch auf das mit einem öligen Regenbogen überzogene Wasser blickt, ist ihr elend zumute. Sie hofft auf ein Wunder. Einen Spreißel, einen kruppartigen Hustenanfall, einen Hund. Aber es geschieht kein Wunder. Nie. Langsam, ganz langsam zieht sie ihren Pullover aus, knotet erneut die Bänder und beginnt, ihre Locken unter die Badehaube zu stopfen.
»Beeil dich, Matti. Keine Trödelei!«
»Aber Mummy hat gesagt, daß ich keine nassen Haare kriegen darf. Ich muß sie drunterstopfen.« Die Finger krümmen sich wieder. Matti weiß, was das zu bedeuten hat.
»Hinein mit dir!«
Matti fängt an zu weinen. Sie versteckt sich hinter Desmond, als er auf die Stufen zugeht.
»Nicht sowas jetzt! Hinein mit dir. Spring hinein! Mit dem Kopf zuerst!«
»Nein, Daddy, bitte. Nein, ich werde heute brav sein.

Ich werde richtig atmen und alles. Bitte. Laß mich nur die Stufen hinuntergehen. Bitte.«

»Matti. Sofort!«

Desmond ist schon hineingegangen. Muffig zieht er jeden Morgen seine Bahnen.

»Bitte, Daddy. Nein, bitte.« Mattis Stimme schwillt zu einem Angstschrei an, als ihr Vater vor Ärger mit den Fingerknöcheln knackt und mit einer Hand nach ihr greift. Er packt sie an den Fußgelenken und hält sie mit dem Kopf über das kalte dunkle Wasser. Ihr Schreien verhindert, daß sie den Atem anhält, so daß sie, als er sie losläßt, fällt und den ersten Schwall Wasser schluckt. Prustend kommt sie hoch und paddelt verzweifelt auf die Treppe zu. Aber er kommt ihr zuvor und wehrt ihre nach einem Halt suchenden Hände mit dem Fuß ab.

»Also, Matti. Ich dulde dein Gehabe nicht mehr. Ich will, daß du heute die Arme streckst. Daß du ordentlich atmest. Schön mit dem Kopf im Wasser. Auf geht's.«

»Bitte, Daddy. Laß mich nur eine Minute verschnaufen. Bitte, ich habe Wasser geschluckt.«

»Du hast noch nicht einmal angefangen. Auf geht's, oder wir werden zu dem anderen Ende gehen müssen ...«

»Nein. Bitte. Ich mach's ja schon.« Sie dreht sich paddelnd herum und betrachtet die Entfernung. Die weit, weit entfernten Stufen. Sie stößt und wedelt mit den Armen und taucht keuchend mit dem Kopf auf und unter. Desmond überholt sie. Zieht stur seine Bahnen. Nach einer Ewigkeit schießt sie mit berstenden Lungen auf die fernen Stufen zu. Wieder kommt er ihr zuvor.

»Es tut mir leid, Matti, aber das reicht nicht. Zurück, und dieses Mal atme ordentlich.«

»Bitte, Daddy. Nein. Nein.« Sie blicken einander an, wobei er sich, einem Koloß gleich, über ihr aufbaut. Miteinander kämpfende Willenskräfte. »Ich kann nicht.«
»Du kannst es, und du wirst es tun.« Mit brennenden Augen und wassertretend blinzelt sie zu ihm auf. Wie ein Riese aus dem Märchen ragt er drohend vor ihr auf, die Augen blitzen vor Wut.
»Also gut, meine Liebe. Es tut mir leid, aber du zwingst mich zur Härte.«
Schnell wie der Blitz greift er nach unten und hievt sie hinten an ihrem Badeanzug aus dem Wasser. Ohne den Griff zu lockern, schiebt er sie, während sie vor ihm herstolpert, zum flachen Teil des Schwimmbeckens.
»Nun, meine Liebe. Hinein mit dir, und zwar so schnell wie möglich.« Matti steht da wie angewurzelt und schreit. Ihm reißt die Geduld. Ungestüm zerrt er sie die Stufen hinunter. Er setzt sich hinter sie, beugt sich nach vorn und packt ihre Waden. Mit einem Ruck reißt er sie hoch. Noch immer schreiend, fällt sie vornüber ins Wasser.
»Ein. Aus. Ein. Aus.« Dr. Milton skandiert den Atemrhythmus, während er ihre Beine festhält und ihren Körper dreht, erst zur Seite, dann mit dem Gesicht ins Wasser. »Ein. Aus. Ein. Aus.« Matti, die das salzige Wasser schluckt, keucht und würgt. Ich ertrinke, denkt sie. Er ertränkt mich. Sie kämpft gegen ihn an, aber sein Griff ist unbarmherzig. Immer wieder verschluckt sie sich, weiß nicht mehr, wo oben und wo unten ist. Schließlich erschlafft sie in seinen Händen. Erschöpft. Ausgelaugt. Besiegt.
Darauf hat er gewartet.

»Das reicht für heute morgen, Matti. Lauf und hol dein Handtuch, Liebes. Wollen hoffen, daß wir derartiges nicht noch einmal wiederholen müssen. Es tut deinem alten Dad weh, weißt du, wenn er so etwas machen muß.« Matti zieht sich zu den Stufen hoch, die Augen trübe, die Badekappe verrutscht. Als sie oben ist, würgt sie das salzige, brennende Wasser durch Nase und Mund heraus.

Ihr Körper ist schwach und erschöpft und von Haß verzehrt. *Ich hasse dich. Ich hasse dich. Ich hasse dich mit deiner ruhigen Stimme und deinen weißen, dürren, behaarten Beinen und deinen obszönen rosa Tittchen. Ich hasse dich. Ich hasse dich. Ich wollte, ich könnte dich umbringen, ich würde dich in eine Million Fetzen zerreißen, so daß schleimiges Zeug aus deinem Bauch flösse. Ich würde darauf herumspringen, so daß es quietschen und quatschen würde. Ich wäre glücklich. Ich würde dir die Zunge herausreißen, so daß du nicht mehr mit dieser ruhigen, traurigen Stimme reden und mir sagen könntest, wie sehr ich dir weh tue und dich enttäusche. Wie schlimm es für dich ist und so weiter. Und ich würde dir die Augen ausstechen …* Sie hangelt sich auf den Fußweg und beobachtet, wie er sich den Rücken abtrocknet. *Ich wollte, du würdest sterben, damit ich dies nicht noch einmal machen muß. Dann müßte ich nicht brennendes Wasser schlucken und es aus der Nase herauskotzen und …* Dr. Milton trocknet ihr flink mit dem Handtuch den Rücken ab und zieht die Badekappe herunter, so daß sie ein Sauggeräusch macht und schmerzlich an den Haaren zerrt. Ich hasse dich, denkt sie. *Ich hasse dich, und ich wünschte, du wärst tot. Haßt du mich? Haßt du mich so sehr, daß du mich ertränken wolltest?*

Ihr Körper zittert vor Kälte und Boshaftigkeit der Gedanken. Desmond kommt zu ihnen.

»Gut, meine Täubchen«, ruft Dr. Milton und bricht mit einem Ruck auf. »Zweimal um das Oval herum und dann nichts wie heim zum Frühstücken.«

Die drei laufen. Danach kehren sie schnaufend zum Wagen zurück.

»Will vorne sitzen«, kreischt Matti. »Will neben Daddy sitzen.«

Es ist sehr wichtig für Matti, zwei Welten voneinander zu trennen. Es ist zu verwirrend, wenn sie es nicht tut. Sie darf es nicht zulassen, daß das frühmorgendliche Schwimmen sich auf das Leben zu Hause auswirkt. Nach dem Schwimmen muß alles wieder absolut normal sein. Sie darf über das, was sich abspielt, nicht mit Mummy reden. Wie könnte Mummy helfen? Wie könnte Mummy es überhaupt verstehen? Schließlich kann Mummy nicht schwimmen. Daddy hatte darauf hingewiesen, daß dies nicht ihr Fehler ist, da sie im Busch großgeworden ist. Aber es ist sicherlich ein Unglück und Mummy deswegen zu bedauern. Dennoch tauchen tief im Inneren von Matti, ganz tief drinnen, immer wieder bestimmte Gefühle auf. Sie wird unruhig und ängstlich, wenn das Wort »schwimmen« nur erwähnt wird. Hin und wieder überkommt sie, obwohl sie es beiseite drängt, ein Gefühl von Angst gegenüber Daddy. Das Gefühl, ihn zu hassen. Bestimmt nicht. Sie muß sich mehr anstrengen.

Die Miltons essen ein gehaltvolles Frühstück. Es ist wichtig, den Tag gut zu beginnen. Mrs. Milton brät Eier und Speck, grillt Würste, stellt einen Korb mit Toasts hin, legt Butter und Buttermesser auf die Teller, serviert Marmelade in kleinen Töpfchen mit winzigen Löffeln, die Matti liebt. Sie sitzen im Eßzimmer am langen Tisch mit dem gelben Tischtuch und den dazu passenden Servietten. Das Baby wird in einen Hochstuhl neben Matti gesetzt, die ihm Brei in den Mund stopft und gleichzeitig selber frühstückt. Es geht formell, ordentlich und auch geschäftsmäßig zu. Verabredungen sind einzuhalten.
Matti liebt die Voraussehbarkeit von alldem. Das Baden an diesem Morgen war höchst unerfreulich. Hier im Eßzimmer ist alles, wie es sein sollte. Dr. Milton ist nicht sehr glücklich. Er ist vielmehr ärgerlich. Sehr ärgerlich. Das unerfreuliche Geschehen am Morgen kostet viel Zeit. Dr. Milton hat keine Zeit zu vergeuden. Da warten Patienten auf ihn, eine Menge Arbeit. Er will nicht, daß man ihm in die Quere kommt. Nicht ein eigensinniges Mädchen. Niemand. Er duldet es nicht.
Matti nimmt den Teller, den die Mutter ihr reicht, schneidet das Fleisch und steckt ein Stück in den Mund. Der Geschmack ist so unerwartet, so ekelhaft, daß sie es, ohne nachzudenken, ausspuckt.
»Iß deine Leber, Matti!« sagt ihr Vater ruhig.
»Sie schmeckt mir nicht«, antwortet sie. Oh, Matti. Sie ist mehr überrascht als sonstwas. Sie war nie eine quengelige Esserin.
»Iß sofort auf. Ich dulde keine weiteren unerfreulichen Vorkommnisse heute morgen.« Matti wird steif. In ih-

rem Nacken prickelt es. Er erinnert sich also an heute morgen? Es hat eine Bedeutung für ihn, auch hier in der richtigen Welt. »Iß sofort auf! Deine Mutter schuftet sich in der Küche für uns alle ab. Lerne wie sie zu sein, Matti! Iß dein Frühstück! Du hältst mich auf.«
Matti spielt mit dem verhaßten Fleisch. Sie schiebt es auf dem Teller herum, probiert die Sauce, schneidet kleine Stücken von den Ecken ab, schneidet und schneidet noch einmal. Plötzlich ...
»Matti. Mach den Mund auf!« Der Vater hält ihr die Nase zu und zwängt ihr eine Gabel voll Leber in den Rachen. Matti spürt, wie ihr Rachen sich sperrt. Sie ist unfähig, zu schlucken. Das Essen quillt wieder heraus und auf ihre Schuluniform. Angewidert steht sie auf, um sich abzuputzen. Eine Hand drückt fest ihre Schulter herunter. Er zwingt sie, sich wieder hinzusetzen.
»Noch einmal, Matti!« Die Nase wird abgeklemmt, der Löffel in ihren Mund gerammt. Sie hustet, ist am Ersticken. Das Essen sitzt oben in ihrem Rachen, hinter der Nase. Würgen überkommt sie. Er stopft einen weiteren Löffel hinein. Sie versucht das andere gerade auszuspucken. Wütend läßt er den Löffel auf den Tisch fallen – und nimmt ihr Gesicht in seine Hände. In einem wortlosen Ausbruch von Machtdrang preßt er ihr die Kinnladen zusammen. Aber nicht einmal seine Kraft kann ihr widerstehen. Das Essen bricht aus ihrer Nase und ihrem Mund hervor, als sie ihren Kopf aus seiner Umklammerung reißt, und spritzt auf den Tisch und ihre Kleidung.
Die Familie sitzt schweigend da und guckt zu.

Seine Stimme ist nun müde.
»Mummy, Matti bleibt hier sitzen, bis sie ihr Frühstück gegessen hat. Ist das klar?« Matti setzt sich hin. Daddy geht. Desmond geht. Das Fleisch ist kalt und hart und wellt sich an den Ecken wie altes Leder.
»Bitte, Matti. Sei ein liebes Mädchen. Iß das auf! Du kommst zu spät zur Schule. Komm schon. Beeil dich!« fleht Mummy. »Ich kann nicht. Mir wird schlecht davon.« Sie fängt an zu weinen. Ihre Mutter seufzt und wischt die Gesichter der kleinen Jungen ab und schiebt sie nach draußen. Auch sie ist verärgert. Warum kann Matti nicht einfach das machen, was man ihr sagt. Kennt sie ihren Vater denn inzwischen nicht? Es hat keinen Zweck, ihn herauszufordern. Matti verbreitet unnötigen Ärger. Wenn es heute abend zu Wortwechseln kommt, wird Mrs. Milton schreien. Es ist unmöglich. Es ist die Schuld ihrer Tochter. Mrs. Milton möchte am liebsten davonlaufen. Gereizt geht die Mutter ihren Verpflichtungen nach. Die Butter muß in der Butterdose in den Eisschrank. Die Marmeladentöpfchen werden ausgekratzt, die Reste in die Gläser zurückgefüllt. Getreideprodukte werden in ihre Verpackungen geschüttet und die Milch sorgfältig in ihre Flasche gegossen. Das Tischtuch wird abgenommen, Salz und Pfeffer in die Anrichte zurückgestellt, und der schöne alte Holztisch abgewischt, trockengerieben und poliert. Matti sitzt währenddessen noch immer da, an ihren Stuhl gekettet. *Bitte, hilf mir, Mummy, bitte.*
Nach einer Weile redet ihre Mutter sie an.
»Laß stehen, Matti. Lauf und hol deine Tasche! Du erwischst noch die Bahn, wenn du dich beeilst.« Matti

stößt ihren Stuhl zurück und erhebt sich. Eine gewaltige Kraft drückt sie wieder hinunter.
»Tut mir leid, Mummy. Aber ich muß darauf bestehen. Ich dachte, ich hätte mich klar ausgedrückt. Ich habe Matti darum gebeten, ihr Frühstück aufzuessen. Ich komme nach Hause und bemerke, daß sie es nicht getan hat.« Er wendet sich an das Mädchen. »Vielleicht erkennst du jetzt deine selbstsüchtige, hinterhältige, heimtückische Art. Du versuchst auf gerissene Weise, nicht zu gehorchen, hinderst mich daran, meiner Arbeit nachzugehen, und du hältst deine Mutter auf.«
Matti sitzt mit gesenktem Kopf da. Sie kann nicht glauben, daß das Aufessen der Leber wichtiger für ihn ist als seine Patienten. Daß er die Patienten wirklich verlassen hat und gekommen ist, um nachzuprüfen, ob Matti gehorcht hat. Ist sie wirklich so böse? Scheint fast so. Aber sie kann das Zeug nicht essen. Sie sitzt den halben Vormittag vor dem verhaßten Teller. Schließlich entläßt Mr. Milton sie mit unendlicher Traurigkeit im Gesicht von ihrem Stuhl.
»Du kannst dir deine Schultasche holen, Margaret-Anne. Mutter McPhee wird wissen wollen, warum du zu spät kommst. Ich werde dich selbst hinbringen und ihr sagen …«
»O nein! Bitte, sag ihr nichts! Bitte.«
»Man muß Mutter McPhee dein aufsässiges Benehmen zur Kenntnis bringen.«
Matti sieht ihn entsetzt an. Sie hört, wie eine riesige Tür für immer geschlossen wird. Das Klopfen ihres Herzens bedeutet ihr, daß etwas Schreckliches passiert ist. Bilder tauchen vor ihren Augen auf, tauchen auf und

wieder unter, tauchen auf und wieder unter, werden immer schwächer. Bilder, gehüllt in gelbes, weißes, strahlendes Licht. Bilder von gewaltigem und freudigem Ausdruck. Darüber lagert sich ein anderes Bild, eines von Schrecken, von großem Schweigen, von Kälte und Eis. Es ist Matti, die schweigend mit ihm zur Schule fährt. Sie fühlt sich wie in einer einsamen Eiswüste. Selbst wenn sie ganz laut riefe, würde sie niemand hören oder wäre in der Lage, ihre Worte zu verstehen. Wer sie erreichen wollte, könnte es nicht, da das Eis überall um sie herum aufbrechen würde. Sie bliebe ganz allein auf ihrer Eisscholle zurück. Er läßt sie mehr denn je allein. Er verläßt sie an Plätzen, wo sie nicht hin will. Er verbreitet, wie schlecht sie sich benimmt. Verrät sie. Bald werden alle, die sie noch für reizend, für etwas Besonderes und vom Glück begünstigt halten, herausfinden, was für ein schlimmes, undankbares, selbstsüchtiges und aufsässiges Mädchen sie ist. Ein Unruhe stiftendes Geschöpf, das alle traurig macht, die es lieben. In ihrem Kopf geht es rund. Wenn sie versucht, wirklich perfekt zu sein, werden sie ihm wohl nie Glauben schenken, dann werden sie es nie herausfinden. Aber was ist mit mir? schreit die haßerfüllte Matti. Was ist mit mir. Ich hasse ihn. Ich würde ihn am liebsten umbringen. Nein, nein. Ich hab' ihn lieb. Wirklich. Ich werde es ihm beweisen. Ich werde mich ganz doll anstrengen, damit er mich wieder wie früher liebt. Der Wagen rollt langsam aus und kommt zum Stehen. Sie steigt aus, voller Angst, ihn anzusehen, so unbarmherzig ignoriert er sie. *Bitte, Daddy, bitte hab mich lieb. Du hast mich doch lieb, nicht wahr?*

6

Mutter McPhee beobachtet ihre Zöglinge mit den wachen Augen einer Mutter. Manchmal seufzt sie, wenn sie an Matti denkt. Die Veränderung war so plötzlich. Nach jenem Morgen, als ihr Vater sie so unerklärlich spät vorbeibrachte. Ist wohl das Alter, vermutet sie, wenn sie Zeit hat, darüber nachzudenken. Da ist jetzt etwas Zurückgezogenes, zutiefst Argwöhnisches an dem Kind. Nicht, daß ihr Verhalten irgendwie weniger erfreulich wäre als vorher. Eher umgekehrt. Sie hat weniger übermütige Ausbrüche. Sie hat ihre Lektionen gut gelernt. Ihre Hausaufgaben sind einwandfrei. Ihr Gedächtnis überragend, ihr Benehmen höflich und ihre Haltung vorbildlich. Wenn Mutter McPhee Kritik üben sollte, würde sie vielleicht auf eine Anspannung, ein Bedürfnis, sich hervorzutun, hinweisen. Aber vielleicht auch nicht. Ihr Ethos, das Ethos der Schule, das Ethos der Eltern, die den Nonnen ihre Töchter anvertrauen, ist auf Sich-Hervortun aus. Eine gute Sache. Matti tut sich hervor.

Das Fest der Mutter Oberin nähert sich. Die ganze Schule, die Älteren wie die Kleinen tun sich für einen Glückwunsch zusammen. Er besteht immer aus Bildern, die die Heiligen, ein Stück Geschichte, Kostüme oder große Dramen illustrieren. Es gibt viel Gesang, Blumen und Darbietungen aus Literatur, Kunst und Musik. Sehr gute, ganz besondere und vom Glück be-

günstigte Mädchen werden für die Bilder ausgewählt. Matti gehört zu den Auserwählten.
Mutter Porter, die zuständige Lehrerin für Schauspielkunst in den oberen Klassen, ruft Mrs. Milton an. »Mrs. Milton, wir bereiten das Fest der Mutter Oberin vor und hoffen, daß Sie uns für zwei oder drei Nächte Margaret-Anne leihen.« Sie leihen. Wie einen kostbaren Besitz. Mummy packt eine kleine Tasche mit Sachen für die Nacht zusammen. Am Nachmittag, wenn der Unterricht beendet ist, führt Mutter McPhee Matti durch »Nazareth«, den Gang an den Klaviernischen entlang, die Treppe von »Marble Square« hinauf und liefert sie in dem Studierraum für die älteren Schülerinnen ab, wo einige von ihnen sich um Matti kümmern sollen. Sie machen viel Gedöns um sie. Es entzückt sie, der starren Routine zu entkommen. Matti ist ihr Kind. Matti! Zu Hause die Große. Sie unterwirft sich ihrer Fürsorge, wenn sie ihr die Haare bürsten, ihre Hand halten und sie mit zur Krankenstation nehmen, damit sie Kakao und süße Brötchen bekommt. Nach dem Abendessen nehmen sie Matti mit in die Aula, wo die Festlichkeiten vorbereitet werden. Mutter McPhee paßt ihr verschiedene Kostüme an und stellt sie auf die Bühne, wo sie regungslos stehenbleibt, während Scheinwerfer eingestellt und Effekte diskutiert werden. Für sie ist es leicht, sich zu unterwerfen, leicht, stocksteif dazustehen, leicht, zu schweigen. Denn sie kann sich vorstellen, daß die Scheinwerfer, die sie bestrahlen, einzig für sie leuchten. Daß sie im Mittelpunkt von allem steht, daß sie wichtig ist. Sie gehört dazu, man braucht sie. Der Schein, die Hitze und die Intensität der Lampen wär-

men sie, bringen fast die eisigen Ungewißheiten zum Schmelzen, die sie tief im Inneren begraben hält. Hier gibt es nichts zu fürchten, in ihrem Schulleben. Die Regeln ändern sich nie. Sie kennt sie auswendig. Es ist leicht, sicher zu sein. Sie muß nicht ewig auf der Hut sein.

Täglich, wenn der Unterricht zu Ende ist, gehen die Schülerinnen der Unterstufe hinunter zum Schwimmbad, mit Handtüchern, Badeanzügen und -kappen bewaffnet, die in Strandtaschen aus Plastik stecken. Sie stellen sich außerhalb von »Nazareth« in einer Reihe auf und können, wenn sie sich weit über die Mauer beugen, das mitten im Busch angelegte, bescheidene Wasserquadrat sehen, das von hohen Zaunpfählen umgeben ist. Mutter McPhee gibt ein Zeichen. Sie stürzen die Steinstufen hinunter, durch die Grotte, weiter, weiter hinunter. Nun in einer Reihe auf dem unebenen Pfad hinein in den Busch, halb Gestrüpp, halb Regenwald. Sie kommen an der Wäscherei der Nonnen vorbei, kichern und knuffen einander in die Seite beim Anblick der ordentlich in Reihen aufgehängten Baumwollstrümpfe und Heiligen-Unterhosen, die riesig und plump im Wind flattern.
Weiter geht's. Über den glitschigen Teil des stinkenden Hühnerhofs, wo der Guano dick den Boden bedeckt. Dann die schweren tropischen Canna-Gewächse mit den Ellbogen beiseiteschieben, die den Zugang zum Schwimmbad verdecken. In einem aufgeregten Durcheinander machen sie am Tor halt. Mutter McPhee spricht das Freizeitgebet. Anschließend strömen alle

durch das Tor und verschwinden in den Kabäuschen, die das Schwimmbad umgeben. Sie reißen sich die Kleider herunter und zerren ihre Badeanzüge hoch, in dem Bestreben, erste zu sein. Türen knallen. Kleine menschliche Geschosse platschen ins Wasser. Wassergespritze. Gequieke erfüllt die Luft. Sie planschen herum. Erschöpft hieven sie sich aus dem Wasser, um pitschnaß auf den Betonfußboden zu plumpsen. Aber nicht für lange. Sie wissen, daß Mutter McPhee ihre Klingel betätigen und gestikulieren wird, um auf die Regeln hinzuweisen: sich nicht herumlümmeln, nicht in der Sonne braten, nicht den Körper am Schwimmbad unziemlich oder gar eitel zur Schau stellen. (Oh, was war das für eine Empörung an dem Tag, als klein Marilyn Moss in einem Leopardenfellanzug ohne Oberteil hineinsprang.) Oh, die Schule ist wunderbar und berechenbar, aber eines Morgens, als Matti durch die Tür stürmt, sieht sie Mutter McPhee streng vor den Kindern stehen. Niemand gibt einen Mucks von sich.

»Jetzt, da ihr alle anwesend seid, möchte ich das Kind, das hierfür verantwortlich ist, bitten, nach vorne zu kommen.« Sie wendet sich zur Tafel und klappt sie um. Es erscheint eine häßliche Zeichnung von Patricia Mary, dem dicksten Mädchen in der *Junior School*. Die Mädchen werfen einander verstohlene Blicke zu und kichern hinter vorgehaltenen Händen. Klack, klack, klack, macht das geschnitzte Holzsignal in Mutter MacPhees Hand. Sie werden still.

»Ich habe noch nie eine solch widerliche Darbietung gesehen. Es wird heute morgen keinen Religionsunterricht geben. Ich werde in meinem Arbeitszimmer sein.

Das verantwortliche Kind oder die Kinder werden ihren Weg zu mir finden und gestehen.« Sie dreht sich um, wischt das Anstoß erregende Bild von der Tafel und geht davon, wobei die schweren Holzkugeln des Rosenkranzes klirren und klappern.
Arme Mutter McPhee. Sie wartet vergeblich. Der Morgen scheint ewig, und niemand zeigt sich bei ihr. Zur Mittagessenzeit dürfen die Mädchen sich hinsetzen, aber sie müssen sich mucksmäuschenstill verhalten. Mutter McPhee wacht, sie nicht aus den Augen lassend, über sie. Die Nachmittagsstunden werden gestrichen. Sie sitzen schweigend über Büchern der Christlichen Lehre.
Am nächsten Tag eilt Matti in üblicher Weise erwartungsvoll zur Schule. Mutter McPhee macht ihre Runde durch alle Klassenzimmer.
»Die Mutter Oberin ist über das unerfreuliche Geschehen im Bilde.«
Mattis Kopfhaut prickelt. Unerfreuliches Geschehen. Macht das nicht Daddy fortwährend solchen Kummer?
»Sie hat in ihrer Weisheit entschieden, daß das Schwimmbad für die ganze Unterstufe geschlossen bleibt, bis das verantwortliche Kind oder die Kinder den Mund aufmachen. Wer immer auch verantwortlich ist, straft nun die ganze Schule.«
Geschwätz und Gerüchte gehen um. Je länger die Ungewißheit dauert, um so unbehaglicher ist Matti zumute. Sie ist voll ängstlicher Unruhe, und sie sucht nach einem Fehler, den sie begangen hat. Könnte es sein, daß sie die Schuldige ist, ohne es zu wissen? Hat sie sich geirrt, als sie dachte, hier sei sie in Sicherheit? Gibt es

überall Fallen, nicht nur zu Hause? Sie sucht in den Gesichtern, um durch einen Blick, ein Wort oder eine Geste die tatsächlich Schuldige herauszufinden, damit sie selbst von Schuld und Angst befreit werde. Aber sie findet niemanden. Das ganze Sommersemester über bleibt das Schwimmbad geschlossen.
»Bitte, Mutter. Oh, bitte Mutter, können wir nicht baden gehen? Bitte. Es ist nicht fair«, flehen ein paar der kühneren Mädchen. Aber das Gesicht von Mutter McPhee wird hart, und sie sagt: »Das verantwortliche Kind weiß, was es zu tun hat.« Sie sind wie vor den Kopf gestoßen, zornig, rebellisch. Sie wissen, daß der Augenblick, die Gelegenheit vorbei ist. Jetzt wird niemand mehr etwas zugeben. Sie wissen das. Warum nicht, Mutter McPhee?

7

Flynn O'Brien bereitet sich in ihrem letzten Jahr der Unterstufe auf eine Umschulung nach Sacré Cœur vor. Flynn weiß nicht genau, warum sie das alte Kloster zu verlassen hat, aber sie weiß, daß ihre erschöpfte Mutter glaubt, jener europäische Orden könnte mit seiner Vornehmheit und seiner Kultur positiv auf ihre wilde, undisziplinierte Tochter einwirken. Mehr jedenfalls als die alten irischen Nonnen mit Stock und Lineal. Wer weiß? Wen interessiert's? Flynn jedenfalls nicht.

Sie ist elf Jahre alt und trägt einen schrecklichen Hut mit Kirschen oben drauf. Ihre Mutter hatte einfach keine Zeit, um Flynn die neue Uniform zu besorgen. Mit einem Baby auf dem Arm und einem Telefonhörer am Ohr, um Nachrichten für ihren Mann entgegenzunehmen, der vorn im Haus seine Praxis hat. Unentwegt scheint sie in einer Pfanne herumzustochern.

»Zieh den Pikeerock an, Flynn, und deine Handschuhe. Laß deinen Hut auf. Er sieht hübsch aus. Macht nichts, Liebes, wir werden uns deine Uniform vom Kloster hierher schicken lassen.« Flynn gehört nicht zu den Kindern, die Gedöns wegen eines Kleides machen. Sie zuckt mit den Schultern, zieht den Pikeerock an und folgt ihrer Mutter nach Sacré Cœur. Sie hat keine Ahnung, was sie erwartet, und ist völlig entspannt.

Wie gewöhnlich kommt Mrs. O'Brien zu spät. Es geht halt nicht anders. Bubbie hat Flynn den ganzen Rock vollgespuckt, als sie ihn zum Abschied umarmte. Der Stoff mußte gesäubert werden. Der Geruch von Erbrochenem ist so hartnäckig. Mutter Pförtnerin läßt sie durch die Loge ein und bedeutet Mrs. O'Brien entschlossen, gleich wieder zu gehen. »Komm mit, meine Liebe. Auf Wiedersehen, Mrs. O'Brien. Auf Wiedersehen«, und schließt die riesige Tür. Sie führt Flynn an der Hand durch die dunklen Gänge.

»Du bist zu spät, meine Liebe. Die ganze Schule hört sich schon die Schulvorschriften an, was wir am ersten Tag eines Schuljahres immer tun. Die Mutter Oberin ist schon da. Schlüpf leise hinein, mach einen Knicks und such dir einen Platz auf der Seite.«

Knicks machen! Flynn schlüpft hinein, beugt ein Knie und setzt sich hin. Sieht die holzgetäfelte Aula, die glänzenden Fußbodendielen, die auf dem Boden vor der Mutter Oberin arrangierten Blumen und die vielen fremden Gesichter, alle regungslos. Sie schämt sich nicht ihres schrecklichen Huts. Sie blickt interessiert um sich. Die Schulvorschriften klingen wie ein Haufen dummes Zeug, also zollt sie ihnen kaum Beachtung. Wie ein freundlicher, intelligenter Hund, der verständnislos, aber wachsam ist, schnüffelt sie in die Luft.

Nach geraumer Zeit erhebt sich die gesamte Schule mit einem einheitlicher Seufzer. Aufwirbeln der Luft durch perfekte im Gleichklang ausgeführte Knickse. Dann macht eine kleine Nonne ein seltsames, knackendes Geräusch, und Reihe um Reihe gleiten sie schweigend hinaus. Flynn spürt eine Hand auf ihrem Arm.

»Schließ dich dem Ende der Reihen an, Flynn, Liebes.

Die Kleinen gehen zuletzt hinaus. Ohne zu sprechen.« Sie gehorcht, wirklich schweigend, denn noch weiß sie nicht, mit wem oder worüber sie reden soll. Sie folgt den anderen, betritt ein Klassenzimmer und setzt sich irgendwo hin.
»Kommt jetzt zur Ruhe, Kinder! Wir freuen uns, euch alle wieder bei uns zu haben, und einen Neuankömmling.« Eine Nonne lächelt ihnen zu. »Wir werden das neue Jahr damit beginnen, daß jede etwas vorliest.« Die Mädchen öffnen ihre Lesebücher. Die Nonne kommt auf Flynn zu.
»Ich bin Mutter Leary, Flynn. Willkommen in St. Stanislaus.« Das ist unser diesjähriges Klassenzimmer, und der Heilige Stanislaus wird unser Schutzpatron sein. Alle Zimmer sind – Seite achtzehn, Kinder – nach Heiligen benannt. Du wirst bald mit unseren Bräuchen vertraut sein.«
Flynn blickt skeptisch. Sie hat es mehr mit Teufeln, Feen und Entführern. Heilige findet sie langweilig. So gut. So heilig. Die Nonne sieht auch ziemlich langweilig aus, und sehr jung. Jünger als die alten Fledermäuse in dem anderen Kloster. Sie trägt die schwarze Tracht. Ihr Gesicht ist von einer teigigen Rüsche umrahmt. Statt des schwarzen Schleiers trägt sie etwas, das einem weißen Laken ähnelt. Flynn wird bald wissen, daß sie nur eine Novizin ist. Es dauert noch zwölf Monate, bis sie einen schwarzen Schleier kriegt.
Klack, klack, klack, ertönt das kleine Signal.
»Fangen wir an, eine nach der anderen.« Flynn setzt sich bequem zurück. Sie liest ausgezeichnet. Das ist kinderleicht für sie. Sie kippelt mit ihrem Stuhl nach hin-

ten und lauscht den anderen, die Absatz für Absatz der Geschichte vorlesen.
Jetzt liest das Mädchen vor ihr. Über die Abenteuer, Herausforderungen und Versuchungen von Loki, Thor und den Nordmännern. Das überrascht Flynn. An der anderen Schule lesen sie nur fromme Geschichten. Dann ist sie an der Reihe, und sie liest leicht und fehlerlos. Danach gibt Mutter Leary die Noten bekannt. Noten werden in dieser Schule für alles erteilt, wie Flynn bald entdecken wird. Matti ist am besten. Ist sie meistens. Völlig unerwartet blickt sie über die Schulter zu Flynn. Sie ist sehr beeindruckt, daß jemand, der so gekleidet ist und einen solch schrecklichen Hut trägt, so viel Selbstsicherheit haben kann, daß er zur Anhörung der Schulvorschriften kommt.
»Hallo?« flüstert sie. »Was ist das?«
»Ein Bleistiftspitzer«, sagt Flynn. Ah so! In der Form eines Flugzeugs mit einem Radiergummi als Nase. »Du kannst ihn haben, wenn du möchtest. Hier.« Mutter Leary klappert heftig. Matti wendet sich wieder nach vorn und beugt den Kopf über das Buch.
»Kann ich ihn wirklich haben?«
»Klar.« Flynn wirft ihn geschickt über ihren Kopf in Mattis Schoß.
Matti und Flynn finden heraus, daß sie vor und nach der Schule mit der gleichen Straßenbahn fahren. Die anderen werden von Kindermädchen und Müttern in glänzenden Autos abgeholt. Matti und Flynn grämen sich deswegen nicht. O nein, alles andere als das. Was haben sie für einen Spaß in der dahinratternden, alten Straßenbahn, obwohl sie in Wirklichkeit so verschieden

voneinander sind. Matti so brav, ordentlich, pünktlich und ihre Eltern so streng. Flynn so schludrig und undiszipliniert. Jeden Morgen bringt Flynn Comic-Hefte für Matti mit, damit sie diese in der Straßenbahn lesen kann. Sie über Nacht auszuleihen, kommt nicht in Frage. Hat. Dr. Milton die Comics nicht genau wie die Nachmittagszeitung als Schund verboten? Was für ein wunderbarer Schund! Geschichten über Eisprinzessinnen, Ponyklubs, englische Staatsschulen, Klassenrüpel, Mitternachtsfeste und verrückte Lehrer. Unerschrockene Mädchen lüften Geheimnisse, liefern Spione aus, leiten Cafés und sammeln Geld für Operationen von todkranken Müttern. Matti verschlingt die Geschichten. Sie verstecken die Hefte hinter einem Lantanabusch, bevor sie das Schulgelände betreten. Kein Kind darf unerlaubtes Lesematerial mit in die Schule bringen. So lauten die Vorschriften.

Matti hat auch ihren Beitrag geleistet und Flynn zu den Heiligen bekehrt. Ein höchst interessanter Haufen, wirklich. Die jungfräulichen Märtyrerinnen. Matti und Flynn erfinden die schlimmsten Folterungen für sie. Denn die heiligen Bücher geben über derartige Angelegenheiten wenig Aufschluß.

»Glaubst du, du würdest nachgeben, wenn du eine jungfräuliche Märtyrerin wärst, Flynn?« sagt Matti, als sie auf ihrem Weg zu den Schultaschen »Nazareth« durchqueren.

»Hängt davon ab, was sie mit mir machen wollen. Ich würde so tun, als ob, und abzuhauen versuchen, wenn sie gerade nicht gucken.«

»Aber ich glaube nicht, daß die Heiligen abhauen würden, oder? Sie wären keine richtigen Heiligen, wenn sie sich aus dem Staub machten.«

»Wohl nicht, nein.«

Vor den Kommunisten die Flucht zu ergreifen, ist etwas anderes. Du kannst ihnen entkommen und wirst ein richtiger Held. Flynn und Matti wissen eine Menge über Kommunisten. Die Nonnen ermahnen sie ständig, für all die armen Leute zu beten, die unter kommunistischer Herrschaft leben. Matti und Flynn können sich gut vorstellen, daß sie eines Tages unter kommunistischer Herrschaft leben müssen. Schließlich ist das, wie die Nonnen sagen, ohne die entsprechende Anzahl von Gebeten nur eine Frage der Zeit. Sie bereiten sich darauf vor.

Sie stehen neben den alten Ölheizkesseln außerhalb von »Bethlehem« und halten einander an den Händen, sich gegenseitig Mut einflößend. Sie sollen sich einem Verhör unterziehen. Sie sollen gefoltert werden, bis sie widerrufen und auf das Kruzifix spucken.

»Du gehst als erste, Matti. Ich zähle.« Matti streckt ihre Finger aus, bis sie die roten heißen Röhren berühren. »Eins, zwei, drei, vier, fü … Du hast deine Hand weggenommen. Jetzt bin ich dran.« Matti saugt an ihren Fingern und zählt bei Flynn. Sie werden immer tapferer, bis Matti eines Tages schlimme Blasen hat.

»Nein, ich glaube nicht, daß ich mich foltern lassen könnte, bis ich stürbe. Aber ich würde so tun, als widerriefe ich und spuckte und all das. Ich würde es jedoch nicht wirklich machen. Gott würde wissen, daß ich nur so täte als ob. Dann würden sie mich gehen lassen. Ich wäre aber immer noch heimlich eine Katholikin.«

»Hm ...«, meint Flynn.
In der Straßenbahn sprechen sie laut in einer Hühner-Phantasie-Sprache, wedeln mit den Armen und hoffen, daß die Leute sie für Ausländer halten. Matti ist begeistert von ihrer neuen Freundin. Natürlich kann sie sie nicht nach Hause einladen, aber es heißt ständig »Flynn hier« und »Flynn da«. Sie kann gar nicht anders. Mummy und Daddy sind sich nicht so sicher, ob dieses neue Mädchen einen guten Einfluß haben wird. Was für ein merkwürdiger Zeitpunkt, in Sacré Coeur aufzutauchen. »Flynn« hört sich energisch an. Mummy und Daddy fürchten einen unguten Einfluß. Flynn denkt gar nicht daran, jemanden zu beeinflussen. Das ist viel zu viel Mühe. Flynn ist faul, sagen die Nonnen. Sie hält Matti für sehr schlau und ist nicht eifersüchtig, wenn Mattis Leistungen als vorbildlich herausgestellt werden. Wenn Flynn es wollte, könnte sie auch brillieren.
Matti erzählt Flynn nie von ihrem Zuhause, selbst wenn Flynn von Bubbie, Taschengeld, Samstagnachmittagvorstellungen im Randwick-Ritz-Kino und Mummys ununterbrochener Singerei in der Küche daherquasselt. Matti hält ihr Zuhause geheim. Vor jedermann. Wenn irgend sie kann. Sie schämt sich ihres Zuhauses. Heute ist ihr Schulzeugnis gekommen. Es ist voll des Lobes über ihren Fleiß und ihre guten Ergebnisse. Mutter Leary hat allerdings einen kleinen Beisatz hinzugefügt: »Matti muß lernen, mit mehr Würde Kritik hinzunehmen.« Das gefällt Dr. Milton gar nicht.
»Also, meine Liebe, da haben wir's. Du ... Sieh mich nicht so an, meine Liebe ... Du weißt, daß die Sünde der Engel der Stolz war, und du weißt, was mit Luzifer

und seinen Begleitern geschehen ist.« Matti starrt ihn an. Was für einen Quatsch redet er da – einen solchen Vergleich anzustellen! Warum redet er von Teufeln, von gefallenen Engeln und der Hölle? »Nein, meine Liebe, du weißt ganz genau, wovon ich rede.« Ein Schwall von rasender Wut, von Aggression steigt in ihr hoch.
»Weiß ich nicht.«
»Das glaube ich dir nicht, Matti. Das ist jetzt mal wieder ein Beispiel für deine Unfähigkeit, Kritik hinzunehmen. Genau das, weshalb die guten Schwestern so enttäuscht sind.« So enttäuscht? Sie sind über gar nichts enttäuscht.
»Ich verstehe nicht«, sagt sie mürrisch.
»Du weißt genau, wovon ich rede«, sagt Dr. Milton. Matti steht vor ihm. Er spricht ruhig, leidenschaftslos, bestimmt. Er ist ihr Vater. Sie muß ihm glauben, und sagt außerdem nicht jeder ständig, wie wunderbar er sei? Er hat sogar in den Zeitungen gestanden! Also muß sie im Unrecht sein. Ist sie aber nicht. Wie denn auch? Sie würde sich sicherlich schlecht fühlen, wenn sie so böse wie Luzifer und aus dem Garten Eden geworfen worden wäre. Ich hasse dich, flüstert die Stimme. Ich hasse dich, hasse dich, hasse dich. Matti läßt beschämt den Kopf sinken.
Dr. Milton hat lange intensiv über seine Tochter nachgedacht. Da ist irgend etwas nicht Greifbares an ihr, etwas ziemlich Rebellisches. Gegen ihn aber rebelliert man nicht. Wieso ist sie nicht so offen und entgegenkommend wie ihre Brüder? Er erinnert sich wehmütig eines blonden, tanzenden Kindes, das ihn freudig und überschwenglich küßte, eines Kindes voller Lachen und Fröhlichkeit.

Er seufzt. Matti ist sein heimlicher Kummer. Sie ermüdet ihn. Man muß ihr den Stolz und den Trotz austreiben. Nicht um seinetwillen, sondern um ihretwillen. Es ist seine Pflicht als Vater. Wenn er ihr nicht die einfachsten Grundregeln der Selbstlosigkeit und Aufopferung eintrichtern kann, die für eine Frau unerläßlich sind, dann wird er als Vater versagt haben. Dr. Milton duldet kein Versagen. Und er läßt sich nicht in die Enge treiben. Er ist daran gewöhnt, daß er bekommt, was er will. Um jeden Preis.

Er versucht es noch einmal.

»Glaub mir, meine Liebe, mir sind diese kleinen Unterhaltungen genauso unangenehm wie dir. Mich schmerzt es viel mehr als dich, aber ohne Disziplin wirst du eine unglückliche Frau werden. Strebe deiner Mutter nach, Matti. Strebe deiner Mutter nach. Für deinen alten Dad. Tu es für ihn. Denk daran, ich bin auf deiner Seite, Matti.«

Er betrachtet ihr Gesicht, das starre Kinn, die stechenden Augen. Matti ist sich nicht sicher, was sie werden will. Aber einer Sache ist sie sich gewiß: Sie will nicht und wird nicht wie ihre Mutter enden. Ihre Mutter ist geplagt und machtlos, und so will Matti nicht werden. Daran kann er nichts ändern. Dr. Milton blickt herzlos. Matti starrt ihn an. Sie bringt kein Wort heraus. Aufbegehren schnürt ihr den Hals zu. Warum redet er mit ihr in solch sanftem, liebem Ton, wenn seine Worte ihr Dunkelheit und Hölle verkünden? Was will er von ihr?

Sag mir nur einmal, daß ich was richtig mache. Bitte. Ich möchte hören, daß du mich noch immer lieb hast.

Das anstößige Zeugnis wird mit feierlicher Geste in seine Schreibtischschublade eingeschlossen. Ein böses, widerwärtiges Stück Papier, um die Akte noch umfangreicher zu machen.

8

Matti kommt einer ihrer kleinen Aufgaben nach. Ihrer Sonntagabendaufgabe. Sie bringt Daddy auf einem Silbertablett seine wöchentliche Flasche Bier und den ekelhaften, stinkenden Gorgonzola. Damit kann sie ihn immer erfreuen. Oh, alles ist eitel Freude und Sonnenschein, wenn sie etwas seinen Vorstellungen entsprechend macht. So sagt er es.

Gut. Sie denkt scharf nach. Sie will sich nicht einfach nur zurücklehnen und hoffen, daß er Freude an ihr hat. Sie wird neue Wege gehen, um ihm zu gefallen. Matti beunruhigt noch etwas. Sie hat Angst, er könnte sie vergessen in diesem quirligen Haushalt voller aktiver, lärmender, kleiner Jungen, die Mummy gänzlich in Beschlag nehmen und bei Daddy so viel Interesse wecken. Was wäre schlimmer? In Ruhe gelassen oder vergessen zu werden? Matti könnte es nicht ertragen, vergessen zu werden. Und sie hat gelernt, dafür zu sorgen, daß es nicht geschieht.

Das Abendessen nehmen die Miltons zusammen ein. Darauf besteht Dr. Milton, auch wenn dies häufig seiner Frau sehr zusetzt, die vor der festgelegten Essenszeit schon lieber einige Kinder im Bett hätte. Matti sorgt für die Unterhaltung zur Abendessenzeit. Es scheint anzukommen, obgleich ihre Mutter nicht gerade begeistert ist. »Hör auf, mit den Armen herumzuwedeln, Matti. Du hältst dich wohl für eine Italienerin oder sowas. Iß weiter.« Aber Matti weiß, daß ihr Tun den Vater amüsiert. Er zwinkert mit den Augen, und sie spielt für ihn, für ihn allein. Nun ist er an der Reihe. Er greift nach dem Obstmesser und macht aus einer Orangenschale ein riesiges Gebiß. Er wendet sich einen Moment ab und präsentiert sich dann mit riesigen Zähnen, die ihm aus dem Mund ragen, und einem Auge, dessen Inneres fast nach außen gekehrt ist. Klein-Brüderchen quiekt und stößt seine Milch um. Mrs. Milton sagt: »Bitte, Patrick«. Der Doktor rollt sein Auge zurück, nimmt die Zähne heraus, zwinkert Matti zu und meint sanft zu seiner Frau: »Ein bißchen herumalbern hat noch niemandem geschadet, Liebes.«

Mrs. Milton sieht Matti böse an, aber Matti nimmt keine Notiz davon.

Mahlzeiten sind auch eine herrliche Gelegenheit, ihr gutes Gedächtnis zu beweisen. Desmond, der nicht übertroffen werden will, fordert sie Abend für Abend zu langen Zitaten aus den Büchern heraus, die sie gerade lesen – unter der Schirmherrschaft ihres Vaters.

Trelawney, der Landjunker, Dr. Livesey und die übrigen Herrschaften waren es, die mich dazu veranlaßten, jeden einzelnen Umstand der Schatzinselgeschichte niederzuschreiben, vom ersten bis zum letzten Tag, nichts zu verschweigen, außer der wirklichen Lage der Insel, und das, weil dort noch immer ein ungehobener Schatz liegt. So nehme ich die Feder auf im Jahre der Gnade siebzehnhundertundeiniges und kehre zurück in die Zeit, als mein Vater den Gasthof »Admiral Benbow« führte, und der braune alte Seemann mit dem Säbelhieb zum ersten-

mal Wohnung unter unserem Dach nahm. Ich sehe ihn vor mir, als wäre es gestern geschehen.

»Matti. Desmond. Hört bitte auf damit. Eßt schnell auf.« Die Mutter guckt unterstützungsheischend zum Ende des Tisches. Sie beklagt sich oft darüber, daß der Vater »meilenweit« entfernt ist, was stimmt. Sorgfältig und geistesabwesend schlitzt er mit dem Obstmesser die Bananenschale. Er legt die Frucht beiseite, schneidet die Schale in Einzelteile und ißt sie.
»Patrick!« Die Stimme der Mutter erfüllt den Raum. Milde blickt er in ihre gespannten Gesichter. Er lacht. Er nimmt die restliche Schale, hängt sie über seine Oberlippe und wackelt damit. Sie kichern vor Entzükken. Es ist herrlich. Matti möchte, daß es nie aufhört. Das ist ihr wirklicher Vater, derjenige, den sie so liebt, die Person, die so selten anzutreffen ist. Das ist wirklich Daddy. So soll er immer und immer bleiben.
»Unsere Gesangslehrerin, Miss Mort, hat die Psittacose«, sagt sie. Ihre kleinen Brüder lauschen andächtig. »Ja, sie hat Beine, so gewaltig wie Baumstämme und …«
»Nein, Matti. Keine Psittacose«, meint ihr Vater.
»Aber Daddy, sie sind ganz schrumpelig, und alles hängt und …«
»Elephantiasis«, murmelt er, mit seinen Gedanken schon wieder anderswo.
(»Mein Vater sagt, Miss Mort hat Elephantiasis«, erzählt Matti der Klasse. Alle glauben es.)

Matti wird immer listiger. Ihr Vater hat sie angefleht, sich doch bitte wie eine junge Dame zu bewegen. Er

meint, sie gehe wie ein Seemann. Oft pfeift er die Melodie eines Seemannstanzes, wenn sie vorbeigeht. Sie fühlt sich dadurch so gedemütigt, daß sie sich eine blauweiße Segelmütze bastelt und seemännische Tischmanieren annimmt. Der Doktor freut sich, daß Matti lernt, die Dinge mit Humor zu nehmen.
Doch manchmal ist er richtig unfair. Sie weiß schon, daß ihn ihre Tischmanieren stören. Er gibt ihr ein Zeichen: »Nur Männer in Lumpen und in Sünde versackte Vielfräße behandeln sich wie Reisetaschen und schaufeln Lebensmittel in sich hinein.« Sie hört das und ißt langsamer. Ein Spaß unter guten Freunden. Wie kann er ihn nur gegen sie benutzen? Es ist Samstag abend. Der Abend mit panierten Koteletts und Erbsen. Matti läuft das Wasser im Mund zusammen. Es ist ihr Lieblingsessen. Sie hilft der Mutter beim Bedienen der Familie und der beiden Priester, die – wie gewöhnlich – zum Essen gekommen sind. Sie geht von einem Platz zum anderen, teilt das Essen aus, bietet Sauce an, schneidet den kleinen Brüderchen das Fleisch.
Schließlich nehmen sich auch Matti und ihre Mutter etwas. Gierig packt Matti ihre Gabel voll. Fleisch, Kartoffeln, dann die Erbsen (gut aufgespießt, so daß sie an den Kartoffeln haften) und vor allem einen Klacks Sauce. Sie führt die Gabel zum Mund, beugt den Kopf nach vorne, konzentriert sich.
»Nur Männer in Lumpen, Matti.«
Sie schluckt, zieht den Kopf ein und errötet. Das Essen klebt an ihrem Gaumen. Sie blickt schnell zu den Priestern. Haben sie es gehört?
»Und in Sünde versackte Vielfräße.« Seine Stimme ist

jetzt lyrisch, fast verträumt. Er lächelt, hat seinen Spaß. Sie windet sich vor Unbehagen, will ihn zum Schweigen bringen, haßt ihn.
»Schaufeln ... Oh, Herr Pfarrer, Sie sind fertig. Biete dem Herrn Pfarrer noch einmal das Fleisch an, meine Liebe«, sagt er zu seiner Frau, die gerade erst mit dem Essen begonnen hat. Matti ißt vorsichtig weiter, alle Freude daran ist verflogen.

Da da dum pom pom.
Da da dadadada dum.
Er pfeift. Sie hüpft wie ein fröhlicher Seemann. Sie stößt den Kaffeetisch um, als sie vorbeitänzelt.
»Oh, mein Liebes, das Leben ist kein Spielplatz. Du kannst nicht dein ganzes Leben herumalbern, Matti. Versuch ein bißchen mehr ladylike zu sein. Arme alte Matti! Richtige Fußballerbeine. Arme alte Matti!«
Sie scheut vor ihm zurück, haßt sich und ihre großen, klobigen Beine.
»Schultern zurück! Denk an Quasimodo.«
Sie dreht sich um, stolpert aus dem Zimmer, die Seemannsmütze ist nur mehr ein kleines Knäuel in ihrer Hand.
Sie hört nicht, wie Mutter und Vater miteinander reden.
»Laß sie in Ruhe, Patrick. Sie ist nicht dick. Sie ist nicht unbeholfen. Sie hat nur deine Beine, das ist alles. Dafür kann sie nichts. Und ...«
»Mein liebes Mädchen ...«
»Nein, Patrick. Weißt du, daß sie nicht im Chor singen will? Das ist dein Fehler, Patrick. Du hast ihr gesagt, ihre Stimme sei fürchterlich ...«

»Mein liebes Mädchen, rede nicht solch einen Unsinn. Mattis Verhalten hat nichts mit mir zu tun. Matti muß lernen, mit Humor Kritik hinzunehmen. Zu ihrem eigenen Besten. Sie und ich haben unsere kleinen Späße miteinander. Sie machen ihr Freude.«
Mrs. Milton wendet sich wieder ihrer Näherei zu. Kritik mit Humor hinnehmen. Könnte er es? Er ist ein Tyrann, das ist er. Ihre Tochter zu verteidigen hat sie erschöpft. Als ob sie nicht genug am Hals hätte. Sie ist verärgert über ihre Tochter. Je eher Matti lernt, daß das Los einer Frau die Aufopferung ist, und das nicht mit Freude, sondern in Bitternis, um so besser wird sie dran sein. Sie muß begreifen, daß sie nichts ändern kann. So war es immer, und so wird es immer sein. Man kann mit Männern nicht argumentieren. Außerdem gibt es etwas anderes, das ihr Sorgen macht. Der kleine Knoten. Er muß entfernt werden. Matti weiß, daß es leise Telefongespräche gegeben hat. Freunde von Daddy sind vorbeigekommen und haben ruhig mit ihm geredet. Mummy sieht müde aus. Daddy sieht beunruhigt aus.
»Matti, Mummy geht morgen ins Krankenhaus wegen einer kleinen Operation, und du wirst ihre Pflichten übernehmen. Ich möchte, daß du eine tolle Hilfe bist.«
»Ja, Daddy. Was ist denn los? Wird sie ...?« Sterben?
»Keine Angst. Nur ein kleiner Eingriff. Sei ein braves Mädchen!«
Granny, die Großmutter, kommt, gekrümmt und besorgt. Sie muß wohl sterben.
»Oh, Matti, Liebling, mach dir keine Sorgen, Granny ist hier. Ich kümmre mich um dich.« Aber Daddy schickt Matti zu Bett, ganz schön schlau.

Der nächste Tag ist seltsam und leer. Keine Eltern im Haus. Granny in der Kirche. Nur ein kleiner Eingriff? Nichts Schlimmes? Warum dann all dies? Aber da kommt Daddy federnden Schritts den Weg hinauf, lächelt, pfeift. Mattis Herz jubelt. Er ist wieder da. Es wird alles in Ordnung kommen. Er wird alles erklären. Granny taucht am Tor auf.

»Gott und Sankt Antonius sei Dank, Patrick! Halleluja!« Granny geht auf Matti zu, nimmt sie schwungvoll in die Arme, an ihren weichen Busen.

»Oh, Liebling, es ist alles in Ordnung. Mummy wird es wieder gut gehen. Gott sei Dank! Du mußt solche Ängste ausgestanden haben.«

»Schon gut, Granny«, fährt ihr Vater scharf dazwischen. »Matti wußte nichts davon.«

Matti bringt ihre Brüder ins Bett. Sie liest ihnen vor. Sie knuddelt und küßt sie, knipst dann das Licht aus. Ihre Pflichten sind getan. Sie macht sich selbst fürs Bett fertig und kriecht unter die Decke. Sie bemüht sich angestrengt, nicht über Mummy nachzudenken. Ihr werden all die kleinen Dinge bewußt, die mit Mummys Gegenwart verbunden sind. Das Geräusch ihrer Sandalen, die auf dem braunen Linoleum außerhalb der Küche klappern. Die kleinen Schniefer, die sie von sich geben muß, wenn sie keine Hand frei hat, um für ihre ewig tropfende Nase ein Taschentuch zu benutzen. Der Anblick von ihr im Gewächshaus, wenn sie die Mohnstrünke verbrennt oder die Hortensien schneidet. Oder das Geräusch, wenn noch spät am Abend der Wasserhahn von der Badewanne läuft. Wie unvollständig das Haus ohne sie wirkt! Warum hat Daddy ihr nichts von Mummy gesagt? Du bist ein schrecklicher, schlimmer Mann. Das bist du. Das bist du. Matti ist einsam. Ihre Hand gleitet zu dem Trost zwischen ihren Beinen. Sie streichelt sich sanft. So warm. So warm. Sie spielt mit den Fingern zwischen den Hautfalten. Sie liebkost sich sanft. So warm.

Daddy sagt, und jedermann weiß, daß Matti all das machen kann, was sie sich in den Kopf gesetzt hat. Sie möchte Ballerina werden, auf Zehenspitzen stehen können in blaßrosa Spitzenschuhen und ein glitzerndes Tutu tragen. Aber Matti ist nicht begabt für das Ballett. Sie weiß das, aber sie sagt es niemandem. Einmal in der Woche geht sie ins Studio und zwängt sich in ihre schwarzen durchsichtigen Strumpfhosen und ein weißes Trikot. Sie zieht Wadenschützer über ihre dicken Fußballerbeine und schämt sich neben all den kleinen Feen wegen ihrer Plumpheit zu Tode.

Dann ist sie ein böses Mädchen. Sie will unbedingt Flynns Straßenbahn kriegen, ist also nicht bereit, Mummy beim Zusammenlegen der Leinentücher in der Wäschekammer zu helfen.

»Sei ein liebes Mädchen und hilf mir, Matti. Hilf mir.«

»Aber Mummy, ich werde zu spät kommen. Bitte doch Desmond. Du bittest ihn nie, etwas zu tun.«

»Ach, mach schon, Matti.«

»Ich komme zu spät. Ich kann nicht.« Sie schiebt sich rückwärts aus dem engen Raum heraus. Eine Hand, dem Biß einer Bulldogge gleich, gräbt sich in ihre Schulter.

»Du entschuldigst dich sofort bei deiner Mutter, und

tust, was sie dir sagt. Ich hätte nicht geglaubt, daß der Tag kommen würde, an dem ich dich so mit deiner Mutter würde sprechen hören. Das ist das Ende des Ballettunterrichts für dich, meine Liebe.«
Wie wenig bereitwillig sie ihrer Mutter hilft. Müde Mutter! Überarbeitete Mutter! Leidende Mutter! *Nur habe ich dich nie gebeten zu leiden. Ich habe dich nie gebeten, dich abzuplagen, wie du es nennst. Warum tust du das? Hör einfach auf, warum tust du das nicht? Ich werde mich nicht abplagen. Nie. Ich werde mich nie für jemanden abplagen.* Falten und noch einmal falten, einen Schritt vor, einen Schritt zurück, und wieder einen Schritt vor. Ein perfekt zusammengelegtes Laken. Und nun das nächste. Während er draußen herumschleicht. *Hasse dich. Hasse dich. Schnüffeln, lauschen, beobachten und warten. Wie Gott, der Bußen verteilt. Hasse dich. Und sie! Warum wehrt sie sich nicht? Ich werde das tun. Ja, werde ich.*
Matti geht an jenem Nachmittag zur ihrer Ballettstunde. Das Beste daran ist das alte Gebäude, in dem der Lift mit einem Seil betätigt werden muß. Es ist laut, dunkel und auf jedem Stockwerk Klaviergeklimper zu hören. (Einmal hatte Margot Fonteyn dort geprobt. Die Schüler hatten sich angestellt, um nacheinander durch das Schlüsselloch zu gucken, bis man sie weggescheucht hatte.) Sie bewegt sich schwerfällig und plump durchs Studio und stellt sich vor, sie sei eine Ballerina. Matti schämt sich ihrer Unbeholfenheit. Miss Laurel klopft zu dem Rhythmus des Klaviers mit dem Stock auf den Boden. Miss Laurel haßt sie alle, diese fetten Elefantenbabys. Sie schlägt mit dem Stock gegen Oberschen-

kel, Waden, Knöchel und einwärtsgestellte Füße. Die Tür geht auf. Das Klavier zögert und verstummt schließlich. Da steht Daddy, grimmig und um Aufmerksamkeit heischend. Er macht Miss Laurel ein Zeichen. Die beiden reden miteinander. Matti ist außer sich. Sie tut so, als kenne sie ihn nicht. Sie spielt mit dem Fuß auf dem Boden und schaut zur Decke. Achselzuckend tut sie ihre Unkenntnis kund.
»Margaret-Anne. Geh, bitte, mit deinem Vater.« Sie bockt einen Augenblick, stopft ihr Trikot in die verhaßten Strumpfhosen und geht dann auf ihn zu.
Eine schweigende Fahrt. Kein Zeichen. Kein Zwinkern. Umherwirbelnde geisterhafte Gestalten. Wolken von Tüll, weißblaue Lichtkringel in ihrem Kopf. Sie haßt den Mann leidenschaftlich, aber dieses Mal spürt sie auch einen süßen Hauch von Sieg. Ha. Ha. Ha. Ich habe ein Geheimnis, ich verrate es nicht. Es ist mir egal, ob du zur Hölle fährst.
Schäumend vor Widerwillen und Wut über ihr störrisches Benehmen, fährt Dr. Milton Matti nach Hause. Wie kann sie es wagen, zur Ballettstunde zu gehen, nachdem er ihr ausdrücklich erklärt hatte, daß Schluß mit dem Ballett sei. Er wird ihre Unverschämtheit und ihre Faulheit nicht hinnehmen. Wenn notwendig, wird er ihr jedes Vergnügen streichen. Matti sitzt bequem im Auto, haßt ihn und lacht sich ins Fäustchen, daß er sie auf wunderbare Weise von dem demütigenden Mißerfolg in der Ballettstunde befreit hat.

9

Matti liest am liebsten Bücher wie die *Fünf Freunde,* Ballett- und Pferdebücher. Bücher, durch die sie sich vorstellen kann, daß sie selbst die Abenteuer erlebt. Desmond zieht die Klassiker vor, und obwohl Matti all das gelesen hat, was Daddy verlangt, wie Romane von Daniel Defoe oder Charles Dickens, kann sie sich selbst nie in den Geschichten vorstellen. Sie und Desmond haben in jener Zeit weniger gemeinsam, aber sie streiten nicht mehr miteinander. Matti bewundert ihren Bruder unendlich. Desmond ist außergewöhnlich begabt. Er hat eine Klasse übersprungen, er ist so gescheit. Matti haßt es, sich zu langweilen, und findet es zu Hause meist ziemlich langweilig. Man langweilt sich nie, wenn man etwas zu tun hat, sagt Mummy. Desmond strebt nach harter Arbeit, sagt Daddy, und Matti weiß, daß sie damit meinen, sie sei faul. Matti fühlt sich Desmond nicht gewachsen, aber sie hat ihn noch immer gern.
Gelegentlich unternehmen sie etwas gemeinsam, und es ist wunderbar. Sie gehen ins Theater.
»Sind sie wirklich berühmt, Desmond?«
»Ja, die berühmtesten Schauspieler der Welt. Sie haben auch in vielen Filmen mitgespielt. Mummy behauptet, sie sei in eine Sacré-Cœur-Schule in England gegangen und die beiden hätten geheiratet, aber nicht in einer katholischen Kirche, weil sie geschieden waren.«
»Warum haben sie zweimal geheiratet?«

»Sei nicht blöd, Matti! Sie waren mit anderen Menschen verheiratet und wurden geschieden.«

»Oh!«

Geschieden. Und auch noch von Sacré Cœur! Matti kann es kaum erwarten, diese berühmten Leute zu sehen. Sie hastet neben ihrem Bruder her, wobei sie eine Tüte Bonbons umklammert hält, die sie im Theater essen dürfen. Sie überqueren die Eisenbahnbrücke und steigen die Treppe zu dem schmutzigen alten Theater hinunter. Desmond läßt Matti neben der Treppe warten, während er ein Programm kauft. Mattis Herz klopft im Innern ihrer flachen Brust, als sie die Photographien, die funkelnden Kronleuchter, die schweren roten Vorhänge und die kleinen Gipsskulpturen in den Wandnischen betrachtet.

»Komm mit, Matti. Wenn wir uns hinsetzen, erkläre ich es dir.« Matti ist es warm geworden vor Glück. Ernst skizziert Desmond ihr das Stück. Matti ist vor Aufregung und Ungeduld beim Zuhören ganz zappelig.

Und es geht los! Die Lichter verblassen langsam, und das ganze Theater liegt auf einmal in beklemmender Dunkelheit. Plötzlich rauschen die Vorhänge hoch. Matti begibt sich nach Venedig. Ihre Brust wird eng vor Staunen. Sie kann all die Farben, Lichter, rhythmischen Stimmen, Kleider, Rüschen und berühmten, wunderschönen Menschen gar nicht in sich aufnehmen. Matti beobachtet. Sie glaubt alles. Sie möchte ein Teil davon sein. Sie ist ein Teil davon. Pausen unterbrechen. Immer wider. Desmond liest etwas aus dem Programm vor. Matti muß es nicht mehr hören. Sie hat Angst vor Shylock, zittert um Portia, leidet mit Jessica, ist entsetzt über die Schläue des Plans, einfach mitgerissen. *»Verlangen ein Pfund Fleisch, zunächst am Herzen des Kaufmanns auszuschneiden …«* Sie kann solch Grauenvolles kaum glauben. *»Deshalb entblößt den Busen.«* Plötzlich jagt ein Hitzeschwall durch ihren Körper, sammelt sich zwischen ihren Beinen. Sie schaudert, kitzlig. *»Deshalb entblößt den Busen.«* Wie gemein! Sie blickt schnell zu Desmond hinüber. Er ist still und aufmerksam. Empfindet er auch so? Sie spannt den Körper an, spürt das erregte Pulsieren und starrt auf die Bühne. Der Mann zieht sein Hemd aus. Shylock nähert sich ihm mit dem Messer. Matti krampft in einer Qual von Erregung und Schrecken die Beine zusammen. Man stelle sich vor! *»Entblößt den Busen!«*

Ende. Donnernder Applaus um sie herum. Matti träumt, sie sei es, die in ihrem perlenbestickten Kleid aus rosa Seide auf der Bühne steht. Den Kopf hoch erhoben, stolz und schön über den weißen Rüschen um ihren Hals. Sie ist äußerst erregt. Sie hat sich verliebt. Desmond muß sie aus dem Theater zerren, so sehr trödelt sie.

Zu Hause ist Matti verträumt. Mummy ist sich nicht sicher, ob sie es richtig gemacht hat, als sie Daddy dazu brachte, sie zu dem Shakespeare-Stück gehen zu lassen. Jedenfalls wird Desmond zu *Richard III.* allein geschickt, man weiß ja nie. Matti neigt dazu, auf alles überzureagieren und nicht mit ihren Aufgaben fertig zu werden, behauptet Mummy.

Bei jeder Gelegenheit schleicht sich Matti in Daddys düsteres Arbeitszimmer und nimmt sich den Shakespeare aus dem Bücherregal, blättert die Seiten durch und findet die Zeilen. Alle die Wunder des magischen Nachmittags stehen ihr wieder vor Augen. *»Entblößt den Busen.«* Ihr wird heiß, und sie spitzt die Ohren, damit sie nicht entdeckt wird.

Der Theaterbesuch hat Matti tief beeindruckt. Manchmal muß sie, sie kann nicht sagen warum, allein sein. Weg von den kleinen Jungen, weg von jedermann. Ganz allein. Es ist ein höchst merkwürdiges Gefühl, das sie überkommt, so als ob sie zu einem stillen Platz hinüberschwebte. Und wenn das passiert, schleicht sie sich in die Küche, nimmt einen Eierbecher und füllt ihn mit Puderzucker. Sie taucht die Zunge hinein, wobei sie aufpaßt, daß sie nicht ausatmet, sonst bringt sie eine Wolke von Puderzucker zum Niesen. Vorsichtig trägt sie ihren Eierbecher die Hintertreppe hinauf und öffnet den alten Koffer, der auf dem obersten Treppenabsatz liegt. Er enthält alle möglichen ausgedienten Kleider. Einige gehören Mummy, und einige stammen von ihren Tanten. Sie stöbert vorsichtig darin, bis sie findet, was sie sucht. Ein Chiffonkleid mit glitzernden Perlen und einem gezackten Saum. Sie streift es über den Kopf. Es riecht nach Staub, und manchmal reißt es auch durch sein Eigengewicht. Es ist so brüchig wie ein Spinnennetz. Während sie es mit einer Hand hochhält, ergreift Matti ihren Puderzucker mit der anderen und schleicht zur Treppe zurück. Sie steigt hinunter zu der Stelle, wo es am düstersten ist. Dort setzt sie sich hin. Was sie denkt, kann sie nicht sagen. Es reicht, daß sie den zarten Chiffon zwischen Daumen und Zeigefinger spürt und die Klümpchen von Puderzucker aufleckt, der weich und süß auf ihrer Zunge zergeht.

Niemand hat eine Ahnung von Mattis Tun, denn sie hat ihren Geheimplatz sorgfältig ausgesucht und kann hören, wenn jemand kommt. Sie rennt dann schnell hinauf und stellt sich neben den Kleiderkoffer, Verkleiden spielend. Wenn ihr Geheimspiel zu Ende ist, erhebt sie sich mit dem leeren Eierbecher und schleppt sich wieder die Stufen hinauf, um das Kleid auszuziehen. Oft fühlt sie sich schläfrig, als ob sie von einer langen mühsamen Reise zurückgekommen sei.

Aber sie ist nicht vorsichtig genug. Dr. Milton, auf leisen Wildlederschuhen, entdeckt sie. Eines Samstagnachmittags, als es im übrigen Haus ganz still ist, ertappt er sie.

»Ah, Matti!« Sie schreckt zurück vor der gefährlichen Herzlichkeit in seiner Stimme. Wie ein flatternder Schmetterling, der an der Treppe festklebt. »Ich habe dich gesucht, meine Liebe. Mich beunruhigt die viele Zeit, die du im Haus verbringst. Frische Luft und Bewegung, Matti! Ich habe häufig darüber gesprochen, wie du und deine Brüder sehr gut wissen. *Mens sana in corpore sano.* Frische Luft und Bewegung. Nur Arbeit und kein Spiel macht Jack ... Ach, Matti, muß ich noch mehr sagen?« *Geh und laß mich allein mit meinem Zauber, Geheimnis und Frieden, alter schnüffelnder Schikaneur.*

»Ah, noch etwas, Matti. Von nun an, meine Liebe, hätte ich gern, daß du mir von jedem Buch, das du liest, eine Inhaltsangabe schreibst. Vergnügen ohne Disziplin ist Faulheit. Und ich möchte, daß du deine Faulheit in den Griff kriegst. Wenn du das nicht schaffst, wirst du eine einsame, unglückliche Frau. Denk daran, was ich dir gesagt habe. Leg die Inhaltsangabe auf meinen Schreibtisch im Arbeitszimmer. Wir können dann über jedes Buch kurz sprechen.«

Er lächelt seine Tochter an und steigt an ihr vorbei die Stufen hinauf. Matti sitzt ganz still. Ihr Herz klopft, und sie fürchtet sich. *Wovor habe ich Angst?* Und sie sieht, wie um sie herum das Eis zerspringt. Sie sitzt ganz still, um nicht das Gleichgewicht zu verlieren. Die Welt außerhalb der Fenster, das Rufen ihrer Brüder, gehören an einen weit entfernten Ort. In ihrer Welt ist sie der einzige Mensch. Der einzige Mensch in einer schimmernden silberschwarzen Landschaft, in der außer dem Krachen des Eises kein Laut zu hören ist. Vor ihr gähnende Abgründe. Sie darf sich nicht bewegen.

Die Dämmerung setzt ein, während sie allein dasitzt. Sie kommt von einer endlosen ermüdenden Reise nach Hause. Sie weiß, daß ihr das Recht auf etwas abhanden gekommen ist, das ihr vor langer, langer Zeit großen Trost gespendet hat. Aus und vorbei. Sie erhebt sich, zieht das Kleid über die Schultern. Schwarze Punkte breiten sich vor ihren Augen aus und verblassen. Sie schüttelt den Kopf, nimmt wieder Haltung an und schleicht durch das dunkel werdende Haus zu ihren Pflichten in der Küche. Mutter und Vater stehen an dem alten geschrubbten Tisch, als sie hereinkommt.

»Ich habe dich schon einige Male gerufen«, sagt ihre Mutter. »Ich mußte selbst das Badewasser einlassen. Geh hinauf und bade die Kleinen. Schnell.«

»Einen Augenblick«, herrscht ihr Vater sie an. »Wie kannst du es wagen, nach meinen Worten zu schmollen? Laß mich eines klarmachen! Ich werde deine Selbstsucht nicht dulden. Merze sie aus. Merze sie aus. Sorge dafür, daß ich dich nicht noch einmal darauf hinweisen muß.« Er entläßt sie, indem er das Gesicht abwendet. *Mum, Mummy, hörst du ihn nicht? Kannst du nicht helfen? Ich habe dir nichts getan, oder?* Aber ihre Mutter hat ihr den Rücken zugewandt, ärgerlich die Kartoffeln schrubbend. Sie schleicht die Treppe hinauf, durcheinander und verschreckt von der Einsamkeit, unfähig zu verstehen, wie das dampfende, feuchte Badezimmer und die rosigen eingeseiften Körper ihrer lachenden Brüder derselben Welt angehören können, die sie bewohnen muß.

Nie wieder an ihrem geheimen Platz sitzen, den Stoff tasten und die Süße schmecken. Nie wieder wird sie offen ein Buch in dem Haus lesen. Sie wird heimlich und schuldbewußt lesen, manchmal im Verborgenen hinter der Wäschekammertür. Die ganze Zeit wird sie auf Schritte achten, die sie in ihrem ungesunden Tun unterbrechen werden. In kargen, trockenen Worten schreibt sie von Zeit zu Zeit eine Inhaltsangabe und legt diese dann, ängstlich seine Anmerkungen erwartend, auf seinen Schreibtisch.

Aber er läßt sie ewig warten.

10

Dr. Miltons Leben verläuft in festgelegten Bahnen. Da darf nichts dazwischenkommen. Seine Frau versteht das, seine Kollegen verstehen das, seine Untergebenen verstehen das. Leben und Tod – darum geht es in seinem Leben. Er duldet keine Selbstsucht, kein Sich-Drücken, keine Behinderung. Jene, die von seiner Bestimmtheit und seiner Antriebskraft geblendet sind, scharen sich um ihn, um an der Ehre und der Begeisterung Anteil zu haben, die ihm immer häufiger zuteil werden. Jene, die sich nicht einfangen lassen und ihre Freiheit der totalen Beherrschung vorziehen, verlassen ihn. So will er es haben. Halbherzigkeit duldet er nicht. Nur die Zielstrebigen sind unter seinen Auserwählten. Sie bleiben freudig ergeben. Die anderen suchen das Weite.

Außer der Ehefrau. Der pflichtbewußten Ehefrau, die Unterwerfung und Märtyrertum ertragen muß. Die lautlos vor Ärger und Schmerz schreit. Und nun, kaum zu glauben, soll noch ein Kind kommen. Sie kann nicht mehr. Sie kann nicht noch ein Kind bekommen. Sie meint, den Verstand zu verlieren. Nochmal die geschwollenen Venen, die Übelkeit, der schwere Bauch, das Zerren, die widerwärtige Demütigung bei der Geburt, die mit Blut, Schmerz und obszönen Eingriffen verbunden ist. Sie weiß, daß sie vor Erschöpfung und Qual sterben wird, wenn das so weitergeht. Aber es muß weitergehen. Für sie gibt es keine Wahl. Das Kind wird termingerecht kommen und ihr hingehalten werden, damit sie es nähre und versorge. Eine weitere Last wird ihr auferlegt. Wer wird ihr helfen? Da ist niemand. Es ist ihre Aufgabe, die ihr bestimmte Aufgabe, so ist es immer gewesen und wird es immer bleiben. Ihre Tochter wird diese Pflichten eines Tages kennenlernen. Die Mutter kann es nicht ertragen, all die Hoffnung zu sehen, die schrumpfen, nachgeben, austrocknen und vergehen wird. Sinnlose, unerklärliche Wut keimt in ihr auf, wenn sie beobachtet, wie ihre Tochter trotzt und es ablehnt, sich zu unterwerfen. Es gibt kein Entkommen. Besser, es gleich zu akzeptieren. In der Zwischenzeit erzählt sie niemandem von dem wachsenden Etwas in ihrem schmerzenden Bauch.

Sommerferien. Tage voller Zikadenklang. Spaß, Gelächter und Unbefangenheit. Sie haben den ganzen Nachmittag getobt. Matti, ihre Brüder und ihr Vater. Wie glücklich Matti ist! Er hat sie für seine Mannschaft gewählt. Wie ist sie gerannt, ausgewichen, gerutscht, hat sich geduckt und ihrer Mannschaft schließlich zum Sieg verholfen. »Gut gemacht, Partner!« hat er gesagt und ihr dic Hand geschüttelt. »Nun spring los und hilf Mummy beim Nachmittagstee.«

Und sie ist gesprungen, freudig, so freudig, weil er nicht nur Zeuge gewesen ist, sondern den Sieg mit ihr geteilt hat. Sie stürmt als Siegerin zur Küche. Sie beeilt sich, Gläser und Tassen hinzustellen. Ihre Mutter beobachtet sie. Sie zieht die Nase kraus. Vor Ekel: »Du stinkst, Matti«, sagt sie scharf. Sofort ist der Triumph dahin. Das Mädchen steht sprachlos vor der Mutter. Der Körper windet sich in Abscheu vor dem plötzlich ins Bewußtsein getretenen Schmutz. Sie möchte gern, daß die Mutter weiterspricht. Ihr sagt, was sie tun soll. Sie kann jetzt selbst den ranzigen Zwiebelgeruch, der von ihren Achselhöhlen ausgeht, riechen. Sie ist angewidert und schreckt vor sich selbst zurück. »Geh und wasch dich.« Das ist alles, was die Mutter sagen kann.

Jetzt gibt es also etwas Neues, wovor man sich fürchten muß. Den Körper. *Was passiert mit mir?* Sie muß sich vor dem Geruch in acht nehmen. Sie muß zusehen, daß sie eine Aufgabe im Haushalt findet, wenn die anderen spielen wollen. Das Warten, das Aufpassen erschöpfen sie. In Gesellschaft hält sie die Arme an die Seite gepreßt, damit auch nicht der kleinste Hauch angeekelte Nasenlöcher erreicht. Zwanghaft wäscht sie sich unter den Armen, schruppt sie mit dem Waschlappen, schnüffelt und wäscht von neuem. Sie klemmt Taschentücher unter die Achseln, die sie im Verlauf des Tages verstohlen wechselt. Ihr Körper ist zu etwas Verhaßtem geworden, das ständig beobachtet werden muß, damit es sie nicht verrät.

»Von nun an gehst du ganz bekleidet zum Badezimmer und auch wieder hinaus«, sagt Mummy.

»Aber die Jungen ...«

»Die laß mal. Du bist ein Mädchen und mußt aufpassen. Wenn kleine Jungens im Haus sind, mußt du Rücksicht nehmen und dich richtig anziehen.«

Matti sitzt abends in der Badewanne, angespannt und nach draußen lauschend. Sie fürchtet, die Badezimmertür werde aufgerissen, und ein kleiner Pimmel schlängelt sich hinein und spritzt etwas Gelbes in die Toilettenschüssel. Und Matti im Bad unbekleidet! *Bleib weg, bitte, bleib weg! Ich bin schon fast draußen, schau, ich bin trocken. Ich renne schon in mein Zimmer.* Ohne daß es irgend jemand wußte, hat Mrs. Milton immer wieder um ein Wunder gebetet, und das Wunder ist geschehen. Sie ist von Schuldgefühlen geplagt, weil ihr Wunsch erhört wurde. Sie hatte eine Fehlgeburt. Eine scheußlich blutige Angelegenheit. Rot, ein häßlicher Klumpen und widerliche Schmerzen. Sie hat für ihren Wunsch mit den Schmerzen einer Geburt bezahlt. Sie ist wochenlang lustlos, erschöpft und krank. Und allein. Denn da ist niemand, dem sie von ihrer Erleichterung erzählen könnte.

Als es ihr schließlich gut genug geht, um aufstehen zu können, geht sie in die Kirche und redet mit dem Pfarrer. Als erstes beichtet sie ihre Sünden. Er erteilt ihr die Absolution. »Es war Gottes Wille, mein Kind. Sie waren bereit, seinen Willen auszuführen, und deshalb haftet kein Makel an Ihnen. Gott weiß, was für alle und jeden von uns das beste ist. Sein Wille geschehe.« Er will sie gerade entlassen, als sie all ihren Mut zusammennimmt.

»Herr Pfarrer, da ist noch etwas.«

»Ja, mein Kind.« Durch die Dunkelheit des Gitterfensters sieht sie seinen Kopf auf den Händen ruhen, die geschlossenen Augen, die nikotingefarbten Finger. »Was denn?«

»Herr Pfarrer, es darf keine weiteren Kinder geben. Was soll ich tun?«

»Mein Kind, habe ich Ihnen nicht gesagt, daß Gott in seiner unendlichen Weisheit jedem nur das schickt, was er tragen kann? Vertrauen Sie auf Gott, mein Kind, und alles ist möglich.«

»Aber, Herr Pfarrer«, hört sie sich selbst sprechen. Sie ist erstaunt. Woher kommt ihr Mut? Es ist das Verzweifeln an der Verzweiflung. »Aber, Herr Pfarrer, ich weiß, ich weiß, ich kann einfach nicht noch mehr Kinder kriegen. Herr Pfarrer, erlaubt die Kirche, daß ich aufhöre ... die Beziehungen beende ... mit meinem Mann?«

»Die Kirche betrachtet die Beziehungen zwischen Ehemann und Ehefrau als ein Geschenk, das Gott in erster Linie für die Fortpflanzung gegeben hat und erst in zweiter Linie als ein Mittel, der Ehe zu mehr Glück zu verhelfen.«

»Aber, Herr Pfarrer, ich will keine Kinder mehr, und diese Beziehungen bedeuten nicht das geringste Glück für mich. Ich will, daß sie aufhören.«

»Das ist sehr schwierig, mein Kind. Können Sie nicht noch etwas mehr darüber nachdenken, bevor Sie sich endgültig entschließen? Beten ...«

»Ich habe gebetet.«

»Haben Sie es mit Ihrem Mann besprochen?«

»Nein.«

»Nun, das muß geschehen. Die Kirche würde das Ende der Beziehungen nur mit Wohlwollen betrachten, wenn beide Parteien zustimmen. Schließlich ist Ihre Pflicht als Ehefrau Ihrem Mann gegenüber ausschlaggebend. Sie können nicht die Beziehungen abbrechen, wenn es gegen seinen Willen ist. Ist das klar?«

»Ja, Herr Pfarrer. Danke, Herr Pfarrer.« Mrs. Milton erhebt sich und stolpert aus dem klaustrophobischen Gehäuse. Sie ärgert sich, ist wütend. Wie kann er es wagen? Wie kann er es wagen, ihr zu sagen, was für Mann und Frau am besten ist? Wie kann er es überhaupt wissen? Er hat sich diesem ekelhaften Akt der Vereinigung nie unterwerfen müssen. Sie ist geladen, voll innerer Rebellion. Einen kurzen stolzen Augenblick lang in ihrem Leben wird sie nicht nachgeben. Sie kehrt nach Hause zurück und sagt es ihrem Mann.

»Mit dieser Sache ist es vorbei. Patrick!«

»Was für eine Sache?«

»Die Sache im Bett. Es darf keine Kinder mehr geben. Der einzige Weg, das zu verhindern, ist, mit dieser Sache aufzuhören. Schluß!« Voller Bestürzung sieht er in ihren Augen eine Bestimmtheit und eine Härte, die er noch nie bei ihr gesehen hat. Er kann sich nur fügen.

11

Nun soll für Matti in Sacré Cœur das Internatsleben beginnen. Desmond lebt schon seit einem Jahr bei den Jesuiten. Mit der Zeit werden alle kleinen Miltons Internatsschüler. Das macht sie zu Männern. Matti ist keine Ausnahme. Dr. Milton macht sich keine Illusionen über seine Gepflogenheiten, Kinder großzuziehen. Er ist hart. Er weiß das und ist stolz darauf. Er wüßte nicht, wie es anders gehen sollte. Seine eigene Erziehung dient ihm als Vorbild. Sie ist ihm zustatten gekommen. Wo hätte er sonst die ungeheure Disziplin her, die er braucht, um sein Lebenswerk zu vollbringen. Es muß also richtig sein. Er kann es sich nicht leisten, Zweifel zu haben. Aber bevor Matti geht, will er versuchen, sich sein kleines Püppchen zurückzuerobern – nur sie beide, als Freunde, die zusammenarbeiten. Er vermißt sein Püppchen.

Dr. Milton hat angefangen zu zeichnen. Er hat Bleistifte und schönes festes Zeichenpapier. Er bemüht sich, diese Kunst zu erlernen. Wenn er auf irgendeinem Gebiet nicht so ganz auf der Höhe ist, dann auf dem der Kunst. Das Medizinstudium hat ihn auf diesem Gebiet im Stich gelassen. Obwohl natürlich Kunst um der Kunst willen Unsinn ist. Ein bißchen Zeichnen jedoch wird ihm Entspannung bringen, und er wird ein Vorbild für die Familie sein. Er hat schon vor langer Zeit Malbücher für die Kinder verboten. Sie haben nichts mit Geschicklichkeit, mit

Kreativität zu tun. Er möchte nicht, daß die Kinder Zeit mit solchem Schund vergeuden. Wenn sie malen oder freihandzeichnen wollen, ist er jedoch gerne bereit zu helfen. Er hofft, daß sie durch sein beispielhaftes Vorbild erkennen werden, wieviel Freude eine solche Beschäftigung machen, wie konstruktiv sie sein kann.
Dr. Milton findet besonderen Spaß an der Kunst des Figurenzeichnens, braucht aber jemanden, der ihm Modell sitzt. Die Jungen sind zu klein, man kann nicht von ihnen erwarten, daß sie so lange stillsitzen. Dr. Milton will sich Matti als Modell holen. Wenn sie einmal weg ist, wird sie die Möglichkeit dazu nicht mehr haben.
Er geht und sucht sie. Matti träumt, über eine Plattenhülle gebeugt. Er kann nicht anders. Es mißfällt ihm. Nur mit größter Mühe konnte seine Frau ihn davon überzeugen, daß *Der König und ich* wunderschön ist und niemandem schaden kann. Also hatte er die Kinder in den Film gehen lassen. Natürlich dauerte es nicht lange, bis die Platte im Haus war. Und da sitzt nun Matti und vergeudet ihre Zeit.
»Was machst du, Liebes?« Matti blickt schuldbewußt auf.
»Nichts.«
»Matti!«
»Ich habe mir das Bild angeguckt, das Kleid, ich finde es so schön. Sie ist so hübsch.«
»Du weißt, ich mag es nicht, wenn du an einem so schönen Tag wie heute drinnen hockst. Wir gehen in den Park.«
»Wozu?«
»Ich möchte gern ein bißchen zeichnen und hätte gern, daß du mitkommst. Du kannst mir helfen.«

»Aber Daddy ...«
»Sofort!«
Matti und ihr Vater machen sich auf den Weg zum Park. Sie sprechen kein Wort. Sie ist mürrisch, widerwillig. Er merkt das. Es ist heiß. Sie haßt die Bluse, die sie trägt. Wenn sie nun jemand sieht? Kann Mummy das nicht sehen, daß sie vorne zu eng ist? Und dann die Pickel, die plötzlich auf ihrem Rücken gesprossen sind? Dicke Eiterpusteln. Sie muß immer daran denken. Dr. Milton schreitet flott voran. Witzlos, dahinzuschlendern. Sinnlos, spazierenzugehen, wenn man es nicht richtig tut. Seine Lippen bewegen sich. Er redet mit sich selbst, sagt sich dies alles, während sie voranschreiten. Als sie im Park angekommen sind, eilen sie, über Grasbüschel stolpernd, den Hügel hinunter. Sie überqueren den Kricketplatz, gehen um den großen Teich und schließlich die Avenue mit den Papierrindenbäumen hinauf. Hier bleibt Dr. Milton stehen. »Das ist die Stelle. Und nun hätte ich gern, Matti, daß du auf den Baum da steigst, sei ein liebes Mädchen.« Matti klettert den Baum hinauf. »Nein, bleib dort, dreh dich etwas herum. Nein, nicht so viel. So, ja, halt! Nun sieh hinüber zu dem Pavillon.« Matti sieht hinüber. Einen Augenblick lang. Dann dreht sie sich wieder um. »Nein, Matti. Du mußt ganz still halten.« Er beeilt sich, Bleistifte und Papier zurechtzulegen. Matti bewegt sich auf dem Zweig.
»Ganz still.«
»Aber, Daddy, das ist unbequem!«
»Matti!« Es vergeht eine lange Zeit.
Das ist das Langweiligste, was ich je gemacht habe. Verstohlen rutscht sie von einer Hinterbacke auf die ande-

re. Aus dem Augenwinkel beobachtet sie ihren Vater. Er hat leicht die Zunge herausgestreckt. Er beißt darauf. Sich konzentrierend. »Jetzt kannst du herunterkommen, Matti. Ich würde es gern aus einem anderen Blickwinkel versuchen. Ich möchte näher dran sein. Da, ja. Setz dich da hin! Mit dem Kopf zu mir. Leg die Beine über ... Oje, Ojemine, du hast so dicke Beine, Matti. Schade, daß du meine und nicht die von deiner Mutter geerbt hast.«

Ich hoffe, du verschmierst deine dümmliche Zeichnung und die ganzen Bleistifte brechen ab. Schwein!

Der Nachmittag vergeht. Dr. Milton macht keine halben Sachen. Er ist fest entschlossen, sich zu vervollkommnen. Es wird schon dunkel, als er Matti auffordert, von dem Baum herunterzuklettern.

»Nun, meine Liebe, was meinst du?« Er freut sich. Matti betrachtet Blatt für Blatt der gespreizten, lächerlichen Zeichnungen. Sie sind schrecklich. Sieht er das nicht?

»Nicht schlecht für einen ersten Versuch, was? Wie bei allem, erst Übung macht den Meister. Matti, du bist für deinen alten Dad eine große Hilfe gewesen. Danke.«

Vielleicht war es gar nicht so schlimm. Er hat Gefallen an ihr. War es wirklich so schwierig, seine Anerkennung zu verdienen? Nein, eigentlich nicht. Aber sie ist müde, schmuddelig und steif. Sie verdienen. Sie verdienen, sie verdienen, das ist es, was verkehrt ist. Warum muß sie alles *verdienen?*

In den zwei Wochen vor Mattis Abreise ins Internat hat es den Anschein, als sei er sanfter, weniger fordernd, mehr wie ihr wirklicher Daddy. Eine überraschende

Wärme, ein Gefühl von Vertrautheit und Einheit scheint in das Haus gedrungen zu sein. In diesem Umfeld bewegt sie sich still und demütig. Genauso hat Dr. Milton es geplant, so will er es.

Wieder gehen sie zum Park hinauf. Diesmal trägt Daddy Klein-Brüderchen auf den Schultern. Die anderen fünf gehen in einer Reihe hinter ihm her, mit seinem gleichmäßigen Joggingschritt mithaltend. Sie folgen ihrem Vater zu dem flachen Gebiet in der Mitte des Parks, gleich neben dem schön angelegten Rosengarten. Dr. Milton schart sie am Eingang eines trockenen Hochwasser-Gullys um sich. Dann holt er aus seinem Mantel ein Bündel Feuerwerkskörper und Streichhölzer hervor.

»Hier, Matti. Du löst diese Schnur für mich. Schnell. So ist fein. Jetzt binden wir die Schnur an die Dochte der Knaller, damit sie verlängert werden.« Sie stehen da und gucken zu, während ihr Vater sich eifrig mit dem Knallerpäckchen beschäftigt, das er mitgebracht hat. Ein breites Lächeln der Vorfreude auf seinem Gesicht.

»Fertig. Wer will einen richtig schönen Knall hören, he?«

»Ich!«

»Ich!«

»Ich!«

»Bleibt, wo ihr seid. Ich bin gleich wieder da.« Die Kinder hocken sich in den Eingang des ausgetrockneten Gullys und beobachten, wie er im Dunkeln verschwindet. Klein-Brüderchen beginnt zu jammern. »Ich will meinen Daddy. Ich will meinen Daddy.«

»Er wird gleich wieder da sein«, sagt Matti und nimmt ihn auf den Arm. Sie spähen in den Gully.

»Hier kommt er! Hier kommt er!« Und wirklich, da kommt Dr. Milton gebückt angelaufen und entrollt den Schnurball hinter sich. Sie springen hoch und klatschen vor Aufregung in die Hände.
»Also, ihr Kerlchen, ich werde jetzt den Docht anzünden, und ihr rennt, wenn ich es sage, so schnell wie möglich, zu jenen Bäumen da hinüber.« Sie gucken zu, wie er das Streichholz anzündet und schützend seine Hand vor die Flamme hält, bis der Docht brennt.
»Rennt!« Sie stürmen davon, ebenso ängstlich wie entzückt. Dr. Milton schnappt sich die Kleinsten und packt sie unter die Arme. Sie scharen sich dichtgedrängt aneinander, halten den Atem an, und dann passiert es. *Bum. Bum-bum. Bum. Bum.* In Wellen dröhnt das Echo der Knallfrösche den Gully hinunter. Klein-Brüderchen fällt rückwärts auf den Boden. Und nun gehen Tom-Thumbs-Feuerwerkskörper los, eine Folge von kurzen, scharfen Schußsalven, die sie hochspringen und vor Vergnügen schreien lassen.
»Noch mal, Daddy. Noch mal!« Aber Dr. Milton schüttelt den Kopf.
»Einmal ist genug«, meint er mit breitem Grinsen.
Die Kinder sind so aufgeregt, daß sie weiter umherspringen und auf den kurzgeschnittenen Rasenflächen Purzelbäume schlagen (Klein-Brüderchen liegt ganz verdreht, so daß Matti seine Beine packen und ihn umdrehen muß).
»Du auch, Daddy«, kreischt sie. »Mach du auch einen!« Was er tut, und gerade, als er sich überschlägt, läßt er einen fahren. Die Kinder bleiben mit einem Mal stehen und sehen ängstlich ihren Vater an, aber er prustet los

vor Lachen, und sie begeben sich alle auf den Heimweg, wobei sie rufen: »Daddy hat ein unanständiges Geräusch gemacht. Daddy hat ein unanständiges Geräusch gemacht.« »Den Tag der Knallfrösche«, nennen sie es später immer und kichern bei der Erinnerung an den erstaunlichsten Knallfrosch von allen.

Daran – und an die Nächte auf der oberen Veranda – erinnert sich Matti, bevor sie aus dem Haus geht. An manchen Abenden zündet Dr. Milton die alten Stromausfallampen an. Sie sitzen dich beieinander auf der Veranda und lesen *Das Dschungelbuch.* Desmond und Matti sitzen jeweils auf einer Seite des Vaters.

»Du bist der Erzähler, Matti. Desmond, du liest heute abend Mowgli. Ich werde Shere Khan, der Tiger, sein. Und Mat, den Kleinen Grauen Bruder, liest du auch.« Dabei zieht Dr. Milton Klein-Brüderchen auf seinen Schoß.

In manchen Nächten treibt er sie sehr spät aus den Betten. »Kommt heraus auf die obere Veranda. Still, damit eure Mutter uns nicht hört, sonst gibt's 'nen Klaps auf den Hosenboden.« Und die verschlafenen kleinen Jungen gesellen sich mit ihrer Schwester zu ihm auf die Veranda, während er ihnen von den Sternen erzählt. Es spielt kaum eine Rolle, daß es nicht Matti ist, die auf seinem Schoß sitzt, während seine Finger ihr durch die Haare streichen. Jetzt ist Klein-Brüderchen dran. Matti hockt sich wehmütig, doch freundlich, zu ihres Vaters Füßen (aufmerksam zuhörend und voller Liebe). Seine Stimme ist leise. Er erzählt ihnen und testet sie.

»Sag mir, Matti. Was ist das am Himmel?«

»Aldebaran, der Stier«, ruft sie triumphierend.

»Schsch. Kochlöffel. Haue. Schsch.«
Dr. Milton zieht die Luft ein, auf köstliche Weise Furcht parodierend. Matti nimmt ihre Beine eng an die Brust und, o ja, sie ist glücklich. Sie ist glücklich.
»Nun du, Klein-Brüderchen. Die Planeten bitte.«
Der winzige Knabe verkrampft sich auf dem Schoß des Vaters.
»MerkurVenusErdeMarsJupiterSaturnUranusNeptun Pluto.«
»Gut gemacht, Kerlchen. Was für ein kluger kleiner Junge. Was für ein lieber kleiner Junge.« Dr. Miltons Stimme ist warm, stolz und voll jungenhafter diebischer Freude. Matti hat das Gefühl, ihr Herz werde vor lauter Liebe zu ihm und Klein-Brüderchen, der Daddy so glücklich machen kann, bersten.
Sie kommen alle an die Reihe – Beteigeuze, Bellatrix, Südliche Krone, Nördliche Krone, Kreuz des Südens. Sie hören einander zu, während die Nacht sie mit ihrem sanften Atem umhüllt. Dann tapsen sie leise nach drinnen. Vater setzt Klein-Brüderchen auf seine Schultern und geht, um ihn in sein Bettchen zu bringen.

An dem Tag vor der Abreise sind Matti und ihre Mutter sehr beschäftigt. Sie sitzen zusammen und nähen Namensschilder auf die Hemden, Strümpfe, Strumpfhalter und Höschen, auf Blusen, Taschentücher, Bettbezüge, Kopfkissen und Leinenservietten. Neben ihnen auf dem Boden liegen zwei neue Koffer und eine weiche Mohairdecke.
Mit einemmal unterbricht ihre Mutter die Näharbeit und sieht Matti an. Verlegen zupft sie an dem Stoff des

Stuhles. Sie räuspert sich. Matti sieht sie überrascht an. Sie spürt ein Prickeln der Unsicherheit. Sie sieht ihre Mutter neugierig an und denkt, wie schön sie ist. Matti wünscht, sie hätte blaue Augen wie ihre Mutter und jene schattigen Mulden unterhalb der hohen Wangenknochen. Ihre Mutter sieht verängstigt aus. Das Prickeln wird stärker.

»Matti, es gibt einiges, was du wissen mußt. Hast du schon von deiner ... deiner Menses gehört?« Matti blickt ihre Mutter an und errötet. Irgend etwas, das sie betrifft und das nicht schön ist, überhaupt nicht schön, kommt nun. Ihre Mutter sieht elend und verlegen aus. Das ist Matti nun auch.

»Nein, Mummy. Meine was?«

»Dir werden Veränderungen aufgefallen sein ... hm ... deine Achseln ...« Matti läuft rot an. Der Geruch. »Nun, Blut wird da unten fließen ...« Ihre Mutter macht eine Geste. »Jeden Monat, und du mußt eine Binde tragen, die das aufsaugt. Du mußt sehr sauber sein.« Matti starrt sie voller Erstaunen an. »Hast du irgendwelche Fragen?«

»Oh, ich ...« Sie kann nicht glauben, was sie da gehört hat.

»Oh. Jeden Monat?«

»Reicht das nicht?« Ihre Mutter klingt ärgerlich.

»Aber warum? Warum passiert das?« Jetzt klingt ihre Mutter zwar immer noch ärgerlich, aber auch erschöpft. »Das wirst du schon bald genug herausfinden. Ich werde dir morgen in der Drogerie ein paar Binden und einen Gürtel besorgen. Gib acht, daß du sie einpackst.« Abrupt steht sie auf und geht aus dem Zimmer. Matti bleibt sitzen. Das, was sie gerade gehört hat, erfüllt sie mit

Entsetzen. Wenn Matti nicht daran denkt, vergißt Mummy es vielleicht, und das ganze unglaubhafte Zeug wird wieder aus ihrem Leben verschwinden.
Aber Mummy vergißt nicht. Am nächsten Tag findet Matti eine dicke braune Papiertüte auf ihrem Bett, die laut knistert, wenn man sie berührt, und einen Gummigürtel mit Sicherheitsnadeln. Sie legt alles schnell nach unten in den Koffer und tut so, als existierten die Sachen gar nicht. Dann nimmt sie sich die Liste von der Schule für die mitzubringenden Dinge vor, legt Stück für Stück in den Koffer und hakt sie jeweils ab.
Ihre Mutter kommt herein, um das restliche Packen zu überwachen. »Also Matti, ich weiß, daß du ein braves Mädchen sein und dich für Daddy und mich tüchtig anstrengen wirst. Du wirst es schaffen, in deinem letzten Jahr für hervorragende Leistungen ausgezeichnet zu werden. Vergiß nie, Matti, daß die Mitglieder deiner Familie die einzigen sind, die immer zu dir stehen werden. Dafür mußt du uns Ehre machen.«
»Oh, bestimmt, Mummy, das werde ich.« Die bevorstehende Abreise macht sie ganz aufgeregt.
»Ach, Matti. Noch eines. Du wirst jetzt erwachsen. Es ist Zeit, daß du aufhörst, mich Mummy zu nennen. Du solltest mich von nun an Mutter nennen.«
Matti starrt sie an. Sie wird sie überhaupt nie mehr etwas nennen.
Matti zieht sich an und trägt stolz ihre Koffer nach unten. Ihre Mutter ist am Telefon. Sie bedeutet Matti mit einer Geste, wo sie ihre Sachen hinstellen soll. Dann hängt sie ein. »Tante Kath wird dich in einer halben Stunde abholen. Sie fahren Colleen wieder hin.«

Matti versteht nicht sofort. Das sind Verwandte, die sie kaum kennt. Deren Tochter ist fünf Jahre älter als sie. Ein zuckender Schmerz droht ihre Begeisterung und ihren Stolz zunichte zu machen. Sie hatte gedacht, daß sich alle in das alte Auto drängen würden. Sie würde Klein-Brüderchen herzen, und sie würden sie im Triumphzug an der Schule absetzen und sie umarmen und küssen. Vielleicht würden sie sogar weinen, weil Matti ihnen so fehlen würde. Wie in den Büchern. Sie unterdrückt ihre Enttäuschung.

»Das war gerade Daddy am Telefon. Er ist durch einen dringenden Fall aufgehalten worden. Sobald er kommt, müssen wir Desmond zurückbringen.«

Matti nickt.

Ich hasse Desmond. Ich hasse dich, und am meisten hasse ich ihn.

Ihre Tante fährt vor, Matti und ihre Mutter, die am Tor gewartet haben, küssen einander zum Abschied. Matti klettert in den Wagen. Sie dreht sich um, will durch das Rückfenster winken, aber das Tor ist schon zu. Jene zurückliegende Welt ist nicht mehr die ihre. Auf unpersönlich freundliche Weise setzen ihre Verwandten sie inmitten von zweihundert wuselnden Kindern und einem Gewirr von Koffern ab. Matti ist wieder da. Hier gehört sie hin. Die Wärter ihres Hirns, Angst und Anspannung, erheben sich, verbeugen sich vor ihr und verschwinden lautlos aus ihrem Kopf. Matti ist zu Hause, im Einklang mit sich. O ja. *Ich bin glücklich, ich bin glücklich. So glücklich.*

12

In dem Krankenhaus war kein Laut zu hören. Nur das Summen des Infusionstropfes und die schweren Atemzüge ihres Vaters. Margaret streckte sich und zog die Decke zurecht, die dabei war, von ihrem Schoß zu gleiten. Stimmte es, daß die schmerzlichen Erinnerungen keinerlei Ärger, Haß oder Rachegefühle mehr in ihr auslösten? Nur Müdigkeit und vor allem eine tiefe Traurigkeit verspürte sie. Zwar waren ihre Wunden vernarbt, doch waren sie für den Rest ihres Lebens erkennbar. Die Spuren waren zu tief, als daß man sie hätte vertuschen können. Sie waren ihr Erbe, komme was wolle.

»Bequem genug?« fragte die Schwester, als sie bei ihrem Rundgang hereinkam. Margaret blickte auf. Sie sah zu ihrem Vater. Er atmete ziemlich ruhig.

»Ja«, flüsterte sie.

»Drehen wir ihn um. Er wird ganz wund, wenn er zu lange auf derselben Seite liegt. Sehen Sie?« Die Krankenschwester hielt einen Arm von ihm hoch. Am Ellenbogen konnte Margaret die rötlichen Flecken sehen, die das müde Fleisch aufzurauhen drohten.

»Kann ich helfen?« fragte sie. Die Schwester nickte, und Margaret stellte sich neben das Bett. Ihr Vater öffnete die Augen, als sie ihn etwas drehten und die Kissen unter seinen Beinen und Armen zurechtrückten.

»Danke, meine Liebe. Danke«, murmelte er. Margaret

hielt bei diesen Worten den Atem an. War er nicht immer höflich gewesen? Ihr fiel nicht eine Mahlzeit ein, wo er nicht zum Schluß ihrer Mutter gegenüber seinen Dank geäußert hätte. »Danke, meine Liebe, danke.« Sie wischte heiße Tränen weg, ob der Sinnlosigkeit von alldem. Die Schwester brachte ihr Tee und ließ die beiden allein.

»Hast du geschlafen, Liebes?« fragte ihr Vater.

»Nein, habe ich nicht, Daddy. Habe hier nur gesessen und nachgedacht.« Sie fuhr schnell fort. »Über die Vergangenheit. Dich und mich und alles und ...« Er deutete auf das Wasserglas. Sie hielt ihm den gebogenen Strohhalm an die trockenen Lippen, und er schlürfte einen Tropfen. Die Gelegenheit war vorbei. Aber sie mußte es versuchen.

»Die ganzen Jahre, die du nun krank bist, Daddy, hast du wohl genügend Zeit zum Nachdenken gehabt.«

»Das stimmt, Liebes.«

»Bedauerst du etwas?« Oh, wie schamlos sie stocherte.

»Nicht wirklich. Vielleicht eines. Ich bedaure, daß ich deine Mutter nicht dazu kriegen konnte, mit mir zu kommen, als ich in England studierte. Ich habe sie angefleht. Ich war sehr einsam. Sie wollte nicht. Das bedaure ich. Aber sie mußte sich um euch Kinder kümmern, um dich und Desmond. Sie war dir eine wunderbare Mutter, Matti. Ein Vorbild. Ich wollte, meine Liebe, ich wollte ..., daß du und deine Mutter besser miteinander ausgekommen wäret.« Er sagte es hastig. Er beobachtete sie. »Ich weiß, Daddy, ich weiß.« Was auch immer sie sagte, wäre völlig unpassend, und was für einen Unterschied würde es heute machen? Aber sie war unfähig zu lügen. »Ich glaube nicht, daß sie mich wirklich gern hat. Sie meint, es gebe nur eine Art, Dinge zu erledigen. Aber ich erledige Dinge nicht auf ihre Art ... Ich ...« Seine Augen hatten nun ihr Leuchten verloren. Ihre wenigen Worte hatten ihn ermüdet. Margaret schmierte ihm etwas Vaseline auf die Lippen und zog ihm die Bettdecke bis unters Kinn. Während sie das machte, tastete seine Hand suchend zur Seite. Sie nahm die alte Hand in die ihre und hielt sie fest. Er seufzte und kehrte zu dem Ort zurück, den ein Sterbender bewohnt. Als sein Griff sich lockerte, bewegte sie sich vom Bettrand weg und ging zu den Photos auf dem Bücherbord. Das ihrer Mutter zeigte eine junge Frau mit riesigen leuchtenden Augen, die zu etwas außerhalb der Kamerareichweite aufsahen. Man konnte nicht in dieses Gesicht blicken, ohne die erwartungsvolle Hochstimmung darin zu sehen. Es war das Bild einer jungen Frau, die sich der wunderbaren Möglichkeiten ihres Lebens gewiß war.

Margaret nahm das Photo vom Bord mit zu ihrem Sessel neben dem Fenster. Sie setzte sich wieder hin und legte das Photo auf ihren Schoß. Langsam zeichnete sie mit dem Zeigefinger das wunderschöne Gesicht nach. Sie wölbte die Hand über dem glänzenden zurückgekämmten Haar, verweilte auf den Konturen der hohen Backenknochen, der schlanken Nase und der Rundung des Kinns, das stolz und sicher nach oben wies und den kommenden Jahren vertrauensvoll entgegensah.

»Sieh mir in die Augen«, flüsterte sie und versuchte, ihrer Mutter einen Namen zu geben, der jedoch schon vor vielen Jahren verlorengegangen war. »Sieh mir in die

Augen, und glaube mir, daß es mir leid tut, weil es nicht so verlaufen ist, wie du gehofft hattest. Glaube mir, wenn ich dir sage, daß mir die Rolle, die ich bei deinem Unglücklichsein gespielt habe, leid tut. Glaube mir, wenn ich sage, daß ich nichts getan habe, um dich zu verletzen.« Sie weinte. Tränen fielen auf das Gesicht, das sie in ihrem Schoß hielt. »So oft habe ich eine Mutter gebraucht. Ich habe versucht, das auszugleichen, indem ich über die Jahre hinweg Mütter adoptiert habe. Aber sie waren nicht du. Meine Mutter.« Sie trocknete die Tränen. Sie nahm ihren Hemdsaum und wischte über den Rahmen. »Was hast du adoptiert, um für dich einen Ausgleich zu finden? Hast du die Nähe bekommen, die du brauchtest? Ich mag in vielerlei Hinsicht anders sein als du, aber wir brauchen bestimmt dieselben Dinge: Anerkennung, Liebe, die Bestätigung, daß man seine Arbeit gut gemacht hat. Wenn du mich auch nur ein klein wenig mögen könntest, wäre ich froh.« Ihr Vater gab plötzlich ein Schnarchgeräusch von sich. Sie sah zu ihm hinüber, wobei sie das kalte Glas des Photos ihrer Mutter an ihre heiße Wange drückte. »Wir wissen so wenig voneinander«, flüsterte sie durch den stillen Raum.

13

Oh, es ist schön, wieder da zu sein! Die feuchte Stille der Februarluft hängt über dem Kloster, aber drinnen geht von dem Sandstein eine dumpfe Kühle aus, die Matti so vertraut ist. Sie steht in »Queen's Square«, einer geräumigen Halle außerhalb des Studierraums. Die ganzen Koffer und Panamahüte werden von einer riesigen Gipsstatue der Himmelskönigin überragt. Durch die Luft hallen eine Weile Erkennungsschreie und aufgeregtes Geschnatter. An der Wandtafel hängen lange Listen mit Verhaltensmaßregeln. Sie sind in einer geschnörkelten, stilisierten Handschrift geschrieben, die man auf der ganzen Welt (so heißt es) als die Sacré-Coeur-Handschrift erkennt und schätzt. Sehr bald wird Matti die Samstagabendkurse besuchen, wo sich alle bemühen werden, diese Handschrift nachzumachen. Dazu werden an sie mustergültige Vorlagen, Tintengläser und besondere Federspitzen verteilt. Niemand darf einen Füllfederhalter benutzen, solange er den Stil nicht präzise beherrscht.

Sie erforscht die fremden Gesichter, die fügsam, aber nicht mutlos sind. Sie hält nach Flynn Ausschau, ihr Band zur Vergangenheit. Sie muß dasein. (Aber wahrscheinlich kommt sie ein wenig später, weil sie wie üblich erst in letzter Minute ihr Zeug in den Koffer auf dem Schlafzimmerboden geworfen hat.)

Eine Klingel ertönt drängend und aufreizend. Das Ge-

schnatter ebbt langsam ab, und die Mädchen stehen ratlos da. »Ihr müßt euch Klasse für Klasse in Bewegung setzen, so wie ihr aufgerufen werdet«, verkündet eine Nonne. »Die Reihenfolge wird sein: von den Kleinsten zu den Größten. Das heißt: die vierte, dritte, zweite, erste Klasse und schließlich die oberste. Die vierte Klasse möge also jetzt den Korridor linker Hand entlanggehen und am Ende bei der Turmtreppe warten.« Sie gehen hinunter, ein unordentlicher Haufen von Mädchen. Am Fuße der Turmtreppe winkt ihnen eine winzige Nonne, fast eine Zwergin, zu.
»Guten Abend, Kinder.« Gemurmel. »Wenn ich sage: ›Guten Abend, Kinder‹, werdet ihr antworten: ›Guten Abend, Mutter.‹ Also: ›Guten Abend, Kinder.‹«
»Guten Abend, Mutter.«
»Ich heiße Mutter Porter. Ich bin die Lehrerin der vierten Klasse. Bildet, bitte, so schnell wie möglich zwei ordentliche Reihen.« Die Mädchen laufen umher. »Sehr gut. Folgt mir schweigend.« Mutter Porter begibt sich an die Spitze der Reihen und steigt geschwind und zielbewußt die Treppe hinauf. Die Mädchen hinterher. Mitten auf der Treppe hält sie inne und dreht sich zu ihnen um. Es gibt einen Stau, die Mädchen drängen nach vorne, stoßen zusammen. Mutter Porter wartet einen Moment, ganz still. Auch die Mädchen kommen zur Ruhe. »Dies ist eine Turmtreppe. Das ist eure Treppe. Ihr müßt lernen, euch wie Damen hinauf- und hinunterzubewegen. Nächstes Jahr, wenn ihr älter und, wie ich hoffe, auch verantwortungsbewußter seid, dürft ihr wie die übrige Schule die Haupttreppe benutzen. Auf der Turmtreppe darf niemals gesprochen werden. Es darf

weder in den Gängen noch in irgendeinem der Waschräume gesprochen werden. Wenn wir die Treppe hinauf- und hinuntersteigen, wird die Anführerin einer Reihe an jedem Treppenabsatz halten. Wenn ihr mein Signal hört«, sie hebt die Hand, um die kleine Holzklapper in ihrer Handfläche zu zeigen, »setzt ihr euren Weg fort. Es wird nie eine Notwendigkeit zum Sprechen bestehen.« Sie dreht sich wieder um und klappert. Weiter geht's. Immer weiter hinauf, noch drei Stockwerke, trampelnde Füße auf den glatten, abgewetzten Holzbohlen. Dann treten sie in einen Gang. Die hinteren bemühen sich, zu sehen, was vor ihnen los ist.

»Nun, Kinder, wir sind da. Das ist der Schlafsaal der Heiligen Familie. Sprechen ist in dem Schlafsaal nicht erlaubt. Wenn ich euren Namen vorlese, begebt ihr euch, bitte, jeweils in den für euch bestimmten Alkoven.« Mit einer klaren, hellen Stimme ruft sie die Namen der Mädchen auf. Matti blickt freudig um sich. In *Junior-School-Zeiten* hat sie in der Krankenabteilung geschlafen und diesen Teil der Schule nie gesehen. Der Schlafsaal ist durch rotweißgrüne Blumenvorhänge aufgeteilt. Am anderen Ende des Raumes bildet das Dach eine Schräge bis zum Fußboden hinunter. An jener Seite gehen die Fenster zum Hafen hinaus, der in der Ferne blitzt und blinkt.

Jeder kleine Alkoven enthält ein spartanisch aussehendes Bettgestell mit einer Roßhaarmatratze. Am Fußende wartet ein Stapel zusammengelegter Bettwäsche. Neben dem Bett stehen ein Holzschrank und ein Stuhl. Das ist alles. Klack, klack, klack. »Macht, bitte, sofort eure Betten, Kinder. Am Samstag werdet ihr im korrekten Bettenmachen unterwiesen werden. Heute abend aber macht ihr sie so schnell wie möglich. Eure Koffer stehen am Ende des Schlafsaals. Nehmt daraus, was ihr für heute nacht braucht. Morgen bringt ihr alles übrige in den Wäscheraum und die Koffer zum Aufbewahren in den Speicher. In den Alkoven bricht eine rege Betriebsamkeit aus. Klack, klack, klack, ertönt das Signal.

»Eure Stühle sind nicht zum Daraufsitzen, Kinder. Ihr stellt sie jede Nacht vor den Alkoven. Darauf legt ihr eure zusammengefaltete Tagesdecke, dann eure Unterwäsche und darüber drapiert ihr eure Uniform. Eure Schuhe stellt ihr unter den Stuhl. Achtet darauf, daß ihr die Vorhänge schließt, wenn ihr euch auszieht, und haltet sie geschlossen, wenn ihr im Bett liegt. »Geheiligtes Herz Jesu, unbeflecktes Herz Mariä.« Die Mädchen beginnen wieder zu wursteln. Klack, klack, klack.

»Wenn ich sage: ›Geheiligtes Herz Jesu, unbeflecktes Herz Mariä‹, antwortet ihr: ›Ich gebe euch mein Herz.‹ Also: ›Geheiligtes Herz Jesu, unbeflecktes Herz Mariä.‹«

»Ich gebe euch mein Herz«, sprechen sie im Chor. Matti blickt um sich. Alle sind vorsichtig, vermutlich nervös. Niemand stößt irgendwo an, hustet oder wechselt Blicke. Sie sieht zu ihrer Nachbarin hinüber, ein winziges Mädchen mit großen Brillengläsern.

»Hallo«, flüstert Matti. Das Mädchen guckt erschreckt und blickt zu Mutter Porter.

»Hallo«, flüstert sie zurück. Sie packt ihren Schlafanzug aus. »Was ist das auf dem Schlafanzug?« fragt Matti neugierig. Er sieht lustig aus. »Sind das Negerpüppchen?«

»Nein«, antwortet die andere entrüstet. »Es sind die Olympischen Spiele.«

»Oh«, sagt Matti. Sie wendet sich wieder ihrer Auspackerei zu. Ein sanftes Klopfen auf ihre Schulter läßt sie aufspringen.

»Margaret-Anne. Ich dachte, ich sagte es verständlich. Im Schlafsaal darf nicht gesprochen werden. Ich bin enttäuscht. Denk daran, als *Junior-School*-Schülerin wird von dir mehr erwartet.«

»Entschuldigung, Mutter!«

Klack! Klack! Klack!

»In fünf Minuten geht es in die Waschräume. Jede soll ihren Morgenrock und Pantoffeln anziehen sowie Gesichtshandtuch und Kulturbeutel mitbringen. Sprechen ist in den Waschräumen verboten. Jeden Morgen vor der Messe wird geduscht. Morgen wird jeder von euch ein Abend für das wöchentliche Bad zugeteilt. Die Haare werden nur Samstag morgens gewaschen, und zu keinem anderen Zeitpunkt. Kein Kind darf irgendwelche Wäsche waschen. Zweimal in der Woche werden im Schlafsaal Säcke für schmutzige Wäsche bereitgestellt. Beeilt euch jetzt. Wenn ihr mein Signal hört, reiht euch still vor der Schlafsaaltür auf. »Hallo, Matti! Wo warst du? Ich habe unten nach dir gesucht.«

»Flynn!« pfeift Mutter Porter sie an. »Du wirst, bitte, den Schlafsaal schweigend betreten. Da du zu spät bist, hast du wichtige Informationen verpaßt. Komm zu mir herüber. Ich will dir zuliebe das Ganze noch einmal durchgehen. Und denk daran, absolutes Schweigen!«

Matti beeilt sich, ihre Sachen auszuziehen und mit dem Verstauen ihrer Habe zum Ende zu kommen. Vorsichtig nimmt sie das braune Päckchen heraus, das unten im Koffer liegt. Es knistert, als sie es berührt. Sie erstarrt, atmet schwer. Schnell und verstohlen schiebt sie es ganz nach hinten in ihre Schublade. Wann wird es passieren? Wird sie wirklich jemals ein solches Ding brauchen?

Als sie dann Mutter Porters Signal hört, zieht sie die Vorhänge auf und stellt sich zu den anderen. Innerhalb von fünfzehn Minuten haben sie sich wieder die Turmtreppe hinunterbewegt, haben sich gewaschen, die Zähne geputzt und sind in den langen Raum unter dem Dach zurückgekehrt. Matti fühlt sich nicht im geringsten einsam, als sie ins Bett hüpft. Sie findet es wunderbar. Alles so durchorganisiert, selbstverständlich und klar. Sie liegt still und beobachtet verdutzt, wie ein Arm zwischen dem Vorhang auftaucht, der einen kleinen Krug mit einem Schwamm darin hält. Kurz darauf folgt ein Kopf. Mutter Porter.

»Wenn ich dir das Weihwasser darbiete, setzt du dich auf, segnest dich und sagst: ›Gute Nacht und Gott segne Sie, Mutter.‹« Matti setzt sich auf, steckt den Finger in den Krug und bekreuzigt sich.

»Gute Nacht und Gott segne Sie, Mutter.«

»Gute Nacht und Gott segne dich, Margaret-Anne.« Und plötzlich lächelt Mutter Porter: »Schlaf gut, mein Liebes. Es ist schön, dich hier wieder bei uns zu haben.«

O ja. *Glücklich. Glücklich. Glücklicher. Am glücklichsten.*

Nach kaum einer Woche haben sich die Mädchen an die tägliche Routine gewöhnt: die gewaltige Klingel, die

morgens um sechs rauh ertönt, um sie alle zu wecken; die weichere Klingel, die feierlich erschallt, wenn sie nacheinander zur Kapelle marschieren; die zum Essen und die zum Unterricht aufrufende Klingel; das ungeduldige Ding-Ding-Ding-Läuten, das den Nonnen anzeigt, wenn sie irgendwo dringend gebraucht werden; und das Läuten, das um neun Uhr abends feierlich darauf hinweist, daß nun das große Schweigen einsetzt.
Lange Reihen strömen im Anschluß an den Nachmittagstee aus dem Speisesaal. Sie haben süßen Milchtee aus riesigen Emaillekannen getrunken, die wöchentliche Sonderzuteilung – die klebrigen, mit rosa Zuckerguß überzogenen, süßen Teilchen – verschlungen und laufen nun an den Klaviernischen vorbei, um sich für den Sportunterricht umzuziehen. An der Tür des Umkleideraums halten sie in einem unordentlichen Haufen an. Gescharre und Gemurmel hören allmählich auf. Darauf hat Mutter Porter, die gerade für den Sport zuständig ist, gewartet. Dann müssen sie noch weitere fünf Minuten warten, um sich selbst zu disziplinieren und über ihren unordentlichen Aufmarsch nachzudenken. Schließlich dürfen sie durch die Tür eintreten. Mutter Porter, die zu klein ist, als daß sie den riesigen zugigen Raum wirksam überwachen könnte, klettert ohne jegliche Verlegenheit auf die Bank an der Wand.
Sie beobachtet die Gruppe. Die älteren selbstsicheren Mädchen ziehen unbekümmert ihre Uniformen aus und schlüpfen in ihre Sportkleidung. Die jüngeren versuchen, sich hinter den Kleiderständer zu zwängen, um sich unbesehen umzuziehen. Unter ihnen ist Matti. Sie trägt noch immer ihr kindliches Trikot und sehnt sich

schamvoll nach einem Büstenhalter. Mutter Porter sieht alles. Sie riecht die Ausdünstungen von mehr als hundert Mädchen. Den ranzigen Achselgeruch, den fauligen von altem Menstruationsblut, den süßlichen Duft von Babypuder, den durchdringenden Gestank von schmutzigen Strümpfen. Sie empfindet diesen Teil des Tages als eine Last, als eine Strafe. Seufzt vor sich hin und ist sich bewußt, daß sie ihren Vierte-Klasse-Zöglingen in Bälde den alljährlichen Vortrag halten muß. Sie sind meist kleine Übeltäter, was die Körperpflege anbelangt. Mutter Porter findet es immer wieder erstaunlich, daß so viele ihrer Zöglinge so unvorbereitet auf den Ausbruch ihrer Weiblichkeit sind. Sie weiß, daß manche Mädchen sogar versuchen werden, das Haarewaschen zu umgehen. Sie werden ihr allen möglichen Quatsch über nasse Haare und die Periode erzählen. Mutter Porter wird solchen Unsinn nicht dulden. Sie wird sich diese Kandidaten bald herausgefischt haben.
Jetzt gibt sie ihnen das Signal, daß sie die Riegel zurückschieben und die schweren Türen öffnen können. Sie marschieren nach draußen, um die Gärten und Rasenflächen herum, durch den Tunnel hindurch, die Treppe hinauf an den Lantana- und wilden Rosenbüschen sowie anderer tropischer Pflanzenpracht vorbei. Hinaus auf das Sportgelände. Erneut wartet Mutter Porter auf Ordnung und gibt das Zeichen für den Beginn der Gebete. »Vater Unser«, »Gegrüßet seist du, Maria«, »Ehre sei Gott«. Die Gebete sind beendet. Mutter Porter läutet die Freizeitklingel. Die Spiele beginnen.
Matti ist ein Posten im Außenfeld zugewiesen worden. Sie kann Sport nicht ausstehen. Mens sana. Hier drau-

ßen, weit weg von jeglicher Betriebsamkeit, kann sie sich ihren Träumen hingeben und möglichst gar nichts tun. Sport war in der Unterstufe lustiger. Sie konnte mit ihren Freundinnen durcheinanderrennen, paarweise umherspazieren oder in Cocky's Cage, dem kleinen grün angemalten Sommerhaus in der Mitte des Sportplatzes sitzen und der Nonne beim Geschichtenvorlesen zuhören. Jetzt, da sie in der Oberstufe sind, ist es streng verboten, zu zweit zu gehen oder besondere Freundschaften zu haben. Für Matti ergibt sich kaum noch die Gelegenheit, mit Flynn zu reden, die gerade frech wie Oskar auf der Holzwand von Cocky's Cage sitzt, die Beine baumeln läßt und mit einer Kleeblumenkette spielt. Matti ist versucht, ihren Posten zu verlassen und zu ihr hinüberzugehen, aber sie tut es nicht. Matti befolgt die Regeln. Sie bewundert Flynn noch immer. Da kommt Mutter Porter, droht mit dem Finger und schüttelt den Kopf. Matti sieht, wie Flynn unbefangen von der Wand rutscht und davonschlendert, wobei sie sich mit der Kette das Haar schmückt.

Matti beobachtet, wie Mutter Porter etwas ins Notizbuch schreibt. Dies wird zu Rate gezogen werden, wenn sie über die wöchentlichen Noten entscheidet. Jede Woche händigt die Mutter Oberin bei einer formellen Versammlung in der Aula kleine Karten aus, die besagen: »sehr gut«, »gut«, »genügend«, »unbefriedigend«. Matti ist als Internatsschülerin auf ein »sehr gut« erpicht oder schlimmstenfalls ein »gut«. Schließlich bedeutet ein »genügend«, an einem Sonntag nicht nach Hause fahren zu dürfen. Und das ist keinesfalls in Mattis Sinn. Oh, sie hätte nicht das geringste dagegen, die ganze Zeit in der Schule zu bleiben, aber Daddy würde das »genügend« ziemlich düsteren Auges betrachten und den Grund dafür wissen wollen. Matti will Daddy aus den Schulangelegenheiten um jeden Preis heraushalten. Da ist jedoch Flynn. Riskiert jeden Tag ihre Wochennote. Ist ihr Wurst. Wie Matti sie beneidet!

Die Reihen marschieren in den Speisesaal. Selbst an Sommerabenden, wenn die Türen nach draußen offenbleiben, um die frische Hafenbrise einzufangen, riecht es nach Kartoffelbrei und abgestandenem, zerkochtem Essen. Die Mädchen begeben sich zu ihren Tischen, das heißt, ein Mädchen von jeder Klasse, um besonderen Freundschaften entgegenzuwirken. Sie stellen sich hinter ihre Stühle, bis die Tischgebetklingel ertönt. »Amen«, sprechen sie im Chor, laut und hungrig, und ziehen mit einem ohrenbetäubenden Getöse die Stühle zurück. Die Mahlzeit beginnt. Es gibt Steak heute. Wellige graue Fleischlappen. Sie müssen alle eine Portion essen. Und das tun sie. Schließlich hat Mutter Anton Aufsicht. Sie spaziert im Speisesaal auf und ab, hat alles und jeden im Auge. Da geht sie und moniert gebeugte Rücken, weist auf abstehende Ellenbogen und heruntergefallene Servietten hin. Die ganze Zeit öffnet sie beim Gehen Briefumschläge, die sie mit sich führt. Kein Brief dringt in die Schule, ohne daß sie den Inhalt überfliegt. Mutter Anton ist für die meisten eine ferne, schattenhafte und strenge Gestalt. Sie ist die Hüterin der Disziplin. In Mutter Antons Büro zitiert zu werden, kann nur Schwierigkeiten und Befragungen bedeuten. Sie ist auch die Lehrerin der obersten Klasse. Die älteren Mädchen sprechen in glühender Verehrung von der Nonne, aber nur sie.

Die vierte Klasse steigt die Turmtreppe hinauf, biegt auf den Gang ab und hinein ins Klassenzimmer. »Blessed Phillipine«, um sich auf den Unterricht vorzubereiten. Ihre Klassenlehrerin, Mutter Porter, überläßt sie der Fachlehrerin und geht in ihr Arbeitszimmer. Es ist ein kleines Kabäuschen. Mutter Porter brütet dort wie eine pummelige Henne. Sie liest ihre Notizen und setzt sich hin, um den Wochenbericht zu schreiben. Wenn auch kurzbeinig und plump, hat sie dennoch auffallend elegante Hände mit langen schmalen Fingern und vollkommenen ovalen Nägeln.

Nachdem sie ihren Wochenbericht geschrieben hat, rafft sie ihren wallenden Rock mit einer Hand, nimmt die Akten in die andere und macht sich fertig für die wöchentliche Lehrerversammlung. Sie wird während der Diskussion über den geistigen, akademischen und disziplinarischen Fortschritt ihrer vierten Klasse den Vorsitz innehaben. Heute wird es nur eine kurze Zusammenkunft sein. »Ich würde Sie gern um Ihre Meinungen zu Flynn O'Brien bitten. Ich finde sie undiszipliniert, flapsig und im Schlafsaal und Unterricht unordentlich. Berichte aus der Unterstufe weisen darauf hin, daß sie von ausgezeichneter Intelligenz ist und bestens arbeiten kann. Im Augenblick schöpft sie ihre Fähigkeiten jedoch nicht voll aus.«

»Flynn wird ein großer Gewinn für den Chor sein«, meint die Musiklehrerin. »Sie singt wie ein Engel.«

»Ich freue mich sehr, das zu hören«, antwortet Mutter Porter mit einem spitzen Unterton. »Ich wäre nur glücklicher, wenn sie ihr Singen auf den Chor und die Kapelle beschränken würde. Sie singt auf den Gängen und auf der Turmtreppe. Gestern hatte ich Gelegenheit, sie wegen ihres Singens hinter der geschlossenen Toilettentür zu tadeln.«

»Ja, Mutter.«

»Und es ist mir hinterbracht worden, daß sie unter der Bank mit Margaret-Anne Schach gespielt hat. Man hat sie getrennt.« Die anderen Nonnen nicken. »Jetzt das.« Mutter Porter gräbt tief in ihrem Gewand. »Erst heute morgen, als ich Flynns Bank durchstöberte, stieß ich auf ihr Gebetbuch. Wie Sie sehen können, hat sie die Ränder mit lächerlichen Zeichnungen vollgekritzelt. Babys in Windeln!« Die Nonnen glucksen. Mutter Porter steckt das anstößige Buch wieder in die Tasche. Lächerlich, aber ausgezeichnet, denkt sie. Natürlich zeigt sie kein Lächeln. »Also, gibt es noch Weiteres?« Etwas Gemurmel hier, ein Zupfen am Haubenzipfel da, eine zuckende Bewegung von gefalteten Händen unter dem Umhang. »Nein. Sehr gut.« Nun liest sie die Liste vor und trägt für jedes Kind die Wochennote ein. Es gibt kein oberflächliches Geschnatter. Es verläuft alles geschäftsmäßig und lebhaft. Als es läutet, um den Unterrichtsschluß anzukündigen, steht sie auf und entläßt ihre Kolleginnen.

»Danke Ihnen, Mütter«, sagt sie. Sie verbeugen sich alle und verabschieden sich.

14

Wieder allein, wendet sie ihre Aufmerksamkeit den Notizen zu, die sich mit den Darbietungen des Semesters befassen. Mutter Porter ist für das Schauspiel verantwortlich. Die Schauspielkunst ist aufgrund der Traditionen des Ordens besonders hoch angesehen. Mutter Porter ist am meisten geeignet, um weiterhin für ein hohes schauspielerisches Niveau zu sorgen. Sie berät sich mit der Mutter Oberin, wenn es um die Auswahl der Stücke, die Besetzung, die Organisation und Überwachung der Proben geht. Sie fertigt Kostüme an, kümmert sich um die Beleuchtung und die Kulissen. Sie fordert die Kunstschülerinnen auf, ihr zu helfen. Dabei ergeht sie sich in Beschreibungen und Ermahnungen, meckert und blättert Bücher durch, um das, was ihr vorschwebt, zu verdeutlichen. So oft es die Zeit erlaubt, greift sie selbst zum Pinsel, um die Kulissen mit magisch-phantasievollen Bildern zu schmücken. Mit den geringsten Mitteln versucht sie, ein bestimmtes Zeitalter wieder heraufzubeschwören. Von den Kulissenarbeiten wird ihr Gewand staubig, bekommt Farbkleckse und sitzt schief. Sie steckt ihren Schleier nach hinten, um größere Bewegungsfreiheit zu haben. Jeden Abend muß sie ihre schwarze Tracht saubermachen. Diese muß nämlich am nächsten Tag fleckenlos sein. In solchen Zeiten birst sie vor Energie und Begeisterung und reißt alle mit sich.

Mutter Porter schreibt auf die »Queen's-Square«-Tafel eine Liste. Zu ihrem Entzücken findet Matti ihren Namen darauf. Sie soll sich gleich nach den Abendgebeten in der Aula einfinden. Die Abendgebete scheinen endlos zu sein. Rosenkranz, Litanei, besondere Vorsätze, neue Kirchenlieder. Sie fummelt an ihrem schwarzen Schleier herum, zerrt an den Löchern in ihren Handschuhen, rutscht unbequem von einem Knie aufs andere. Plumpe, »heilige« Knie. Ihre Responsorien sind spärlich, ihre Aufmerksamkeit ist fast nicht vorhanden. Sobald die Gebete beendet sind, legt sie ihren Schleier in den Schrank zurück und eilt in die Aula.
Es stehen schon andere in aufgeregten Grüppchen da, reden leise miteinander, ungewiß dessen, was da kommen wird. Ein paar Minuten später kommt Mutter Porter um die Ecke gewackelt, zieht energisch die Vorhänge des Foyers zu, macht einen schnellen Rundgang durch die Aula, knipst ein paar Lampen an, schaltet andere aus und ruft die Mädchen schließlich auf, vor sie hinzutreten.
»Geht und setzt euch bitte auf die Bühnenstufen, Kinder. Sind alle da?«
Sie liest die Liste vor und fährt dann fort.
»Dieses Jahr wollen wir die *Antigone* aufführen.«
Die Mädchen schnappen vor Aufregung nach Luft. »Ich muß euch bestimmt nicht sagen, daß von euch allen ein perfektes Benehmen erwartet wird. Ein Versagen in Selbstdisziplin wird die unmittelbare Entlassung aus dem Stück zur Folge haben. Ist das klar?«
Die Mädchen nicken.
»Nutzt die Gelegenheit, die euch geboten wird, voll aus.

Die älteren Mädchen werden erst etwas später drankommen. In der Zwischenzeit werdet ihr jüngeren den Chor bilden.«
Mutter Porter räuspert sich. Ein leiser Zweifel beschleicht sie, wie es weitergehen soll. Die Mutter Oberin hat das Stück mit ihr durchgesprochen und festgestellt, es sei eine gute Gelegenheit für die jüngeren Mädchen, zwischen den Akten etwas Eurhythmie vorzuführen. Schön anmutig. Miß Duncan ist so eine nette – unglückliche, doch nette – Frau. Die Mutter Oberin hat von einer lieben Freundin »draußen« gehört, daß Miß Duncan der Ermutigung bedürfe. Die soll sie also bekommen.
Mutter Porter holt ihre Taschenuhr unter dem Umhang hervor. Jede Minute wird Miß Duncan erscheinen. Mutter Porter blickt in die erwartungsvollen Gesichter. Soll sie etwas sagen? Sie entscheidet sich dagegen. Sie gibt ihnen ein Zeichen, sich zu erheben, und just in diesem Augenblick werden die Foyervorhänge auseinandergerissen. Eine kleine Gestalt schiebt sich in die Aula, purpurroten Chiffon hinter sich herziehend. Nackte Füße tapsen über den Parkettfußboden. Mit flatternden Armen und gebeugtem Rücken jagt Miß Duncan in der Aula im Kreis umher, vollführt plötzlich Sprünge und gibt ein mäuseähnliches Quieken von sich. Dann hält sie inne, mit triumphierend erhobenen Armen und zurückgeworfenem Kopf. Regungslos.
Die beobachtenden Mädchen rutschen unbehaglich hin und her. Sie sehen hilfesuchend zu Mutter Porter hinüber. Ihre Nasenflügel zucken. Schnell. Energisches Handeln ist gefordert. Mit einer leichten Neigung des

Kopfes holt sie die Hände unter dem Umhang hervor und beginnt zu klatschen. Ein befreites Aufatmen. Die Mädchen klatschen, wie sie nie geklatscht haben. Hysterie schwebt in dem Raum, Marie-Christine pfeift. Mutter Porters Kopf schnellt wie von einem Peitschenhieb getrieben herum. Klack, klack, klack, ertönt das Signal. Sie erhebt den Zeigefinger. Marie-Christine schleicht aus der Aula. Die Ordnung ist wiederhergestellt.

In Miß Duncans regungslose Gestalt kommt wieder Leben.

»Dank euch, ihr Lieblinge. Jetzt werden wir alle tanzen. Tanzt mit mir, tanzt mit mir!« Und sie beginnt erneut im Kreise zu hüpfen, eine Runde nach der anderen. Die beobachtenden Mädchen erstarren vor Verlegenheit, die Augen flehend zu Mutter Porter gewandt.

Mutter Porter eilt zu den Stufen.

»Schnell jetzt. Schuhe und Strümpfe aus«, flüstert sie heiser. »Miß Duncan ist auf ausdrückliches Bitten der Mutter Oberin hier.« Eins, zwei, drei, dann, ach, zum Kuckuck, ruckzuck laufen sie die Stufen hinunter und werfen alle Ängste beiseite. Die Aula ist ein einziges Durcheinander. Alle versuchen, dem purpurroten Kleid zu folgen.

»Los jetzt, ihr Lieblinge. Hüpft, duckt euch, biegt die Arme und runter mit den Schultern, runter damit, runter damit. Löst euch, krümmt euch, und richtet euch auf, und lächelt und wieder hinunter, tiefer und schwer und schwer und langsam und kriecht und kriecht und rollt euch zusammen. Rollt euch zusammen, langsam, und schlaft.« So säuselt sie sanft. Im Raum wird es ganz

still, sie bleiben regungslos. Dann springt Miß Duncan auf, munter und leicht.
»Und jetzt reden wir.« Die Mädchen setzen sich auf, Gelächter vorbei. Interesse und Gelöstheit machen sie schön und strahlend. Miß Duncan erklärt ihren Plan, ihr altes runzeliges Gesicht, mit den Augen hinter dicken Brillengläsern, ist lebendig und vital. »Wir werden zwischen den Akten tanzen. Es ist wichtig, daß wir nicht die Stimmung des Stücks verderben. Das ist mit Sicherheit auch in Mutter Porters Sinne.« Mutter Porter neigt den Kopf in Dankbarkeit. »Deshalb möchte ich, daß wir einen griechischen Fries, die Verzierungen eines Tempels, darstellen. Wir werden junge Frauen und Athleten in erstarrten Posen sein. Wir werden uns sanft von Pose zu Pose bewegen, fließend wie Wasser von einer Stellung in die andere. Die eine wird den Speer halten und die andere die Diskusscheibe. Wieder eine andere wird sich den Kranz des Siegers ins Haar binden. Eine von euch wird sich die Tunika zurechtzupfen, eine wird ein Läufer sein und eine die Fackel hochhalten. So werden wir uns bewegen, so ...« Sie erhebt sich und demonstriert die Bewegungen. Mutter Porter, die still an der Seite sitzt, sieht, wie der Tempelfries lebendig wird. Abend für Abend werden sie gedrillt, bis ihre Bewegungen leicht und flüssig sind. Miß Duncan in ihrem fließenden leuchtenden Chiffon, mit den dicken Brillengläsern, hat sie verzaubert. In das alte Griechenland zurückversetzt. Sie sind bereit und fähig, für die Dauer des Stücks dort zu verweilen. Aber jetzt wird sie nicht mehr gebraucht. Die Proben für das Stück selbst werden in Angriff genommen.

Mutter Porter händigt die Texte aus. »Ich probiere nicht gern mit Kindern, die Texte mit sich herumtragen«, sagt sie. »In genau einer Woche erwarte ich, daß ihr alle – ausgenommen Antigone, Ismene und Kreon – eure Texte perfekt beherrscht.« Matti blättert schnell den umfangreichen fotokopierten Text durch. Sie lernt ihren Text innerhalb von zwei Tagen auswendig. Bis die Proben beginnen, hat sie auch all die anderen Rollen auswendig gelernt. Für den Fall der Fälle.

Mitzuspielen bedeutet harte Arbeit. Mutter Porter besteht weiterhin auf absoluter Stille. Wenn der Chor nicht auf der Bühne ist, kauert sich Matti in eine staubige Ecke der Kulissen, bedeckt sich mit einem Stück Leinwand und guckt zu, wobei sie mit den Lippen die Worte formt, die die älteren Mädchen im Laufe des zeitlosen Stücks *Antigone* sprechen. Sie ist nicht mehr nur Zuschauerin, sie ist Teil des Geschehens geworden. Das Erlebnis, der Geruch des staubigen Vorhangs, das grelle Licht der Scheinwerfer, in deren Strahlen dicke Staubflocken schweben, die geheimnisvolle Dunkelheit jenseits des Rampenlichts haben sie völlig in ihren Bann geschlagen. Mehr als alles andere liebt sie die Wärme, die einhüllenden tiefen Trost spendet.

Da kauert sie nun und beobachtet. Wie sehr sie die älteren Mädchen beneidet, mit ihren aufgesteckten und von Bändern durchzogenen Haaren, ihren seidenen Tuniken, auf denen farbige Streifen in Brusthöhe verlaufen. Matti streichelt ihren Brustkorb; sie hätte so gerne Brüste. Wenn eines der großen Mädchen sie wahrnimmt, schaudert sie erregt.

Von früh bis spät richtet sich ihre Aufmerksamkeit auf

das Geschehen in der Aula. Die glücklichen Teilnehmerinnen werden immer mehr aus dem Schulalltag herausgezogen. Sie essen früher als die anderen zu Abend, damit sie mehr Zeit zum Proben haben, bevor das Große Schweigen einsetzt. Bei diesen nicht überwachten Mahlzeiten dürfen sie sitzen, bei wem sie wollen. Ihnen wird befohlen, morgens später aufzustehen, damit sie nicht zu müde sind. Deshalb liegen sie Morgen für Morgen in den Betten und lauschen, wie die übrige Schule sich anzieht und zur Messe eilt. Erst dann dürfen sie aufstehen. Sie können langsam und genüßlich in den leeren Badezimmern duschen, bevor sie sich zu den anderen zum Frühstück gesellen. Während des Nachmittagssports dürfen sie probieren. Matti kann durch die Aulafenster beobachten, wie die Reihen hinaus aufs Sportgelände marschieren. Sie nimmt die Schultern hoch und atmet tief ein. Sie hat ihren verzauberten Platz gefunden.

Dann ist die Aufführung vorbei. Sie klammert sich an die Gefühle, die Erinnerungen und an die Wärme. Matti erlebt so erneut den Zauber, der sie nährt bis zum nächsten Mal.

15

Margaret stand still, den Kopf an den Fensterrahmen gelehnt, und starrte hinaus in die Dunkelheit außerhalb des Krankenhauses. Sie empfand große Dankbarkeit gegenüber den Nonnen, die ihr eine Kostprobe von dem vermittelt hatten, was zu ihrem Lebensinhalt geworden war. Leider nicht so früh, wie sie beabsichtigt hatte. Das Hampstead-Theater und jene in Birmingham, Liverpool, Manchester, Durham. Die Sommeraufführungen im Lakes District schienen so weit weg von dem Krankenhauszimmer und dem sterbenden Mann. Ihre Studienzeit in der Nationalbibliothek, dem Britischen Museum und den Galerien lag in weiter, glücklicher Ferne. Sie lächelte vor sich hin, als sie an ihre Anfänge vor fünfzehn Jahren dachte. An ihre erste Rolle, die der Caroline Lamb. An ihre Unsicherheit, ob sie richtig recherchieren, mit Überzeugung ein Drehbuch schreiben, und – am wichtigsten von allem – ob sie all das richtig auf eine Bühnenfigur projizieren konnte. An diese harte Anfangszeit, als sie die Agenten abklapperte und sie davon zu überzeugen versuchte, daß sie fähig war, eine Aufführung selbst in Angriff zu nehmen. Daß sie nichts als eine kleine Geldspritze von einem Mentor brauche – und eine winzige Bühne. Sie dachte voller Dankbarkeit an ihre Freundinnen, die schließlich das Geld aufgebracht und nie aufgehört hatten, sie zu ermutigen, ihr zu vertrauen, bis die Kritiken herauskamen und die

Theater sich zu füllen begannen. Sie dachte an ihre Töchter, die sich immer ihre Texte angehört hatten, bis es den Anschein hatte, als hätte sich eine andere Person ihrem Haushalt angeschlossen. Sie dachte an die Zeiten, als sie gereizt und bissig war, vor Angst und Abgespanntheit. Wie ihre Kinder sie sich selbst überlassen hatten, bis die Krise vorüber war. Es hatte inzwischen vier »Gäste« in ihrem Leben gegeben, Caroline, dann Isobel Burton, dann Virginia Woolf, ihr Liebling, und – jetzt fast fertig, um sie der Öffentlichkeit präsentieren zu können – Gwen John. Ihre ruhigen, melancholischen, ausgezeichneten Gemälde hatte Margaret Tag für Tag begutachtet und sich dabei in das Wesen der entschlossenen Frau versenkt, das sich hinter den Bildern verbarg.

Hätte sie es getan, wenn Robert und sie nicht der Ehe müde geworden wären, die von Kampf und Streit beherrscht war? Sie wußte, daß sie es nicht getan hätte. Die Kleinen und sein Bedürfnis nach einer fügsamen, passiven Frau, die da weitermachen sollte, wo seine Mutter aufgehört hatte, die dafür sorgte, daß er in ein ordentliches Haus zu einer ordentlichen Ehefrau und zu köstlich zubereiteten Mahlzeiten – meist an Freitagabenden – heimkehrte, hatten sie so erschöpft, daß einfach kein Fitzchen Energie mehr übrig war. Sie erinnerte sich, wie ihre englische Schwiegermutter gesagt hatte, als sie ihre Scheidung kundtaten: »Die Schwierigkeit mit euch künstlerisch ambitionierten Frauen ist, daß ihr keine Lust habt, dreckige Unterhosen zu waschen.« Sie hatte gebrüllt vor Lachen. Es stimmte genau.

Sie war viel glücklicher, als die Unterhosen kein Thema mehr waren. Es gab ein bitteres Trennungsjahr, in dem sie Robert lauthals beschuldigte, genauso wie ihr Vater zu sein; in dem er versuchte, sie so zu beherrschen und zu manipulieren, daß sie nicht mehr wußte, wo sie mit ihren Gefühlen stand; und in dem sie ihm vorwarf, sie im Stich zu lassen, wie ihr Vater es getan hatte, und sie nicht genug zu lieben, sie nicht zum strahlenden Stern an seinem Firmament gemacht zu haben. Danach hatte sie sich, erschöpft von dem Schmerz, den sie einander zugefügt hatten, zurückgezogen und beschlossen, ihn einfach in Ruhe zu lassen. Sofort wandelten sich die Dinge. Robert hatte sie auch in Ruhe gelassen. Sie waren nun in der Lage, sich in einem für sie beide gleichbedeutenden und lebenswichtigen Bereich zu treffen – dem ihrer Kinder.

Robert hatte die Kinder nie im Stich gelassen. Er war immer bereit gewesen, ihre Telefonanrufe anzunehmen und ihren Sorgen oder Erfolgsberichten zu lauschen. Es war ihnen gelungen, über das einzige, aber auch wichtigste Überbleibsel ihrer Ehe miteinander zu verhandeln. Darauf war sie stolz. Und ihre eigene Arbeit hatte begonnen.

Sie wandte sich vom Fenster ab und ging zum Bett hinüber. Ein heiseres keuchendes Geräusch entwich dem leicht geöffneten Mund ihres Vaters. Du hast nach der Scheidung für mich getan, was du konntest, nicht wahr? Die Schecks, die jedes Jahr kamen, mit der kleinen Notiz »Als Unterstützung für die Kinder«, deren Erhalt ich nicht einmal bestätigt habe. Ich fand, sie standen mir zu. *Oh, Daddy.* Sie legte ihre Hand auf seinen Kopf und versuchte, das Mitgefühl weiterzuleiten, das sie empfand.

Ich bin die Tochter meines Vaters. Auch ich bin zäh. Ich habe nicht nachgegeben, trotz des Blutes, trotz all der Verletzungen und der Todeshand, die mich beinahe dazu brachte, in den eiskalten Gewässern gänzlicher Verwirrung und Verzweiflung zu ertrinken.

16

Ende des Wintersemesters. Die Strenge des gotischen Gebäudes, die Fenster, die in ihren wackeligen Rahmen rattern, der Wind, der um Türme, um Ecken und das Treppenhaus hinauf pfeift, machen den Winter in Sidney noch unangenehmer. Die Mädchen halten das Kloster für den kältesten Platz der Welt. Mädchen und Nonnen leiden gemeinsam. Auf bläulichen Fingern entstehen Frostbeulen und verkrusten, die Nasen werden rot und tropfen. In den eiskalten Badezimmern zu duschen ist eine Qual. Die Mädchen tragen über und unter ihren Uniformen Pullover. Einige Nonnen haben schwarze Jacken unter ihren Umhängen angezogen. Nur die Lehrerin für Disziplin macht aus der Not eine Tugend. Sie wählt sich ein vorbildliches Team aus, die Spartaner. Diese ertüchtigen sich jeden Morgen zu kriegerischer Musik auf dem flachen Dach, über das der Wind ungehindert hinwegfegt. Sie erwartet von ihren Spartanern, daß sie Pullover und Fäustlinge meiden und »sich darbringen«. Es ist eine kleine auserwählte Gruppe. Trotz aller *mens sana* gehört Matti nicht dazu.

Das Wintersemester ist immer eine Prüfung für die Nonnen. Der Wind scheint die Mädchen aus dem Gleichgewicht zu bringen, Disziplin ist schwieriger durchzusetzen. Sie sind unruhig. Sie schreien eher. Sie machen sich nur langsam für die Morgenmesse fertig. Sie sind

lahm beim Frühstück, säumen über ihren Teetassen. Sie sind schusselig.
Doch für Matti ist das Wintersemester auch mit romantischem Zauber verbunden. Sie stellt sich vor, daß an geheimen Plätzen des großen Gebäudes Dramen, Tragödien, heldenhaftes Geschehen möglich sind. Die düstere und geheimnisvolle Stimmung reizt ihre Phantasie. Sie sieht das Gebäude als eine riesige Bühne an und wartet in erregter Spannung darauf, daß das Drama beginnt. Wie es gelegentlich auch passiert. Ein weiterer Grund, weshalb sie das Sacré Cœur so sehr liebt. Jeden Samstagabend versammelt sich die vierte Klasse bei Mutter Porter. Es ist der intimste Augenblick in der Schulwoche, wenn sie dasitzen, lauschen und die Heizöfen zu Ehren der besonderen Gelegenheit glühen. Sie stopfen mit Hilfe von hölzernen Stopfeiern ihre Strümpfe und freuen sich auf die Geschichte, die Mutter Porter ihnen gleich vorlesen wird, schon jetzt wissend, daß sie an einer spannenden Stelle aufhören und sie ihrer Spannung bis zur nächsten Woche überlassen wird.
An diesem Abend beendet Mutter Porter den wöchentlichen Bericht mit den Worten: »Heute abend gibt es keine Geschichte. Statt dessen kommt Mutter Frisby euch besuchen.« Die Mädchen sehen einander an und murmeln. Mutter Frisby? Eine alte Nonne, die sie bei Selbstgesprächen beobachtet haben. Es heißt, sie habe die Kriegsjahre in Japan verbracht und sei seitdem nicht mehr ganz bei sich. Es heißt, sie habe lärmenden Mädchen erzählt, daß sich kleine Japanerkinder viel besser benähmen.
Mutter Porter gibt ihr ein Zeichen, und sie erheben sich,

um die alte Dame zu begrüßen. Sie humpelt, stützt sich auf einen riesigen Holzstock, Mutter Porter verbeugt sich in der üblichen Weise und verläßt das Zimmer.
»Schnell, Kinder«, sagt die alte Nonne. Sie müssen sich anstrengen, um ihre Worte zu verstehen. »Schiebt eure Bänke zurück, und stellt eure Stühle in einem Kreis auf. Wir wollen ein bißchen Gedankenlesen spielen ...«
Gedankenlesen! Sie bilden einen Kreis. Unter ihrer schwarzen Schürze holt Mutter Frisby eine Laterne hervor. Mit zittrigen alten Händen richtet sie den Glühstrumpf auf und zündet den Docht an. Als die Flamme sich zu einem flackernden Licht entwickelt hat, schaltet sie das elektrische aus. Die Mädchen sitzen ganz still und beobachten das alte verwirrte Gesicht in der Düsternis. Das Geräusch des Windes scheint sich zu verstärken, in ein unentwegtes Heulen überzugehen.
»Seid ihr bereit? Wir wollen jemanden von der Gruppe als unser – nennen wir es Objekt – herausgreifen. Wir müssen uns alle ganz still verhalten. Der Name der Person darf auf keinen Fall durch einen Blick oder ein Wort verraten werden. Wenn jede von uns den Namen in seinem Innern verschlossen trägt, werde ich die Tür öffnen und eine Fremde hereinbitten, die nach kurzer Zeit den Namen unseres Objekts herausfinden wird. Sind wir bereit? Wer soll es sein?«
»Ich, bitte, Mutter.«
»Bitte, Mutter, ich.«
»Bitte, Mutter.«
»Bitte, Mutter.« Sie winken mit den Armen, um Aufmerksamkeit zu erregen. Sie sieht sich langsam und ernst um.

»Du, Denise, du wirst die erste sein.«
Sie stöhnen vor Enttäuschung.
»Macht nichts, vielleicht wird eine von euch die nächste sein. Wir haben viel Zeit.« Mit ungewöhnlicher Kraft stampft sie mit dem Stock auf den Boden. Langsam öffnet sich die Tür. Eine ganz in Schwarz gekleidete Figur tritt ein, blickt schweigend in die Runde und setzt sich dann zusammengekauert in die Mitte. Es ist unmöglich, zu wissen, wer es ist. Obwohl es ganz klar irgendeine Nonne ist. Ein schwarzer Schleier, der ihr Gesicht und ihren Rücken verdeckt, ihre Identität. Die Mädchen murmeln. Tapp, tapp, tapp, macht der Stock. »Keinen Laut, bitte, Kinder.« Tapp, tapp, tapp. »Selbst ein Husten oder ein Schnaufer könnte der Fremden helfen.« Tapp, tapp, tapp, tapp, tapp. Die Fremde regt sich. »Noch nicht, meine Freundin.« Tapp, tapp. »Bleiben Sie noch eine Weile still.« Tapp. »Selbst wenn Sie soweit sind, lassen Sie noch ein paar Augenblicke vergehen, um ganz sicherzugehen.« Ein Krachen des Stocks auf den blanken Dielen. Die Fremde richtet sich auf, ergreift die Laterne und schwebt zur Tafel. Während sie die Laterne hochhält, damit sie gut sehen können, schreibt die Person in großen, klaren Buchstaben DENISE, stellt die Laterne auf den Fußboden und entschwebt. Die Mädchen schnattern los. Wie konnte sie das erraten? »Es ist das Geräusch, Mutter. Sie sagen es ihr mit dem Stampfen.«
»Meinst du, Liebes? Versuchen wir es noch einmal.« Immer wieder das Spiel, Gezapple und Unterbrechung nach jeder Episode, aber sie entdecken kein System hinter dem Geräusch, das die alte Nonne mit ihrem Stock

verursacht. So plötzlich, wie sie erschienen ist, verläßt Mutter Frisby mit ihrer Laterne humpelnd den Raum. Eine Minute lang sitzen sie in absoluter Dunkelheit da, schweigend und ungewiß dessen, was kommen soll. Sie hören, wie die Fenster klappern und der Wind seine Disharmonien in den Kaminen singt. Dann leuchtet mit einem Mal das Licht wieder auf, grell und gleißend. Mutter Porter stürmt herein.

»Stühle und Tische zurück, Kinder. Bitte, nicht mehr sprechen. Es ist schon spät. Nehmt für die Morgenmesse eure Handschuhe und Schleier mit, und begebt euch schweigend in den Schlafsaal.«

Benommen und noch immer halb in der anderen, dunklen und aufregenden Welt festgehalten, trotten sie die Turmtreppe hinauf und nichts wie ins Bett. Dies ist Mattis Zuhause. Ihr Ort voller Geheimnisse und Zauber, ein Ort der Zuneigung und Geborgenheit. Ein solider Boden, auf dem sie stehen kann.

17

Bedauerlich, daß die Ferien kommen mit der scharfen Trennung von allem, was Sicherheit, Wohlbehagen und Ordnung bedeutet. Ferien verbunden mit Einsamkeit, mit langen, sich hinziehenden Tagen. Dem Bestreben, Erfordernisse zu erraten, ihnen zu genügen. Nicht irgendwo herumlungern, kein Lesen am Tage, hilfreich sein, bitte, hilfreich sein. Frische Luft und Bewegung. Keine Freundinnen, keine Proben, kein Klingeln, keine Reihen und Signale. Mach dich nützlich, Matti, mach dich nützlich.

»Matti, meine Liebe. Ich habe heute eine kleine Aufgabe für dich. Komm hinauf ins Arbeitszimmer, und ich erklär's dir.« Eine kleine Aufgabe. Sie kennt das. Sie wird lang und langweilig sein. »Ich bin dabei, einen Artikel für die Zeitung zu schreiben, Matti. Er soll mit Diagrammen vom Herzen illustriert werden. Mich interessiert besonders die obere *vena cava* und …«

»Ich bin keine gute Zeichnerin, Daddy.«

»Mein liebes Mädchen, du bekommst im Kloster Biologieunterricht. Ein bißchen Mühe und Genauigkeit ist alles, was notwendig ist.« »Aber …« Aber was? Warum macht sie das? Sch, Matti, schsch. »Es tut mir leid, meine Liebe, aber ich finde, du bist störrisch. Immer wieder diese Selbstsucht, Matti, auf die ich von Zeit zu Zeit gezwungen bin hinzuweisen. Kannst du nicht einmal etwas für deinen alten Dad tun, der dich so selten um einen Gefallen bittet? Setz dich. Setz dich sofort hin. Du wirst dieses Diagramm nachzeichnen. Mit schwarzer Tinte. Benutze diesen Spezialfederhalter. Ich komme gleich wieder, Matti ... Was war das, meine Liebe?«

»Nichts.«

»Was hast du gesagt?«

»Nichts.« Sie sieht sein Gesicht. »Oh, ich sagte, wie General MacArthur.«

»Mag sein, wie es will. Ich komme jedenfalls wieder, um nachzusehen, wie du zurechtkommst.«

Matti legt sich das Papier zurecht. Sie taucht die Feder in die Tinte. Sie fängt an, das Diagramm abzuzeichnen. Die Tinte läuft die Feder entlang und verursacht einen Flecken auf ihrer ersten, sorgfältig gezeichneten Linie. Sie zerknüllt das Papier und beginnt von neuem, noch sorgfältiger. Ihr Kinn ist vor Konzentration nach vorn geschoben, ihre Zunge steckt zwischen den Zähnen. Mit aller Sorgfalt zeichnet sie das Diagramm nach. Sie hat's geschafft. Es ist nicht so fett wie das Original, aber es ist trotzdem ein hübsches Herz. Sie verwendet Löschpapier. Unvorsichtig. Das obere *vena cava*-Stück ist leicht verschmiert. Sie guckt es sich an. Geht schon so. Sie schraubt das Tintenglas zu und steht auf.

Er tritt plötzlich ein, mit diesem zweifelnden Blick auf seinem Gesicht.

»Du bist schon fertig, Matti! So schnell! Laß doch mal sehen!«

Er betrachtet das Stück Papier. »O nein, nein, nein, nein. Was soll denn das sein?« Sie wird bockig.

»Das.« Sie zeigt auf das Buch.

»Ich bitte dich um eine einfache Zeichnung. Sie muß per-

fekt sein. Ist das klar? Setz dich hin und steh nicht wieder auf, bis sie perfekt ist.«
Er verläßt das Zimmer so geschwind, wie er es betreten hat. Sie weiß jetzt, daß es weitaus schwieriger werden wird, als sie gedacht hatte. Sie zeichnet das Ganze noch einmal ab, aber bei dem letzten vorsichtigen Strich nach unten spreizt sich die Feder zu einem krakeligen Strich. Sie weiß, das darf nicht bleiben. Sie fängt von vorne an. Dieses Mal ist die obere *vena cava* krakelig. Dummes Ding. Sie versucht es von neuem. Ein Stückchen ist richtig. Ein anderes falsch. Er kommt wieder herein.
»Nun. Fertig?«
»Es ist schwer. Ich schaffe es nicht. Kann ich es nicht einfach abpausen?«
»Bestimmt nicht. Es geht einfach darum, es ordentlich zu machen, Matti. Schludrigkeit bringt dich nicht weiter. Es ist doch wirklich eine ganz einfache Aufgabe. Tu, worum ich dich bitte.« *Tu's doch selbst.*
»Bitte, Daddy. Ich gebe mir alle Mühe. Wirklich.«
Sie sitzt noch immer in dem düsteren Zimmer. Für ewig von dieser nach Rost riechenden Tinte, diesem Zeichenpapier, diesem Buch, dieser unberechenbaren Feder befreit zu werden, ist ihr größter Wunsch. Obere *vena cava,* vordere, innere, hintere, äußere, Oberer See, Unterer … Immer wieder und immer wieder. Nun beginnen die Tränen zu fließen, weil sie mit dieser Aufgabe wohl nie fertig wird. Ihre Hand zittert vor Angst, der Strich ist verwackelt. Wieder eins ruiniert. Er kommt herein und geht hinaus, Ärger und Entschlossenheit im Schritt. Kaum hinsehend, zerknüllt er die Blätter, die seinen Schreibtisch übersäen.

»Du bleibst hier, bis ich zufrieden bin. Es ist eine einfache Aufgabe. Ich werde deinen Eigensinn nicht hinnehmen. Ich werde ihn nicht hinnehmen …«
Das tut er allerdings nicht. Matti verbringt den ganzen Tag in dem Zimmer. Zur Mittagszeit bringt er ihr ein Glas Milch und ein Sandwich. Er sagt ihr, sie soll sich anstrengen. Sie strengt sich an. Was ihr vollkommen erscheint, perfekte Kopien des Diagramms aus dem Buch, wird kurzerhand von ihm zurückgewiesen. Warum? Ist es unter seiner Würde zu sagen: »Danke, zumindest eines ist dir gut gelungen, danke.«? Vollkommenheit ist offensichtlich unerreichbar. Je mehr ihre Furcht wächst, um so schlechter werden ihre Zeichnungen und um so größer wiederum ihre Ängste. Inzwischen schluchzt sie hoffnungslos, unfähig, überhaupt zu zeichnen.
»Laß mich bitte aufhören, bitte, laß mich aufhören!«
»Hör mit dem Unsinn auf! Du kannst gehen, wenn du das gemacht hast, worum ich dich gebeten habe. Ein bißchen Freundlichkeit, ein bißchen Liebenswürdigkeit, wenn du eine Aufgabe anpackst. Du weigerst dich, zu kooperieren. Du zwingst mich, hart zu sein. Du zwingst mich. Ich hasse Unfreundlichkeit.«
Der Tag zieht sich hin. Sie wird es nicht mehr schaffen. Beide sind erfolglos. Aber sie weiß es von ihm und gibt auf. Inmitten des Wusts von Papieren mit fetten, dünnlinigen, sich wölbenden, berstenden, blutenden *vena cava* legt sie den Kopf auf den Schreibtisch und wartet darauf, daß alles ein Ende hat. Drei Tage lang bleibt sie in ihrem Zimmer eingeschlossen und sich selbst überlassen. Allein zu den Mahlzeiten kann sie erschei-

nen. Nur ein geringes Entgegenkommen, denn er hat der Familie erzählt, daß Matti in Ungnade gefallen ist, und angeordnet, daß niemand sie beachten darf. Ihre kleinen Brüder starren sie mit großen Augen an, ganz nervös wegen seines Erlasses.
Die Episode vergällt ihr den Rest der Ferien. Sie sehnt sich danach, in die Schule zurückzukehren.
Ich habe einen Fehler gemacht. Ich habe nicht gezeichnet, wie er es wollte. Ich weiß, daß es unrecht war. Ich habe nicht gelächelt und die Aufgabe nicht freudig und liebenswürdig erledigt. Aber war das so schlimm, daß man mir das Gefühl geben muß, als existierte ich nicht an diesem Ort? Daß man mich nicht mehr akzeptieren kann? Ich habe einen Fehler gemacht, ich weiß. Ich weiß es. Aber war mein Fehler denn so schlimm?
Sie quält sich mit Fragen.

18

Das neue Semester hat gerade erst vor ein paar Wochen begonnen. Matti schlägt eines Morgens die Bettdecke zurück, um ihr Bett abzuziehen. Dabei bemerkt sie einen runden Fleck, der wie eine Kupfermünze auf ihrem Bett liegt. *Es* hat begonnen. Sie verharrt ganz still mit klopfendem Herzen. Freude und ein merkwürdig niederdrückendes Gefühl kämpfen in ihr miteinander. Dann gewinnt ihr Pragmatismus die Oberhand. Man stelle sich vor, irgend jemand hätte es gesehen! Schnell streift sie das Laken vom Bett, bündelt es mit dem Rest des Bettzeugs, so daß der Flecken verborgen ist und legt alles auf den Stuhl vor dem Alkoven. Sie wird ihn mit den nassen Waschlappen nach dem Duschen auswaschen. Wenn es am Abend immer noch naß ist, wird sie ein Handtuch unterlegen. Zögernd späht sie in ihre Schlafanzughose. Ein rotbrauner Fleck hat sich entlang der Naht ausgebreitet. Sie fühlt sich beschmutzt und unbehaglich. Sie möchte bemuttert werden und wissen, was zu tun ist. Flüchtig empfindet sie Dankbarkeit, daß dies nicht zu Hause geschehen ist. Bei dem bloßen Gedanken stellen sich ihr die Haare auf.

Sie tastet in ihrem Schrank nach dem braunen Paket. Als ihre Finger es berühren, gibt es ein lautes Rascheln von sich. Sie erstarrt und lauscht. Die Stille um sie herum hat überall Ohren. Vorsichtig zieht sie eine lange flauschige Binde heraus. Vor Angst den Atem anhaltend, fesselt sie sich selbst. Sie fühlt sich häßlich und verletzt und hofft, daß niemand etwas ahnt. Sie empfindet auch Stolz. *Ich bin erwachsen. Ich gehöre jetzt auch dazu.*

Am späten Morgen begibt sie sich in die Wäschekammer; dort wacht die exzentrische Mutter Martin. Sie führt den Laden, in dem man Toilettenartikel kaufen kann. Matti ist verlegen. Das Ding zwischen ihren Beinen behindert sie. Auf ihrem Weg zum Laden begegnen ihr zwei Mädchen aus der ersten Klasse. Die eine trägt ihr braunes Paket lässig unter dem Arm, die andere wirft das ihre locker in die Luft. Matti betritt eine Wäschekammer, in der sich die Mädchen drängen, durcheinander reden und mit den Armen wedeln, um Mutter Martins Aufmerksamkeit zu erregen. Alle wollen bedient werden.

»Wer kommt jetzt dran? Wer ist die nächste? Und was willst du ... leg den BH hin ... und hör auf, mit dem Arm zu wedeln ... Wer zerrt an meinem Schleier? Ich werde warten, bis es still ist. LEG DEN BH HIN ... Also, wo war ich stehengeblieben?« Mutter Martin hält einen Monolog. Mit umherschweifendem Blick und – unsichtbar unter ihrem Schleier – ständig hochgezogenen Augenbrauen ermahnt sie, murmelt und macht ihre Bemerkungen. Matti steht ganz hinten. Wie kann sie nur vor all denen um das bitten, was sie braucht? Aber das Gedrängel wird nicht weniger. Sie wird immer weiter nach vorne geschoben. Jetzt steht sie vor Mutter Martin.

»Wer ist die nächste? Verlasse die Wäschekammer, das Kind da mit ... WIE BITTE? Geh sofort hinaus! Was

möchtest du? Mach den Mund auf, Kind. Mach den Mund auf! BINDEN. Wie geht es deiner lieben Mutter? Was war es noch wieder? O ja, Binden.« Sie dreht sich um und wühlt in ihren Vorräten. Mattis Wangen glühen. »Neumodisches amer … BRINGST DU MIR SOFORT DEN BH ZURÜCK …« Unbekümmert händigt sie Matti das Paket aus und lenkt ihre Aufmerksamkeit anderswohin. Matti versteckt es unter ihrer Schürze, ihre Ohren sind ganz heiß vor Verlegenheit. Sie läuft, innerlich aufgewühlt, in den Schlafsaal zurück und möchte das Paket am liebsten in die Luft werfen, so stolz ist sie.
Es dauert jedoch nicht lange, bis ihre Verlegenheit sich gibt. Bald verhält sie sich wie ihre Kameradinnen. Sie vermag mit den anderen darüber zu lachen und zu schaudern, wenn sie »einen Brief einwirft« und die durchweichte Mullmasse durch den Schlitz in die alten Holzkästen quetscht, die im Dunkel der Toiletten verborgen angebracht sind. Wie die anderen zieht sie vor Ekel über den »Heiligen Nikolaus« die Augenbrauen hoch. Der halbblinde, zahnlose alte Mann, der an Freitagnachmittagen durch die Schule schleicht, um die »Briefkästen« in einen riesigen Sack zu leeren, den er sich anschließend über die Schultern hievt. Und so hinkt er durch die Gänge und verschwindet schließlich die Turmtreppe hinunter, eine unheimliche Gestalt mit ekelhafter Last.
Matti lernt, mit der Periode besser umzugehen. Sie lernt, zwei Binden auf einmal zu tragen und damit Blutflecken weitgehend zu vermeiden. Sie lernt, die Binden mit Babypuder zu bestäuben, damit kein verräterischer Geruch davon ausgeht. Sie lernt, Ersatzbinden in ihren

Strumpfhaltern zu verbergen, damit sie diese häufiger wechseln kann. Sie lernt, obwohl sie selbst nie welche verspürt, Krämpfe vorzutäuschen, damit die Schwester auf der Krankenstation ihr ein Ruhestündchen während des Sports zugesteht. Es ist eine abgeschlossene Welt junger Frauen, und Matti blüht darin auf.
Jedoch nicht in jener anderen Welt. Sie muß es wohl ihrer Mutter erzählen. »Denk daran, Matti. Halte dich sauber. Sauber. Laß nicht irgend etwas im Blickfeld der kleinen Jungen herumliegen. Das ist eine ganz intime Sache, und du solltest nicht darüber reden. Sammle deine gebrauchten Binden, und wenn es vorbei ist, verbrenne sie im Ofen.«
Matti fürchtet die Bluterei zu Hause. Sie sammelt die Binden lieber, als den Ofen zu benutzen und damit kundzutun, was ihr passiert ist. Blutige, in Toilettenpapier eingewickelte Bündel stapeln sich im hinteren Teil ihres Schranks, langsam vor sich hin faulend. Wenn niemand in der Nähe ist, schmuggelt sie die Binden in ihrem Korb aus dem Haus und stopft sie in einen öffentlichen Abfalleimer. Zu Hause lernt sie, daß das Frausein mit Ekel verbunden ist.

Die Vorhersehbarkeit des Schuljahres stimmt Matti heiter und fröhlich. Aber nun steht ihr eine weitere Unvorhersehbarkeit bei sich zu Hause bevor. Matti fährt zu ihrem üblichen Sonntagsbesuch heim. Sie spürt die Spannung, sobald sie ankommt. Die kleinen Jungen laufen herum, scheinen aber ruhiger als sonst zu sein. Daddy ist nirgendwo zu sehen. Das große Sonntagessen muß vorbereitet werden: Rostbraten, weiße Sauce und

dickflüssige, wunderbare Bratensauce. Und natürlich die Baisers mit dicker Schlagsahne, Bananenscheiben und Passionsfruchtstückchen. Jeden Sonntag dasselbe, aber heute ist etwas anders in der Küche, irgend etwas Elektrisches, das durch das ganze Haus funkt.
Matti guckt ihre Mutter von der Seite an. Beide beugen sich über den Ofen. Ihre Mutter rührt in der weißen Sauce, Matti in der Bratensauce. Sie sind von angenehmen Gerüchen umgeben, Dampf steigt hoch. Mrs. Milton beugt sich nach vorne und lehnt ihre Stirn an die Verkleidung über dem Ofen. Sie hebt den Arm mit dem Löffel und bedeckt ihre Augen. Sie gibt einen Laut von sich. Könnte es ein Schluchzen sein? Matti ist alarmiert. Sie hat ihre Mutter noch nie weinen sehen. Vorsichtig streckt sie die Hand aus und berührt ihre Mutter an der Schulter. Mrs. Milton richtet sich auf und nimmt den Arm wieder herunter.
»Ist was?«
»Ach, nichts, Matti. Nichts.« Ihre Augen glänzen tränennaß und ein ersticktes Stöhnen dringt aus ihrer Kehle.
»Na. Na. Was ist los? Oh.« Etwas Außergewöhnliches passiert. Mrs. Milton läßt den Löffel fallen, streckt den Arm aus und zieht ihre Tochter an sich. Sie hält sie dicht an sich gepreßt. Matti ist voller Furcht und überwältigt. So hat ihre Mutter sie nie gehalten. In ihren Armen. Matti legt ihre Arme um den schmalen Rücken der Mutter und drückt sich an sie. So bleiben sie etwa eine Minute lang stehen. Dann läßt Mrs. Milton sie los, streicht sich das Haar hinters Ohr und hebt den Löffel wieder auf. Matti wartet.

»Es geht um deinen Vater und mich, Matti. Wir kommen im Augenblick nicht gut miteinander zurecht. Ich bin in Sorge. Es gibt niemanden, an den ich mich um Hilfe wenden kann.« *Ich bin da. Ich bin da.* »Ich habe ihm schon vor längerer Zeit gesagt, daß ... die Beziehungen ... du weißt schon, die Beziehungen, Kinderkriegen ...«, sie macht eine hilflose Geste, »daß es damit vorbei ist, aus und vorbei. Eines Tages wirst du verstehen, Matti. Damit war also diese Sache beendet. Jetzt fragt er mich, was er tun soll. Männer! Das ist ihre ganze Sorge. Tun soll! Alles, woran sie denken können! Nein, ich habe mich geweigert. Ich habe genug davon. Na ja, und da ist er in das andere Zimmer gezogen. Da ist er nun schon die ganze Woche drin. Er redet nicht mit mir, kein Wort. Sagt, daß er dort bleiben will. Ich kann nicht ...« Sie rührte ungestüm in der Sauce. »Nun, davon wird die Sache auch nicht besser.« Matti ist sprachlos. *Ihre Mutter und ihr Vater?* »Vergiß die Sauce nicht, Matti. Sie wird ganz klumpig. Übrigens, sprich mit niemandem darüber. Weder mit den Nonnen in der Schule noch mit sonst jemandem. Das geht nur uns was an. Die Familie. Du darfst nicht darüber sprechen.«
Matti antwortet: »Tu ich nicht.«
Sie lassen sich zu der Mahlzeit nieder. Es wird nicht gesprochen. Selbst ihre Brüder sind ruhig und wachsam. Matti ist in Angst und Schrecken. Nun ist ihr Zuhause noch weniger berechenbar. Sie kehrt in die Schule zurück. Ihre Mutter fährt sie hin. Ihr Vater ist wieder verschwunden.
»Denk daran, Matti. Sprich mit niemandem darüber. Es ist eine reine Familienangelegenheit. Privat.«

»Bestimmt nicht. Bestimmt nicht.«

Die Lasten scheinen schwerer denn je. Sie betet, sie weint in der Abgeschiedenheit des Alkovens, das Geräusch in ihrem Kissen unterdrückend. Sie denkt nach, sorgt sich und wünscht, sie wäre zu Hause, um zu beobachten, aufzunehmen, zu helfen, in die Arme zu nehmen, festzuhalten. Am Donnerstag ist sie nicht mehr in der Lage, sich zu beherrschen. Sie muß anrufen und herausfinden, ob sie wieder alle glücklich sind. Aber den Kindern ist verboten, das Telefon zu benutzen, außer in schlimmsten Notfällen und nur mit Erlaubnis. So ist es. Sie redet mit der Lehrerin für Disziplin und lügt schamlos.

»Meine Mutter hatte eine Operation und ...« Mutter Anton zieht überrascht die Augenbrauen hoch. Normalerweise informieren die Eltern die Schule über solche Dinge. »Und ich mache mir ihretwegen Sorgen und möchte anrufen und hören, ob alles gutgegangen ist.« Mutter Anton glaubt dem Mädchen nicht, erteilt ihr aber die Erlaubnis. Manchmal ist das notwendig.

Nach den Abendgebeten holt sich Matti den Schlüssel für das Telefonzimmer und ruft an.

»Ich habe mir solche Sorgen gemacht. Ich kann gar nicht mehr denken ...« Und sie beginnt zu weinen, Schmerzensschluchzer.

»Matti. Hör gut zu. Du hast mit niemandem darüber geredet?«

»Nein.«

»Braves Mädchen. Hör zu! Ich gehe jetzt hinunter und rede mit Daddy. Ich werde ihm sagen, er muß damit aufhören. Ich werde ihm sagen, wie durcheinander du bist. Es wird alles in Ordnung kommen. Hörst du?«

»Ja.« Flüsternd. »Soll ich warten? Kannst du zurückkommen und mir sagen, was er gemeint hat? Ob wirklich alles in Ordnung ist?«
»Nein, du hängst jetzt ein. Wir werden dich wie gewöhnlich am Sonntag sehen, und du wirst es selbst merken. Daddy ist sehr egoistisch, sich so zu benehmen, aber wenn ich ihm sage, wie durcheinander du bist, wird er sein Verhalten ändern. Gute Nacht. Keine Tränen mehr. Lauf los. Gute Nacht, Matti.«
»Gute Nacht.«
Matti hängt ein, schnieft, putzt sich die Nase und hofft. Ein wenig freut sie sich, weil ihre Mutter so mit ihr umgeht. Wie mit einer vertrauten Partnerin, mit jemandem, den man braucht und an den man sich anlehnen kann.

19

Nach all der Unvorhersehbarkeit um so mehr ein Grund, sich an die Vorhersehbarkeit, die die Schule zu bieten hat, zu halten und sich darauf zu freuen ... Die Mutter Oberin feiert ein Fest. Es beginnt am Abend davor mit der Darbringung von Glückwünschen. Die Mädchen haben zu Ehren der Mutter Oberin Festbücher und Ausstellungen vorbereitet. Sie haben gesungen, ihr Blumen überreicht und sind in Reih und Glied mit einem weißen Schleier über dem Arm, den sie zur festlichen Messe am kommenden Morgen tragen werden, in den Schlafsaal geeilt.

Kurz nach der Morgendämmerung geht in den Schlafräumen und in den Gängen ein wüstes Geklappere los. Mädchen laufen hin und her, schieben die Alkovenvorhänge auseinander, rasseln, pfeifen und klingeln. Das Getöse reißt alle Schlafenden aus ihren Betten. Innerhalb von Sekunden ist die ganze Schule dabei, ohne Schuhe, sich Morgenmäntel überziehend, zur Haupttreppe zu sausen. Lachend und rufend drängen sie sich auf den kalten Stufen.

Die Nonnen stehen lächelnd herum, ohne eine Anstrengung zu unternehmen, sie zum Schweigen zu bringen. Dann treten einige aus der obersten Klasse vor und geben etliche Parodien über die Nonnen zum besten. Die Mädchen lauschen und lachen. Die Erregung ist zum Teil groß, denn wie können die Nonnen dies erlauben?

All das Nachäffen und die Scherze auf ihre Kosten hinnehmen?
Nach der Messe holen sie riesige Weidenkörbe aus der Küche, die das Festfrühstück enthalten, hartgekochte Eier, knusprige Brötchen und Früchte, Kannen dampfenden Milchkaffees. Die Nonnen scheinen alle zu lächeln. Selbst die weißbeschleierten Novizinnen, die gewöhnlich schweigend ihrem Spüldienst nachgehen, lachen und reden miteinander, als sie die leeren Körbe einsammeln. Es ist ein Festtag. Die Mädchen dürfen farbige Bänder in den Haaren tragen. Söckchen statt Florgarnstrümpfen. Himmel auf Erden. Nach dem Frühstück bereiten sie sich aufs Versteckspielen vor. Die ganze Schule ist in zwei riesige Teams aufgeteilt, und einige junge Nonnen führen die Teams an. Die Nonnen haben die Ärmel hochgekrempelt und ihre Röcke hochgesteckt, so daß ihre weißen Unterröcke sichtbar werden. Sie haben ihre Schleier mit riesigen Hutnadeln befestigt und Stoffschuhe angezogen. Mutter Anton versammelt die Teams vor dem »Queen's Square« und liest die Spielregeln vor. Dann klingelt es. Das Spiel beginnt. Vor dem Mittagessen wird das Spiel unterbrochen, und die Mädchen rasen nach oben, um ihre mittägliche Dusche zu nehmen. »Ich habe noch nie etwas so Törichtes gesehen«, quengelt Flynn, als sie aus ihrem Alkoven auftaucht, wo sie den ganzen Morgen ein Buch über eine Schmuggelbande gelesen hat. »Es ist so kindisch. Man denke nur, Versteckspielen!« Matti kichert unsicher. Ein Teil von ihr stimmt Flynn zu. Aber ihr hat das Spiel auch Spaß gemacht. Dazugehören. Sie bewundert Flynn, weil sie das nicht braucht. Sie kichert noch ein-

mal und zuckt mit den Achseln. Sie möchte es sich nicht verderben lassen.
Sie freut sich auf die Aktivitäten des Tages. Das Talenttesten, die literarischen Quizze, die Schatzsuche. Als es schließlich dunkel wird, picknicken sie beim Schein von Öllampen auf dem Rasen. Sie dürfen sich Zeit lassen beim Essen, sich gemütlich im Gras ausstrecken und dann nach drinnen begeben. Sie ziehen nun ihre Schlafanzüge an, nehmen ihre Decken und versammeln sich unten im Korridor außerhalb der Klaviernischen. Die Nonnen, die sie so gut von den Klassenzimmern her kennen, kommen eine nach der anderen an, um sie zu unterhalten. Einige mit Geistergeschichten, andere mit Liedern, Gedichten und Gitarrenmusik, wieder andere mit längst vergangenen Geschichten aus dem Kloster. Beim Zuhören werden sie von einem Gefühl eingelullt, dem Gefühl, einer Familie mit ihren eigenen Gewohnheiten und Verhaltensweisen, mit ihrer eigenen Geschichte, sogar ihrer eigenen Sprache anzugehören. Schließlich stapfen sie zu den Betten hinauf, holen sich still die heiße Milch und die Kekse, die in den Schlafsälen für sie bereitstehen. Morgen wird wieder alles so sein wie immer. Bis zum nächsten Jahr.
Nächstes Jahr und nächstes Jahr und das nächste. Sie ehren das »Sacré Cœur de Jésus« mit der Laternen-Prozession. Achteckige Laternen aus Pappe, in die mit Zellophan beklebte Muster geschnitten sind. In jeder brennt eine dicke Kerze.
»Haltet eure Laterne gerade, Kinder. Wir möchten nicht überall Wachs auf dem Fußboden haben. Haltet eure Schleier von der Flamme fern.«

»Es ist ein Wunder, daß der Ort nicht schon früher einmal abgebrannt ist«, murmelt Flynn gelangweilt, singt aber die Lieder mit ihrer hohen, süßen Sopranstimme mit.
Sie begehen den Festtag der Mutter Admirabilis. Sie marschieren in Reih und Glied in die Kapelle und knien vor dem riesigen Bild der rosa bekleideten Jungfrau nieder. Wie immer guckt Matti schnell nach hinten, ob eine bestimmte Vitrine offen ist. Sie sieht genau hin. Die Vitrine enthält einen Wachskopf des gekreuzigten Christus, von Blut und Tränen bedeckt, die ihm aus den leidenden Augen rinnen. Man weiß, daß junge Mädchen, als sie neben dieser Darstellung knieten, vor Frömmigkeit und Hingabe geweint und überlegt haben, vielleicht Nonne zu werden. Aber die Vitrine ist selten offen. Matti ist bestimmt nicht so beeindruckt worden.
Die Fastenzeit bricht an mit der Asche, die am Aschermittwoch auf den Stirnen aufgetragen wird. Das Auftragen bedeutet Unglück. Wie sehr sie es hassen! Keine Bonbons mehr, die gewöhnlich nach dem Essen herumgereicht werden. Keine Geburtstagskuchen mehr, um die Monotonie der Mahlzeiten aufzulockern. Die Nonnen scheinen strenger denn je, und es wird noch rigoroser für Stille gesorgt. Es geht das Gerücht, daß der Orden sich selbst geißelt und sich Bußen auferlegt, die in Beine und Rücken einschneiden.
Sie marschieren wie gewöhnlich zu den Eßtischen, bedrückt, weil jegliches Reden an diesem Aschermittwoch verboten ist. Sie müssen es als »Opfer« darbringen. Das Essen wartet auf sie. Eine riesige Schüssel mit Sardinen steht am Platz der Austeilenden. Sie bekommen alle ei-

ne Portion. Sie spielen damit auf den Tellern herum und versuchen, so wenig wie möglich davon zu essen. Sobald sie können, wenden sie sich dem Nachtisch zu. Große blaue Trauben. Sie werden gerecht verteilt und alle aufgegessen.
Es läutet. Mutter Anton steht in der Mitte des Speisesaals, ihre kalten dunklen Augen blitzen.
»Jedes Kind hält mit dem inne, was es gerade tut.« Augenblicklich herrscht absolute Stille, niemand rührt sich. »Ich vermag kaum meinen Augen zu trauen. Heute bereiten wir uns auf das Gedenken des Leidens unseres Herrn und Heilands vor. Ihr tragt alle auf eurer Stirn die symbolischen Zeichen dieses Sühneopfers. Und doch bemängelt ihr das Essen, das euch vorgesetzt wird. Ihr mißachtet die Gelegenheit, mit unserem Herrgott zu leiden, und befriedigt statt dessen eure selbstsüchtigen Bedürfnisse. Ich werde die Schwester bitten, die Sardinen heute abend noch einmal aufzutragen. So werdet ihr Gelegenheit haben, euer Fehlverhalten wiedergutzumachen. Ihr könnt jetzt mit dem Abräumen fortfahren.«
Das Geklirre von Tellern beginnt von neuem. Philomena Morgan, die Beste der obersten Klasse und mit dem blauen Band ausgezeichnet, geht zu dem Geburtstagsschrank und nimmt ihren Kuchen heraus. Sie hat heute Geburtstag. Atemlose gespannte Stille legt sich über den Raum. Philomena spürt es und hält verwirrt und langsam begreifend inne. Röte überzieht ihr Gesicht. Sie steht wie angewurzelt da. In atemberaubender Geschwindigkeit fällt ein schwarzer Schleier über sie her, entreißt ihr den Kuchen und wirft ihn in den Schrank zurück. »Wo bist du nur mit deinen Gedanken?« Philo-

mena weint. Niedergeschlagen marschieren sie in Reih und Glied hinaus.
Und niedergeschlagen bleiben sie. Die Kapellenbesuche, die sowieso schon oft stattfinden, werden noch häufiger. Kein Sitzen mehr während der Kollekte. Sie vergleichen die Druckstellen auf ihren Knien. Sie zupfen an der sich schälenden, aufgerauhten Haut, die sich gebildet hat. Sie stöhnen, wie schmachvoll das alles ist. Messen werden feierlich ohne Singen abgehalten. Alle Statuen sind in rote Säcke gehüllt. Das allgemeine Interesse gilt nur dem Schirm, den Mutter Anton außerhalb der Kapelle bei sich trägt, um eine Fledermaus abzuwehren, die es sich angewöhnt hat, auf die Schleier der Nonnen herabzustoßen.
Sie tragen ständig das Neue Testament bei sich und lernen daraus, vor sich hinmurmelnd. Sie müssen die Passionsgeschichte auswendig können und Karfreitag der Mutter Oberin vortragen.
Die Fastenzeit geht in die heilige Karwoche über. Gründonnerstag versammeln sie sich am Abend in dem Studierraum. Mutter Anton richtet an alle eine kleine Ansprache.
»Heute nacht werdet ihr wiedergutmachen, was die Jünger unseres Herrn versäumt haben, da sie unfähig waren, sich wach zu halten und unserem Herrn beizustehen, als er eine Nacht der Todesangst in Gethsemane durchzustehen hatte. ›Vermochtet ihr nicht, eine Stunde zu wachen?‹ fragte er Petrus. Um wie wenig Er gebeten hatte. Aber die Jünger waren unfähig, ihm auch nur das zu erfüllen. Heute nacht werdet ihr für diesen Akt großer Selbstsucht Buße tun.«

Sie werden um Mitternacht geweckt. Schläfrig tasten sie nach ihren Anziehsachen. Das Licht ist trübe. Als sie sich durch die dunklen Gänge bewegen, sind sie voll feierlicher Ehrfurcht. Sie gehen in die Kapelle, das Ewige Licht gleicht einem blutroten Nadelstich in der Ferne. Sie knien nieder. Von dem Rund des holzgeschnitzten Chorgestühls setzt die Tenebrae-Klage ein, schwillt an und ebbt ab, schwillt an und ebbt ab – der jahrhundertealte Aufschrei der Verlassenheit, der zu den Dachsparren und dem Erlöser aufsteigt.
Die Luft ist aufgeheizt von Emotionen. Die knienden Mädchen bemühen sich, die Nonnen zu sehen, die in dem Chorgestühl kauern, die Schleier über ihre Gesichter geworfen wie trauernde Witwen. Der Klang wogt weiter, bis es in gewaltiger Lautstärke heißt: »Wenn der Hahn kräht, wirst du mich dreimal verraten.« Die Nonnen schlagen mit ihren Gebetbüchern den Rhythmus auf das Holz ihres Gestühls, ein Rhythmus der Verzweiflung und des Entsetzens.
Die Mädchen stolpern, von innerer Erregung und Müdigkeit benommen, aus der Kapelle und hinauf in ihre Betten. Später wird Mutter Anton ihren Rundgang machen und die Überreagierenden aus ihrer selbstauferlegten Buße auf dem kalten harten Boden aufrütteln und sie unter die Decken ihrer warmen harten Betten schicken.
Sie verbringen den Freitag schweigend, mit religiösen Ritualen und dem Rezitieren der Leidensgeschichte. Dann kehren sie in die Kapelle zurück, um der Stunde Seines Todes zu gedenken.
Es ist vollbracht. Vorbei. Drei Uhr, die Stunde des Todes

ist vergangen. Sie marschieren aus der Kapelle und aus »Queen's Square« heraus. »Fröhliche Ostern. Fröhliche Ostern.« Sie packen ihre Koffer und strömen zu den wartenden Autos, zu Sonnenschein, zu Lärm, zu süßer Schokolade, zu einer lebendigen, vibrierenden und sorgenfreien Welt draußen.

Matti spürt die Sonne auf ihrem Gesicht. Sie hört das Gelächter, und sie wird von freudiger Erregung erfaßt. Dann läßt sie der Gedanke an das Durcheinander, die Drohung und die neuen, unbekannten Regeln, die mit Sicherheit während der kurzen Osterferien über sie hereinbrechen werden, erstarren.

20

Daheim lag die alternde Frau schlaflos. Angst und Zorn hämmerten durch ihr Genick und ihre Schultern. Gleichzeitig machte sich Erschöpfung breit. Wie lange konnte er noch durchhalten? Sie hatte ihn gestützt, gepflegt, gefüttert und moralisch aufgerichtet, so gut sie nur konnte. Wie sie es ihr ganzes Leben lang getan hatte. Wieviel wird noch von ihr verlangt werden? Ihr war, als müßte sie gleich platzen vor Ärger über den Betrug, als der sich ihr Leben herausgestellt hatte. Zugleich tauchte immer, immer wieder die Wut über ihre Tochter auf. Die Tochter, die sie durcheinandergebracht, erschreckt, herausgefordert und sich dann aus dem Staub gemacht hatte. Sie hinterließ lauter Fetzen, die sie wieder zusammensetzen mußte – ihn stützen, ihn stützen, immer ihn stützen.

Nun war diese Tochter wieder da, hereingeweht in ihr Leben. Nachdem all die harte Arbeit getan war, ohne selbst etwas dazutun zu müssen, frei wie ein Vogel. Empörung durchflutete Mrs. Miltons Körper. Jetzt saß sie da bei ihm, ihm Gott weiß was ins Ohr flüsternd, und er hilflos, gezwungen, ihr zuzuhören. Aber er würde zuhören wollen. O ja, das würde er. War sie nicht immer sein Liebling gewesen, diejenige, für die er lebte? Hatte sie ihn nicht immer um den kleinen Finger wickeln können, weil sie ihren Kopf durchsetzte, ihn mit ihrer Verstocktheit und Widerspenstigkeit zermürbte und ihn mit ihrem empörenden Benehmen erpreßte? Während sie, die Mutter, die nichts von solchen Kniffen, solchen Tricks verstand, im Hintergrund gestanden und sich abgerackert hatte, abgerackert. Wofür? Um die Zweitbeste zu sein. O ja, ihre Tochter, ihre elende Tochter, war diejenige welche. Mrs. Milton knipste aufgewühlt die Nachttischlampe an, entsetzt, was für Gefühle sie gegenüber ihrer einzigen Tochter hegte. Im Krankenhaus schwebte der Vater zwischen Wachsein und Bewußtlosigkeit. Es war kaum noch Zeit. Er war zäh, hart. Das Leben war hart. Und da er dies wußte, ging er dagegen an. Und er hatte gewonnen. Er hatte Frieden gefunden. Die Zeit war reif, er würde bald sterben. Er war bereit und wartete.

Desmond konnte nicht schlafen, trotz des warmen, friedlichen Körpers neben ihm. Er dachte über seine Schwester nach und daran, wie wenig er sie kannte. Wirklich kannte. Seine Mutter hatte vor Jahren, als er noch im Seminar war, angefangen, sich ihm anzuvertrauen, und ihm lange, verwirrende und sorgenvolle Briefe geschrieben. Matti hatte etwas angestellt. Was sollten sie nun machen? Matti war undankbar, unzugänglich und in die Klinik eingeliefert worden. Oh, Schimpf und Schande, die Sorge, die Sorge, die Sorge. Desmond hatte die Briefe gelesen und besänftigende Antworten geschrieben, die sich aus seinen Kenntnissen der Evangelien und der großen christlichen Denker nährten. Was konnte er anderes bieten? Er war direkt nach der Schule ins Priesterseminar eingetreten und hatte nie die Hand eines Mädchens gehalten. Wußte in

der Tat praktisch nichts über das, was die Welt den Menschen hinwerfen konnte, womit sie fertig werden mußten. Desmond schauderte, lächelte auch über seine totale Naivität. Nun, er hatte alles in seinen Kräften Stehende getan. Er kannte Matti eigentlich nur aus zweiter Hand. Und alle diese Briefe lagen schon so lange zurück. Wie lange? Fünfundzwanzig Jahre. Er, Desmond, hatte einen Modus vivendi entwickelt. Er führte sein Leben als Priester, so gut er konnte. Gleichzeitig hatte er ein zweites Dasein, das ihm half, nun ...
Aber dafür gab es Regeln. Es mußte gänzlich diskret sein. Ein Jahrzehnt lief das nun schon so. Es gab keinerlei Veranlassung dafür, daß etwas geändert werden sollte. Es war dieselbe Haltung, die er seiner Schwester gegenüber einnahm. Es ist mir egal, was du tust, solange du nichts tust, was diese Familie durcheinanderbringt, besonders meine Mutter, die genug Sorgen hat. Hörst du? Genug! Sie war immer ein Vorbild an Korrektheit und Mut. Er war der Mutter dankbar, und solange seine Schwester nichts tat, was sie verletzte oder betrübte, konnte er Margarets Gegenwart akzeptieren. Das hatte er ihr auch gesagt und konnte nur hoffen, daß sie sich danach richten würde. Wenn er sie besser gekannt hätte und beide mehr Zeit miteinander verbracht hätten – ja dann, wer weiß? Sie hätten sich vielleicht besser verstanden, wieder mehr gemeinsam unternommen. Wie als kleine Kinder. Aber es ist anders gekommen. Sie waren voneinander getrennt. Dadurch war eine zu große Kluft entstanden, zu breit und tief, als daß sie hätte überbrückt werden können. Es würden ein paar schwierige Tage werden. Er seufzte, streckte

die Hand aus und zog den warmen, weichen Körper an sich.

Margaret streckte sich und ging leise aus dem Zimmer, auf der Suche nach einer Tasse Kaffee. Sie würde diese Nacht nicht schlafen. Sie wollte ihr von Erinnerungen wimmelndes Hirn nicht überstrapazieren und brauchte etwas Ablenkung. Von den Erinnerungen, die sich ansammelten und noch einmal analysiert werden mußten. Sie schreckte zurück. *Das war der Zeitpunkt, als ich anfing auseinanderzufallen. Ich begann mich aufzulösen. Nur ich wußte es. Und warum? War es so schrecklich? Würde jemand anderes so auseinanderfallen, wie ich es getan habe?* Sie wußte, die Frage war eine akademische. Es war passiert, und Schluß. Sie hat nun einmal in Freud und Leid ihr Leben angepackt. Vielleicht konnte sie jetzt alles für immer wegräumen, für immer und ewig.

21

Zu Ostern daheim. Dr. Milton wird mit seiner Tochter allein zu Abend essen. Seine Frau liegt oben im Bett, niedergestreckt von bösartigen Ischiasschmerzen, die sie stechend bei jeder Bewegung überkommen. Matti hat ihre jüngeren Brüder ins Bett gebracht, dann ihre Mutter beruhigt, sie seien gut zugedeckt und schliefen. Sie hat ihrem jüngsten Bruder die Urinflasche gebracht, ihn, noch halb verschlafen, gestützt und sein Pimmelchen in die Flasche gehalten. Sie hat am Fußende von Desmonds Bett gesessen – er hat Mumps – und versucht, mit ihm zu reden, aber er hat lieber ein gutes Buch gelesen. Auf die Bitte ihrer Mutter hin ist sie für ihren Vater, der noch im Krankenhaus zu tun hatte, aufgeblieben, um ihm sein Abendessen zu bereiten und zu servieren.

Unten ist es dunkel, ruhig und warm. Sie sitzt im Schein eines verlöschenden Feuers und wartet. Sicher, beruhigt. Nun ist er gekommen. Sie hat ihm sein Steak gegrillt und das Gemüse vom Ofen genommen, wo es im verschlossenen Topf, um es vorm Austrocknen zu bewahren, für ihn bereitstand. Sie ist etwas beruhigt, weil sie nicht weiß, was sie ihm zum Nachtisch vorsetzen soll. Dr. Milton wehrt sich vehement gegen jegliche Büchsennahrung. Für ihn ein Zeichen schlampiger Haushaltung. Schnell rührt sie einen Pudding an und schiebt ihn zum Festwerden in einem Topf Wasser in den Ofen. Dieser

Pudding, etwas Käse und Cracker werden wohl genügen. Der Vater hat seinen Gang durch die oberen Stockwerke beendet und kommt in die Küche.
»Du wirst mir vergeben, Matti, wenn ich meine Krawatte abnehme. Ich hatte einen langen Tag.« Sie lächelt ihn an und läuft geschäftig hin und her. Es ist einer dieser wunderbaren Augenblicke, da sie glaubt, sie könne alles zur vollsten Zufriedenheit ausführen. Sie ist aufgeregt und stolz. Sie bringt ihm eine Flasche Bier und ein passendes Glas auf einem Silbertablett, wie man es ihr beigebracht hat. Als er damit fertig ist, räumt sie ab, und er begibt sich ins Eßzimmer.
Ein dunkel tapeziertes Zimmer, das von einer alten grünschwarzen Lampe beleuchtet wird. Matti mag dieses Zimmer wegen der Tapete. Sie weiß, daß es auf dem dunklen Papier in Abständen Zeichnungen von Heuschrecken gibt, die sich chamäleonhaft mit dem Spalier der abgebildeten Weinreben vermengen. Sie hat schon mehrere Male versucht, die Heuschrecken zu zählen. Immer kommt eine andere Zahl heraus. Eines Tages wird sie es schaffen. Jetzt sitzt sie mit ihrem Vater da, allein, voller Liebe zu ihm und auf sein Lob wartend.
»Das hast du sehr schön gemacht, Liebes. Du erfüllst deine Aufgaben hervorragend, wenn du dich anstrengst.« *Für ein Streicheln in deiner Stimme würde ich alles machen.* Sie stellt ihm den Pudding, den Käse und die Cracker hin. Er schiebt den Stuhl zurück.
»Warte hier, Liebes. Ich muß dir etwas zeigen.«
Sie ist überrascht. Er rennt behend die Treppe hinauf. Seine Schritte sind im Arbeitszimmer zu hören. Sie wartet und knabbert an einem Cracker herum. Sie hört,

wie er oben das Licht ausknipst. Alles schläft. Er kommt zurück. Jetzt existieren nur sie beide in diesem Haus, umfangen von einem Lichtkegel in einem dunklen Zimmer. Er hält ein Buch in der Hand. »Ich möchte dir ein paar Bilder zeigen, Matti.« Er blättert schnell das Buch durch, bis er eine Bilderfolge findet. Er legt das Buch unter das Licht. Matti betrachtet sie verwirrt. »Das haben die Deutschen mit den Juden gemacht, Matti.« Sie starrt wie hypnotisiert darauf, während ihr Herz mit langsamen, gleichmäßigen Schlägen hämmert. *Was ist das? Warum zeigt er mir das? Warum?* »Schau mal hier, Matti. Da siehst du, wie die Frauen behandelt wurden.« Sie guckt voller Entsetzen. Nackte Frauen, die gerade rennen. Geschoren. Obszöne Flecken zwischen den Beinen. Panik beginnt in ihr aufzusteigen. *Zeig es mir nicht – laß es mich wieder vergessen. Laß es licht, hell und lärmend sein und die Familie herumwuseln.*

»Die Ärzte gehörten zu den Schlimmsten.« Seine Stimme ist ruhig und ausdruckslos, fast seiden. Sie starrt auf die entsetzlichen Abbildungen von Gliedern, widerwärtig verstümmelt, um so schrecklicher, als sie zu keiner Leiche zu gehören scheinen. *Was für ein Gesicht würde mich aus dem Buch ansehen, das ein solches Gemetzel an seinem Körper erlitten hat?* Und er ist noch nicht fertig. Er blättert weiter und zeigt ihr Fotos von Menschen, die auf schneebedeckter Erde liegen.

»Durch Experimente mit Gefangenen, Matti, fanden sie heraus, daß die beste Art, einen von Kälte erstarrten Menschen zu wärmen und damit dessen Kältetod zu verhindern, die Wärme eines anderen Körpers war. Sie suchten nach einer Möglichkeit, Piloten zu retten, die über der Nordsee abgeschossen worden waren. Siehst du, hier, ein Mann mit zwei Frauen. Sie experimentierten mit ihnen und gaben keinen Deut darum, ob sie starben. Sie experimentierten mit menschlichen Wesen.«

Die Leute auf all den Bildern sind nackt. Matti kann kaum glauben, daß das alles hier wirklich passiert. Er, der so gnadenlos auf Dezentheit bei seiner Tochter beharrt, zeigt ihr diese Bilder. Immer mehr. Eine Seite nach der anderen wird aufgeblättert. Jede noch schrecklicher als die davor.

»Nun, Matti. Ich möchte, daß du mir etwas versprichst. Ich habe dir nicht alles aus diesem Buch gezeigt. Dafür bist du noch nicht alt genug. Und der Text ist schwer verständlich. Ich möchte, daß du mir versprichst, dieses Buch niemals aus meinem Bücherregal zu nehmen. Ist das klar? Du wirst dir das nie anschauen.«

»Ja, Daddy, ja.«

»Und noch was. Ich möchte nicht, daß du deiner Mutter davon erzählst, was ich dir gezeigt habe. Sie würde meine Gründe nicht verstehen. Sie würde sagen, das sei unpassend für ein junges Mädchen. Aber ich glaube, du mußt über diese Dinge Bescheid wissen.« Er erhebt sich und geht wieder die Treppe hinauf. Sie registriert, daß er aufpaßt, um keinen Lärm zu machen. Er durchquert das Arbeitszimmer, stellt das Buch sorgfältig wieder an seinen Platz im Bücherregal.

Benommen räumt sie die Sachen vom Abendessen weg. Eine Lektion? Wie sieht die Lektion aus? Die Geheimnistuerei, das ihr abgeforderte Versprechen, scheinen die Ungeheuerlichkeit des Schrecklichen noch zu unterstreichen. Sie fühlt sich entweiht, geschändet – ein entsetzliches Wissen, das er ihr aufgebürdet hat, und niemand, mit dem sie es teilen kann – außer mit ihm. Und wenn sie es mit ihm teilt, mit was für Schreckensdingen wird er noch ankommen? Sie fühlt sich elend und weiter weg denn je. Von einer fast unerträglichen Einsamkeit in dem stillen Haus erfaßt. Sie sieht rennende Frauen, ihr Geschlecht als ein widerliches schwarzes Bullauge auf den entpersönlichten Körpern im Schnee.

Als sie nach Ostern in die Schule zurückkehrt, will Matti zum erstenmal wirklich rebellieren. Sie ist zornig, kritisch und voller Haß. *Aber was hasse ich? Wen hasse ich?* Sie muß nach Opfern suchen. Mit immer mehr Widerwillen gegen sich selbst, wenn sie sich anschleicht. Sie muß sich die Hilflosen greifen, damit sie um so mächtiger, härter und sich absolut sicher sein kann. Das kurzsichtige, unbeholfene Mädchen, das nicht lesen kann, ist ihr erstes Opfer. Sie sitzt während der Mahlzeiten am selben Tisch wie Matti. Matti verfolgt sie, indem sie es Mahlzeit für Mahlzeit in höflichstem Ton mit Fragen bombardiert. Immer und immer wieder dieselben Fragen. Zunächst ist das Mädchen geschmeichelt und dann verwirrt. Es begreift, daß man sich aus irgendeinem Grund lustig macht. Es ist machtlos gegenüber ihrer höflichen Vernehmungsbeamtin. Woche für Woche. Aber schließlich ist Matti von solch unterwürfiger Beute gelangweilt.
Die Klaviernischen erstrecken sich in der Düsternis des Gewölbes ganz in der Nähe von »Nazareth« und »Beth-

lehem«. In jeder Nische stehen ein Klavier, ein Stuhl und ein Metronom. Jede hat ein kleines schwervergittertes Fenster, das in den fahlen Abend blickt. Eine Unterwelt verborgener Leidenschaften, fern der Wirklichkeit oben in dem Studierraum. Hier unten sitzen abends zwanzig Mädchen in zwei Schichten und spielen ihre Tonleitern, ihre Läufe, ihre Etüden und Präludien und Fugen. Hier unten entkommen die Mädchen auch der ewigen Überwachung, denn außer einer Freundin der Mutter Oberin, einer gestörten, unfähigen jungen Frau von »draußen«, paßt niemand auf sie auf.

Hier ist Platz und Raum, Zeit und Gelegenheit für Grausamkeit. Die Mädchen ziehen die junge Frau mit ihrem schwerfälligen Gang, mit ihrer stammelnden Stimme, den verkrampft zusammengeballten Händen und den nervös rollenden und sich weitenden Augen auf. Matti ist im Nachahmen unübertroffen. Sie genießt das Quälen und den Beifall. Hier unten, im Dunkeln. Am Tage ist sie eine andere Matti, die keine Zeit hat, an die Nacht und das Böse zu denken. Schubfächer, Aufteilungen. Sie sind dazu da, Ordnung ins Leben zu bringen, damit es leichter in den Griff zu kriegen ist.

Jeden Abend geht sie erneut auf die Frau los. Die Frau, erstarrt und versteinert wie eine Maus vor einer Schlange, scheint dazu aufzufordern und es zu erwarten. Matti ist mächtig. Die Herrscherin. Die Richterin. Die Vollstreckerin. Die Frau sagt gar nichts. Sie braucht ihre ganze Kraft, um das durchzustehen. Abend für Abend. Matti ist gefangen von der Begeisterung über diese dunkle Unterströmung, von der Lust an ihrer verletzenden, haßerfüllten Macht. Diese Lust ist verstohlen

und feige. Eine Quelle für angewiderte Freude und Hochstimmung.
Heute abend sind Flynn und Matti in ihren Nischen. Matti sich mit den Trillern versuchend und Flynn, die Bach flüssig, anmutig und mit stillem Ernst spielt. Mutter Sweeney mit dem riesigen Schlüsselbund ist auf ihren nächtlichen Runden vorbeigeklirrt. Sie hat die Türen und Fenster des Klosters verriegelt. Matti und Flynn, inzwischen gelangweilt vom Klavierüben, stehen in dem dunklen Gang und suchen Zerstreuung. Sie öffnen leise den Schrank, in dem die Tennisschläger aufbewahrt werden. Sie nehmen zwei heraus, greifen sich einen Ball und spielen ihn hin und her. Der Reiz des Neuen ist bald vorbei. Aber sie haben Aufmerksamkeit erregt, was sie gehofft haben. Vom anderen Ende des Ganges her hören sie das Stapfen von Füßen. Sie klettern in den Schrank und wickeln sich in ein Tennisnetz ein. Es ist beängstigend dunkel, und es riecht nach Teer. Sie beginnen im Gleichklang zu stöhnen. Die Schritte werden hastiger, halten inne, hasten wieder voran. Die Mädchen hören, wie Türen geöffnet werden. Sie stöhnen lauter, warten ein wenig und stöhnen erneut. Ihr Opfer findet die Tür und sieht ein sich bewegendes Tennisnetz. »Kommt heraus. Wer ist da? Kommt heraus!« Die Mädchen können sie keuchen und um Atem ringen hören, was sie in Erregung versetzt. »Kommt sofort heraus!« Sie können heißen Atem spüren, als ihr Opfer in die Schwärze hineinspäht. Sie wiegen sich und stöhnen. Plötzlich hören sie, wie sie sich entfernt und nach einem Lichtschalter tastet. Schnell entwirren sie sich und rennen geduckt und lärmend an der Innenseite des

Schranks entlang. Mutter Sweeney gibt ihre Suche nach dem Schalter auf und stapft an der Außenseite des Schranks entlang, wobei sie im Vorübergehen jede Tür öffnet. Die Mädchen sind ihr eine Tür voraus. Jetzt sind sie in der Nähe der Turmtreppe und werden aus ihrer Deckung herausbrechen müssen. In absoluter Dunkelheit springen sie los und stürzen vor der Schwester auf die Holztreppe zu. Hinauf, hinauf, hinauf, hämmert es, dann halten sie inne und warten. Stille. Hat sie so schnell aufgegeben? Sie haben sich hingesetzt und ziehen die Schuhe aus. Es ist bestimmt gut, so leise wie möglich auf dem lauten Holz zu sein. Angespannt warten sie, voller Furcht, es könne schon alles vorbei sein. Aber nein. Sie hören wieder das Stampfen. Sie hat kehrtgemacht und ist über die Haupttreppe nach oben gelangt. Sie kommt nun von oben. Sie lächeln einander an, geben ein triumphierendes Stöhnen von sich, damit sie weiß, daß sie ihrer Beute auf der Spur ist. Anschließend schleichen sie lautlos die Treppe wieder hinunter bis zum Untergeschoß, wo das »schwarze Loch« mit den riesigen Säcken voller Abfallpapier und Kartons lauert. Während sie versuchen, ihr Gekichere zu unterdrücken, durchqueren sie das »schwarze Loch« und öffnen den gewaltigen Sack, der dort hängt. Klopfenden Herzens kriechen sie hinein, denn sie hören die Schwester. Auch sie hat die Schuhe ausgezogen. Es ist der keuchende Atem, der sie verrät. Sie kommt näher und näher, und beide kauern sich, eng aneinander gedrängt, zusammen und atmen kaum. Eine Ewigkeit lang, so hat es den Anschein, steht sie da, regungslos, unfähig, unsicher und angstvoll. Matti und Flynn finden die Spannung fast

unerträglich. Sie spüren jeweils den Herzschlag und den heißen Atem der anderen. Sie zittern vor Erregung. Halten einander umschlungen. Während Zeit und Dunkelheit sie abwartend umhüllen, sie atemlos und still sein lassen, finden sich ihre Lippen. Sie küssen sich lange und leidenschaftlich.
Dann ist, o Schreck, die Stille unterbrochen. Schuhe wieder an. Stapf, stapf. Sie fahren auseinander. Sie warten. Stille wieder. Ihre Herzen hämmern noch immer. Ihre Gesichter sind rot angelaufen, und sie zittern. So leise wie möglich klettern sie aus dem Sack und schleichen zur Treppe.
»Ah!« Es klingt wie ein Schmerzensschrei. »Ich habe euch.« Sie hat ihnen aufgelauert. Sie macht einen Satz, grapscht vergeblich, denn die Mädchen sind geschmeidiger, gesünder. Hinauf, hinauf, hinauf springen sie die Turmtreppe. Hinauf und hinauf. Sie halten inne.
»Lauf weiter, Matti. Schnell!«
»Geht nicht. Da oben ist der Ordenstrakt.«
»Sie kriegt uns, wenn wir nicht weiterlaufen. Schnell. Lauf weiter. Sie wird uns nie bis hier rauf verfolgen.«
Sie rasen die letzte Treppenflucht hinauf, voller Entsetzen über ihren eigenen Wagemut. Sie sind oben angelangt und brechen durch die Tür in den Privatbereich der Nonnen ein.
»Puuh!« sagt Flynn und beugt sich nach vorn, um Atem ringend. »Nicht viel los hier oben, was?« Matti hält die Hand vor den Mund, um ein nervöses Kichern zu unterdrücken.
»Nur ein alter Schaukelstuhl. Laß ihn uns ausprobieren.«

»Nein, Flynn, nein«, sagt Matti, wieder ganz in die reale Welt zurückgekehrt. »Ich glaube, es ist besser, wir schleichen uns zurück.« Sie ziehen die Schuhe wieder an, glätten sich die Haare und gehen hinunter. Sie spähen von der Treppe in den Haupteingang. Es ist Ablösezeit für die Klaviernischen. Beiläufig schließen sich die beiden Mädchen den Reihen an und betreten den Studierraum.

Unten ringt Mutter Sweeney um Atem und versucht sich zu beruhigen. Sie ballt die Fäuste und wirft ungestüm den Kopf nach hinten, Kräfte sammelnd für die nächste Konfrontation.

Ein solches Semester, ein haßerfülltes, höllisches, kaltes schwarzes Semester. Die Frau kommt im nächsten Semester nicht wieder. Man bittet die Mädchen, ein paar Zeilen zu schreiben, mit den besten Wünschen für eine rasche Genesung. Ablenkung von dem verhaßten Innern. Die Stimmen flüstern Matti zu. Du bist schlecht, Matti, so schlecht. Jetzt siehst du, nicht wahr, wie schlecht? Alles, was er sagt, stimmt. Du bist böse und ... *nein, bin ich nicht. Will ich nicht sein. Ich bin gut und was Besonderes. Etwa nicht? Wie sie so oft gesagt haben. Das ist ein Mädchen, das mir gefällt. Das Mädchen, das ich sein möchte. Bin. Wie sie sagen.* Sie! Wer sind sie? Sie haben dich nicht so gesehen wie ich. Dein Inneres. Ich weiß. Ich weiß. Wir beide wissen, nicht wahr? Sie flüstern einander Geheimnisse zu. Wir wissen ... *Aber niemandem sagen! Bitte niemandem sagen!* Das tue ich doch nicht. *Bitte nein! Nie. Laß mich allein. Geh weg von mir, aus meinem Herzen!* Wie kann ich das tun? Ich bin du. Ich kann dich nicht allein lassen. *Geh!*

Geh weg aus meinem Herzen, aus meinem Kopf. Ich hasse dich! Ich hasse dich! Da muß ich lachen. Wie kann ich gehen? Ich bin du. Du haßt mich? Du haßt dich selbst. Haßt dich selbst.

22

Die Familie Milton nimmt gerade ihr übliches Sonntagsmahl mit gebratenem Fleisch ein. Mr. Milton beschließt, für etwas Unterhaltung zu sorgen.
»Nun, Mummy, Liebes. Was meinst du, wird Matti machen, wenn sie mit der Schule fertig ist?« Auf dem Eßzimmerstuhl ziehen sich Mattis Hinterbacken zusammen. Sie hätte es in diesen Tagen lieber, wenn man ihr keine Beachtung schenkte. Trotzdem muß sie es sagen.
»Ich will Schauspielerin werden.« Ihr Vater überhört es.
»Nun, Mummy? Was glaubst du? Eine nette kleine Ärztin?«
»Setz ihr keine Flausen in den Kopf, Patrick!«
»Was meinst du, Matti? Eine nette kleine Ärztin, eh?« Er lacht sich schief.
»Ich will Schauspielerin werden.«
»Na, na. So was doch nicht. Woll'n mal sehen. Wie wär's mit Journalistin, Mummy? Meinst du, Matti würde eine gute Journalistin abgeben?«
»Um alles in der Welt, Patrick. Matti soll doch keine Journalistin werden. Schreckliche Frauen. Hart. Nicht ein Funken Weiblichkeit.«
Matti sieht zu Desmond hinüber. Er mampft sein Essen und scheint ganz zufrieden. Wegen Desmond braucht man sich keine Sorgen zu machen. Alle wissen, daß er Priester werden will. Matti ist angespannt und zornig. *He! He! Ich bin hier. Habt ihr gehört, was ich gesagt*

habe? Habt ihr gehört, was ich gesagt habe, was ich werden will? Spielt das, was ich will, überhaupt keine Rolle? Vielleicht haben sie's nicht gehört. Vielleicht bin ich überhaupt nicht wirklich hier. Sie guckt in die Runde, zu ihren Eltern, zu ihren Brüdern. *Wenn ich meine Hand ausstrecke und versuche, euch zu berühren, wird sie an euch herankommen? Werdet ihr meine Berührung spüren? Hört ihr, versteht ihr meine Worte? Vielleicht spreche ich eine Sprache, die ihr nicht versteht? Vielleicht bin ich überhaupt nicht hier?*
»Also, Matti, was sagst du nun dazu?«
»Wozu?«
»Matti, Matti. Du bist wohl mit dem verkehrten Fuß aufgestanden.« Er runzelt die Stirn. Mummy sieht sie ärgerlich an. Sie verlassen nach einem Dankgebet den Tisch. Matti und Desmond räumen die Teller ab.
»Warum hörst du nie zu, Matti? Kein Wunder, daß sie behaupten, du seist verstockt. Es ging ums Skilaufen. Er will mit uns zum Skilaufen fahren.«
»Skilaufen? Wieso das? Warum?«
»Weiß ich nicht. Aber er will es.«
Zu Beginn der nächsten Ferien bricht Dr. Milton auf, um sie beide zu den Schneehängen zu bringen. Er hatte ein Angebot für die Unterbringung. Nach langem Nachdenken hat er das Angebot angenommen. Ihm ist alles Aufwendige zuwider. Er befürchtet, Skilaufen könnte aufwendig sein. Das Gute aber an der Sache ist, daß das Erlernen einer neuen Sportart Einsatz und Disziplin erfordert. Es wird ihm guttun. Es wird Matti und Desmond guttun.
Seine Hände versteifen sich am Lenkrad. Was tut Matti

gut? Der Himmel weiß es, er hat alles versucht. Das Mädchen ist unbeholfen und mürrisch. Kein Spaß mehr am Eßtisch wie früher, als sie alle unterhielt und richtig mitmachte und noch über sich selbst lachen konnte. Nicht einmal der Anflug eines Lächelns jetzt. Der Wagen schliddert leicht auf dem Eis, und er bremst zu scharf. Der Wagen entgleitet seiner Kontrolle und kommt auf einer Schneebank zum Stehen. Die durchdrehenden Räder schleudern schmutzigen, verharschten Schnee hoch, als er den Wagen auf die Straße zurückmanövriert. Er ist sich der Gegenwart Mattis, die hinten auf ihrem üblichen Platz sitzt, auf gereizte Weise bewußt. Man nehme dagegen Desmond. Dr. Milton entspannt sich vor Vergnügen. Trotz jener nicht gerade vielversprechenden Anfänge entwickelt er sich zu einem prima Burschen, fleißig, jedermann gegenüber höflich. Außerdem beweist er enorme Selbstdisziplin. Dr. Milton setzt hohe Erwartungen in ihn. Er liebt ihn, weil er so wenig Sorgen macht. Und seine Tischmanieren machen den werten, ihn erziehenden Priestern alle Ehre. Dies alles geht Dr. Milton durch den Kopf, während er dahinfährt. Er nickt mit dem Kopf, seine Lippen bewegen sich. Er empfindet Wohlgefallen.

Matti sitzt still auf dem Rücksitz. Dieses Ereignis ist etwas so Neues, daß sie nicht umhin kann, aufgeregt zu sein. Vielleicht wird sie sogar einige Jungen kennenlernen. »Eher wohl Kerle«, meinte Desmond und spielte damit auf seine Klassenkameraden an, die jeden Winter in den Schnee fahren und offenbar einen Großteil der Schulzeit damit verbringen, heimlich zu rauchen und mit Mädchen zu schäkern. Sie mißfallen Desmond. Man

hört es am Ton seiner Stimme. Nichtsdestotrotz ist Matti wild darauf, einen Jungen kennenzulernen. Sie sitzt träumend im Fond des Wagens.
»Matti. Hinaus mit dir, Liebes.« Sie sind angekommen. Ihr Vater und Desmond hieven die Skiausrüstung vom Wagen herunter. Sie muß sich um das Essen kümmern. Sie hat den häuslichen Teil bei diesem Ferienaufenthalt zu übernehmen. »Ich habe für heute nachmittag eine Unterrichtsstunde gebucht. Du hast nur eine halbe Stunde, um deiner Aufgabe nachzukommen. Lauf zu!«
Dr. Milton wandert ruhelos in der Küche auf und ab, während sie die Vorräte verstaut. Er macht sie damit nervös und gereizt. Sie wünscht sich, er würde aufhören. Aber er macht es immer, sogar bei ihrer Mutter zu Hause. Er macht auch ihre Mutter nervös.
Die Miltons haben die Skihütte nicht für sich allein. Die Küche ist eine Gemeinschaftsküche, und es gibt abgetrennte Stockbetträume. Matti teilt den ihren mit Fremden. Mit einem Mädchen, das jeden Abend auf dem obersten Bett sitzt und aus einer Pfanne ißt, und mit zwei wunderhübschen Mannequins, die die unteren Betten haben. Mit ihrer Anmut und Lässigkeit machen sie Matti angst. Sie tut so, als schlafe sie, wenn sie des Nachts hereinkommen, und am Morgen ist sie lange, bevor sie wach werden, aufgestanden und hinausgegangen, um für Daddy und Desmond das Frühstück zu bereiten.
Aber sie schläft nicht. O nein. Sie lauscht, sie beneidet, sie bewundert. Die duftige Spitze knapper BHs und die hauchdünnen gewagten Unterhöschen. Die langen glatten Haare, die falschen Wimpern, den blassen Lippen-

stift im Kontrast zur gebräunten Haut. Matti sieht begierig auf ihre Pelzmützen, ihre leuchtendrosa Skihosen und die modischen Sonnenbrillen. Sie schämt sich ihrer geliehenen schwarzen Hosen, des Parkas und der selbstgestrickten Stirnbänder. Sie schämt sich ihrer ganzen Erscheinung. Sie liegt mit geschlossenen Augen auf dem Bett, voller Furcht, wegen des grellen Lichts blinzeln zu müssen. Es ist jetzt nicht an der Zeit, um zuzugeben, daß sie wach ist. Die Mannequins haben Männer in ihren Kojen. Es wird gekichert, gestöhnt und tief geatmet. Mattis Körper ist heiß und starr vor Verlegenheit. Sie überlegt, was ihr Vater sagen oder tun würde, falls er es herausfände.
Die Geräusche hören auf. Die Leute bewegen sich in dem winzigen Raum hin und her. Sie ziehen sich an. Das Pfannenmädchen kommt herein und klettert ohne Umschweife hinauf in seine Koje. »Wer ist sie?« fragt ein Mannequin. Matti weiß, daß sie gemeint ist. Sie liegt ganz still.
»Ooch, nur so 'ne kleine Prüde«, sagt das Pfannenmädchen verächtlich. Matti vermag kaum zu atmen. Ihre Augenlider zucken. Sie haßt diese »kleine Prüde«.
Sie bleiben eine Woche. Lange Tage mit knochenzermürbendem, vergnüglichem Sport und frühem Ins-Bett-Gehen. Heute abend sind ein paar von den Kerlen zu Besuch gekommen und machen gerade im Aufenthaltsraum Musik. Matti sehnt sich nach Lippenstift, falschen Wimpern und Lässigkeit. Sie sitzt am Rande der Gruppe, in der Hoffnung, bemerkt zu werden, vielleicht … oh, egal was.
»Matti, komm bitte hierher.« Sie sieht auf. Ihr Vater

macht ihr ein Zeichen von der Küchentür aus. »Was denkst du dir eigentlich?«
»Oh. Oh, es ist schon in Ordnung. Daddy. Desmond ist hier. Es sind Freunde von ihm. Aus der Schule. Sie sind gekommen ...« »Wie auch immer, ich möchte wissen, was du da zu suchen hast? Wir sind hungrig. Wir warten auf unser Abendessen.« Matti läuft rot an. Stimmt. Das Essen ist ihr völlig entfallen. Aber so schlimm ist das doch nicht.
»Kann ich nicht noch ein bißchen hierbleiben und ...«
»Sofort!« Sie wendet sich von ihm ab. *Mach dir's doch selber, wenn du solchen Hunger hast. Du hast schließlich zwei Hände.* Sie geht in die Küche, schält Kartoffeln und kocht sie. Im Geiste ist sie drinnen bei der Musik und dem Stimmengewirr. Sie schiebt die Kasserolle in den Ofen und setzt das Wasser für die Erbsen zum Kochen auf. Sie piekst halbherzig in die Kartoffeln. Noch eine Ewigkeit! Sie schlüpft wieder in den Aufenthaltsraum. Sie haben zu tanzen begonnen. Jemand packt ihren rm, und sie wackelt herum. Tanzen! Sich drehen, zucken, hochwerfen, herumschleudern! Jemand stellt die Musik lauter. Desmond entfernt sich von dem Lärm mit einem Buch. Matti keucht vor Anstrengung und ...
»Sofort raus hier!« Eine Gestalt steht vor ihr und zerrt sie tatsächlich aus dem Kreis. »Sofort!« Sie kann sich nicht erinnern, jemals solche Wut in seinen Augen gesehen zu haben. Die Schneehänge werden zu Eishängen, langen spiegelglatten Eishängen, auf denen sie unaufhaltsam hinunterrutscht. Sie kneift die Augen zusammen gegen das Gleißen, hält sich die Ohren zu wegen des reißenden, kratzenden Geräusches. *Bitte,*

halt mich auf. Laß mich zurückkommen. »Sieh, was du da angerichtet hast!« Sie zwingt sich, in dem harten grellen Licht die Augen zu öffnen. Er hält ihr einen geschwärzten, erbsenverkrusteten Topf unter die Nase. Matti weicht zurück. Sie sieht, daß er vor Wut zittert. »Ich mache ihn sauber«, sagt sie in Panik. »Ich mache ihn sauber.«

»Wie kannst du es wagen! Wie kannst du es wagen!« Er rennt wie ein im Käfig eingesperrter Tiger hin und her, hin und her. Mit der Faust den Topf umklammernd. »›Ich mache ihn sauber‹, sagst du, als wenn das dein Vergehen wiedergutmachen könnte. Ich habe gewartet, Matti. Ich mußte dich schon einmal an deine Pflicht erinnern. Und jetzt haben wir wegen deines selbstsüchtigen Verhaltens diese ekelhafte Schweinerei hier. Ich ...«

»Ich koche nochmal welche.« Sie ist in Angst und Schrecken. »Mach das, und zwar schnell! Das sind die letzten Ferien, in die ich dich mitnehme. Mit deinem selbstsüchtigen Verhalten hat es sofort ein Ende. Koche, und koche schnell. Wehe dir, ich muß noch ein einziges Wort sagen ...«

Sie kocht. Sie schreckt vor ihm zurück. Sie möchte weit weg sein von diesem schrecklichen Ort der Demütigung und des Bösen. Sie möchte sich verstecken. Lauter Eis, innen und außen. Es gibt keine Zuflucht. Als sie schließlich wieder zu Hause sind, werden sie von der Schande begleitet. Dr. Milton muß – eher traurig als zornig, wie er sich ausdrückt – kundtun, daß der Urlaub wegen Matti verdorben wurde. Sie darf das Haus nicht verlassen. Niemand darf mit ihr sprechen, bis sie in die Schule

zurückkehrt. Der Rest der Familie gehorcht ihm, verärgert wegen Matti, weil sie diese Spannung in der Familie verursacht hat.
Gott sei Dank für das neue Semester!
»Wie war's, Matti? Wie war's Skilaufen? Hast du irgendwelche Jungen kennengelernt?«
»Oh, wir sind gar nicht gefahren. Daddy hatte zu viele dringende Fälle. Deshalb sind wir nicht gefahren.«
Sie lernt, sich zu verstellen, und je mehr sie das tut, um so weniger kann sie die Angst beherrschen.

Der »St. Joseph-Saal« wird von den älteren Mädchen bewohnt. Kein blumiger Schlafsaal wie der unterm Dach. Er ist weiß und grell. Die Mädchen mögen ihn nicht. Aber sie lieben das Badezimmer, das dazugehört. Ein riesiger Raum mit Marmorfußboden, mit einen Meter sechzig langen, in den Fußboden eingelassenen Badewannen. Vielleicht von einem verirrten italienischen Handwerker geschaffen. Die Mädchen finden es großartig und aufheiternd. Der Trostpreis für ihren tristen Schlafsaal.
An einem Frühlingsmorgen in aller Herrgottsfrühe wacht der ganze Schlafsaal von einem Stöhnen auf. Jungmutter Clifton, deren undankbare Aufgabe es ist, in dem Kabäuschen am Ende zu schlafen und für Disziplin zu sorgen, hört die Geräusche, als sie sich gerade anzieht. Geschwind setzt sie ihre Haube auf, zieht die kratzige Halskrause nach vorn unters Kinn und hastet mit klirrendem Rosenkranz den Geräuschen entgegen. Sie zieht die Vorhänge zurück und sieht auf Helena Morrissey hinunter.
»Was ist los, Liebes?«

»Ich habe entsetzliche Schmerzen, Mutter.« Mutter Clifton hofft darauf, beruhigt zu werden.
»Kriegst du das jeden Monat, Liebes?«
»Nein!«
Mutter Clifton betrachtet die glänzenden Augen, das gerötete Gesicht. Sie sieht, wie das Mädchen sich bei einem weiteren Krampf anspannt.
»Bleib, wo du bist, Helena. Ich gehe hinunter zur Krankenstation und hol' die Krankenschwester.« Sie tastet in ihren Röcken, und es ertönt: Klack, klack, klack.
»Kinder, bitte steht leise auf, und macht euch für die Messe fertig. Ich muß zur Krankenstation hinunter. Ich erwarte auf Treu und Ehre, daß jede, die spricht, dies mir von allein mitteilt, wenn ich zurückkomme.« Sie eilt davon.
Sie erheben sich und lauschen den unangenehmen Geräuschen. Sie bewegen sich befangen, keine wagt es, sich den geschlossenen Vorhängen zu nähern. Die seltsamen Laute machen ihnen allen angst.
Schon kommt Mutter Clifton wieder, im Gefolge die große, steife Oberschwester mit dem listigen Gesicht. Sie leitet die Krankenstation mit kalter, schlecht verhehlter Abneigung gegen ihre Patienten. Sie ist ein weiteres »armes Ding« der Mutter Oberin, »von draußen«. Sie sieht Krankheiten bei den Mädchen als einen vorsätzlichen Versuch an, sie von ihren vergnüglichen Leseaktivitäten abzuhalten. Die Mädchen hören ihre ruppige Stimme aus dem Alkoven. Sie kommt wieder hervor und zieht roh die Vorhänge zurück. Sie sehen, wie Helena Morrissey aus dem Bett kriecht, Morgenrock und Hausschuhe anzieht und unter dem strengen Blick der Ober-

schwester ihr Bettzeug aufrollt. Die Oberschwester nickt kurz und schreitet würdig mit ihrem Thermometer von dannen, ein taumelndes Bündel Bettzeug, das von Mutter Clifton und Helena gemeinsam getragen wird, im Gefolge. An jenem Abend erscheint Mutter Anton am Rednerpult des Studierraumes. »Legt eure Bücher weg, Kinder! Die Mutter Oberin kommt und will mit euch sprechen.«

Große Überraschung. Die Mutter Oberin, so fern und ernst, die selten außerhalb der »Wochenberichte« oder der Kapelle zu sehen ist! »Still!« Klack, klack, klack. »Stellt euch hinter die Stühle!«

Sie warten, und die Mutter Oberin tritt ein.

»Ich habe euch eine sehr traurige Nachricht mitzuteilen, Kinder. Unser geliebtes Kind, Helena Morrissey, ist heute abend im Krankenhaus gestorben. An einer Bauchfellentzündung. Ihre lieben Eltern warten jetzt auf mich im Empfangsraum. Ich bitte euch alle, zur Kapelle zu gehen und für den Frieden ihrer Seele zu beten.« Die Mutter Oberin verbeugt sich ernst und geht. Die Mädchen bleiben schockiert und regungslos stehen, wechseln ungläubige Blicke miteinander. Tot? Wie kann eine von ihnen tot sein? Das Wort dröhnt durch den Raum. Der Schock geht in Tränen über, Tränen, welche die solchen Schmerz nicht gewohnten Gesichter hinunterlaufen.

Mutter Anton steht mit bleichem Gesicht und zitternd vor ihnen. »Geht nun, Kinder! Geht und ruft unseren Herrn Jesus Christus an.«

Sprachlos fliehen sie.

Der Altarraum ist dunkel, der weiße Marmor des Altars

glüht geisterhaft. In dem Raum lauern düster die Statuen. Hier und da erkennt man dunkle Punkte als Nonnen, die in Stille, Schweigen und das Schwarz ihrer Gewänder versunken sind. Wie lange die Mädchen dort schon knien, kann Matti nicht sagen, aber ihre eigenen Knie schmerzen, und ihr Rücken ist steif. Die Tränen auf ihren Wangen sind seit langem getrocknet. Sie würde sich gern hinsetzen, möchte aber nicht herzlos erscheinen. Andere weinen noch immer und schniefen. Ein sanftes Klack-klack-klack.

»Laßt uns laut beten, Kinder. Wir wollen die Totenlitanei sprechen.« Die Mutter Oberin leitet die Gebete an. Die Mädchen antworten mit gebrochenen Stimmen. Als es zu Ende ist, gehen sie in Reih und Glied hinaus und zu Bett.

In dem sterilen »St. Josephs-Schlafsaal« vermeiden sie es, zu dem leeren Platz mit den aufgezogenen Vorhängen hinzusehen. Matti beobachtet die anderen. Wie fühlen sie sich? Fühlen sie überhaupt etwas? Wirklich? (Was würden sie sagen, wenn sie behauptete, daß ... daß sie fast gar nichts fühlte? Nichts fühlen konnte? Daß sie auch tot war? Würden sie sagen, daß mit ihr etwas nicht stimmte?) Dieses ganze Geschehen erfüllt sie mit Ungläubigkeit. Wo ist jetzt dieses Mädchen, das verschwunden ist? Wie durch einen Zaubertrick. Gerade ist man noch lebendig, und dann, puff, ist man tot. Weg. Finito. Und nichts ändert sich. Alles geht einfach weiter. Tag und Nacht. Einatmen und ausatmen. Die Welt dreht sich weiter, weiß nichts, kümmert sich nicht um den Tod. Die ungemeine Einfachheit von alldem ist das schrecklichste daran.

Als Matti am nächsten Morgen aufwacht, hüpft ihr Herz vor Freude. Die Sonne lacht durch die Fenster, wirft scheckige Muster auf die alten abgetretenen Dielen. Vögel zwitschern. Die ganze Welt ist lebendig und freut sich. Matti krabbelt aus dem Bett. Sie zieht es ab und schleudert das Bettzeug auf den Stuhl. Ein Blick auf Mutter Cliftons Gesicht sagt ihr, daß sie einen Fehler macht.

»Oh, Margaret-Anne. Nicht so schnell heute morgen, Liebes. Geh in deinen Alkoven zurück und warte. Etwas später am heutigen Morgen findet eine Sondermesse statt.«

Beschämt schleicht sie zurück. Gott und das Grab. Gott und das Grab. Gebete und Gebete und Gebete.

Aber Matti hat keine Lust zu beten. Sie möchte im Klassenzimmer sein und *Jane Eyre* lesen, über den Erwerb von Louisiana diskutieren, bei der Lebensweise der afrikanischen Buschmänner verweilen, in die Eingeweide einer Ratte spähen, einfach alles wissen.

Als sie sich etwas später anziehen, betritt Mutter Anton den Schlafsaal und räumt Helenas Schrank aus. Im eigenen Alkoven stellt sich Matti den Vorgang vor. Zahnbürste, Waschlappen, Seifenschale, Schlafanzüge, Unterwäsche, vielleicht mit Helenas Zeichen und noch mit ihrem Geruch darauf. Verschwunden, aber nicht ganz. Wie Haare und Fingernägel, die an einem Leichnam noch wachsen. Widerwärtige Gedanken. Einsame Gedanken.

Die Messe ist länger und langweiliger denn je. Pater Paul, der Flüchtlingspriester in schwarzem Ornat, liest langsam die Totenmesse. Die Mägen knurren vor Hun-

ger. Als sie schließlich ihr Brot mit Marmelade essen und ihren Tee hinunterschlucken, sind sie gefügig. Die Mutter Oberin erscheint noch einmal. Sie erheben sich und machen einen Knicks.
»Kinder, unsere liebe Helena kommt zu uns nach Hause. Seine Eminenz, der Kardinal, hat uns erlaubt, das Begräbnis in unserer Kapelle abzuhalten. Helena wird auf dem Friedhof der Ordensgemeinschaft begraben werden. Der Sarg ist in der Kapelle aufgebahrt. Es wird heute keinen Unterricht geben, aber es ist euch freigestellt, je nach Belieben, die Kapelle aufzusuchen.
Je nach Belieben. Schleier werden aus den Taschen gezogen. Die Mädchen machen sich auf den Weg zur Kapelle. Matti wünscht sich Unterricht, Normalität, Sicherheit. Sie empfindet keinen Schmerz und kein Leid. Sie beobachtet alles wie im Theater. Ihre Reaktion verwirrt und erschreckt sie. Sie geht zum Studierraum, um ihren Schleier zu holen, und sieht auf dem Weg dorthin Besucher näherkommen. Wie die Sitte es befiehlt, geht sie zur Wand und macht einen Knicks. Eine Frau bleibt stehen und spricht. Spricht so freundlich.
»Danke dir, meine Liebe, für alle deine Gebete. Sie sind uns eine große Hilfe. Helena hat euch alle geliebt.« Matti nickt, unfähig zu antworten. Das muß Helenas Mutter sein. Sie möchte ihr sagen, daß sie gehen soll; daß sie gar nicht beten kann, weil ihr gar keine Gebete einfallen; daß sie nicht Helenas Freundin war. Die Frau tätschelt ihren Arm und entfernt sich.
Der Sarg in der Kapelle ist von Kerzen umgeben. Matti kniet nieder und hält ihre Fingerspitzen vor die Augen. Durch sie hindurch kann sie die anderen knienden Ge-

stalten sehen. Sie kann den Sarg sehen. Wie sieht es da drinnen wohl aus? Wie lange dauert's, bis sie ekelhaft wird und aufquillt oder riecht oder ... oder was? Entsetzlich. Sie ist pervers. Obszön. *Bete, schnell, bete. Denk nicht solche schrecklichen Dinge. Was stimmt nicht mit dir?* Und was ist mit Helena, die ich für eine Prinzessin hielt? Helena von Morrissey. So dachte ich, lautete ihr königlicher Name, bis ich eines Tages ihren Namen buchstabiert sah. Was war mit ihr? Hatte sie uns wirklich *alle* lieb? Warum habe ich sie dann nicht auch lieb? Warum habe ich sie jetzt nicht lieb? So wie alle anderen. Erinnern sie sich denn nicht an ihr dümmliches Lachen und daran, wie sie ständig in ihrem Gesicht herumgepult hat, wie sie gedrängelt und mit dem Fuß gewippt hat, so daß die Schulbank wackelte? Jetzt heulen sie alle und lieben sie. Sie ist eine Heilige, und ich bin böse, böse, so böse, daß ich sie sonstwohin wünsche.

Matti kneift die Augen fest zusammen und fleht um Tränen.

23

Als Mattis letztes Jahr näherrückt, entgleitet ihr alles, trotz ihrer Wachsamkeit und Entschlossenheit. Sie wagt kaum, einen Augenblick unaufmerksam zu sein. Was ist passiert? Die Verwirrung und die Fragen von zu Hause haben selbst hier, in ihrem geliebten Kloster, von ihr Besitz ergriffen. Panik. Unerklärliche, unbeherrschbare Panik wallt täglich in ihr auf. Angst vor Dingen, die sie nicht benennen kann. Verwirrung, die zu einer Explosion führen muß, wenn es so weitergeht. Eine schreckliche Explosion.

Matti trödelt auf dem Weg zum Schlafsaal herum. Die schlimmste Zeit des Tages. Die Zeit, da sie mit sich allein sein wird, ohne Ablenkung von den Fragen, die in ihr bohren. Viele Klassenkameradinnen scheren aus in die Richtung ihrer Zimmer. Ihre Zimmer – wie es ihrem Status als Älteste zukommt. Warum ist ihr kein Zimmer zugeteilt worden? Wohl weil einige Mädchen aus der obersten Klasse in den Schlafsälen sein mußten, als Vorbilder, so hatte Matti gedacht. Sie hätte gern ihren Namen auf der »Queen's Square«-Tafel zu Beginn des Semesters gesehen. Damit wäre ein eigenes Zimmer verbunden gewesen. Dort hätte sie reden können, bis das Licht gelöscht wurde. Jetzt weiß sie, daß sie nicht im Schlafsaal ist, um als Vorbild zu dienen. Sondern weil …

»Ihr australischen Mädchen. Ihr seid so unschuldig«,

hatte neulich das bleiche, vollbusige französische Mädchen mit den abgebissenen Fingernägeln, das ständig schniefte, in verächtlich affektiertem Ton verkündet. »Ihr wißt nicht einmal was von Lesbierinnen.« Sprach es näselnd und verächtlich über die Blumenblätter und Staubfäden im Biologiesaal. Verstohlen hatte Matti im Konversationslexikon nachgeguckt. Das Herz fiel ihr in die Hosentasche. Schwindel und Entsetzen. Sie und Flynn! In dem »schwarzen Loch«! Ach, deswegen hatte sie kein Zimmer. Sie hatten es vermutet. Sie wußten es! Aber warum hatte dann Flynn in diesem Semester ein Zimmer? *Hilf mir! Hilf mir! Ich kann nicht ...*

Klack, klack, klack, ertönt das Signal der Aufsichtslehrerin im Schlafsaal. Die Mädchen begeben sich für die Nacht in ihre Alkoven. Matti legt ihren Schleier, ihr Gebetbuch und ihre Handschuhe auf den Schrank. Ihr Herz pocht. *Verschwindet, Gedanken. Bitte, verschwindet. Laßt mich nur eine Minute in Ruhe. Schenkt mir ein wenig Frieden. Laßt mich eine anständige Person sein. Laßt mich allein. Bitte. Es übersteigt meine Kräfte.* In ihrem Kopf schreit es vor Angst. Sie muß den Gedanken entkommen. Schnell zieht sie ihren Schlafanzug an. Ihr Magen krampft sich vor Übelkeit zusammen. *Wer bin ich? Wer bin ich?* Es dröhnt in ihren Ohren, als sie den Tunnel aus Eis durchquert. Das Eis kracht, stöhnt, birst um sie herum. *Frier fest. Sei still. Laß mich mein Gleichgewicht wiederfinden. Gestehe mir, und sei es nur für eine Sekunde, Befreiung von meinen Ängsten zu.*

Sie wartet in fiebriger Ungeduld, bis die Lichter aus sind. »Gute Nacht, und Gott segne Sie, Mutter.« Verstohlen zieht sie die Schrankschublade heraus. Leise und geübt holt sie ihr Nähzeug heraus. In der Dunkelheit tastet sie nach den Nadeln. Ihre Finger fahren leicht über die stumpfe Stopfnadel. Sie drückt ihre Fingerkuppe auf die scharfen Spitzen der Schere. Nein. Nicht das. Dann ertastet sie die Stecknadeln. Sie zieht eine heraus. Sie legt das Nähzeug auf den Schrank und legt sich auf ihrem Kissen zurück. Vorsichtig, wachsam und angespannt rollt sie einen Ärmel auf bis zur Armbeuge. Nun führt sie träumerisch, langsam und bewußt die Nadelspitze an das weiche Fleisch ihres Innenarms. Sie schiebt die Unterlippe zwischen die Zähne und sticht die Nadel in die Haut. Brennender Schmerz befällt sie, und sie schreckt zurück. Ärgerlich jetzt, beißt sie sich fester auf die Lippe und piekst erneut. Sie spürt etwas Warmes auf dem Arm. Mit dem Finger berührt sie das Fleisch. Dick, zähflüssig, klebrig. Einen Augenblick lang hört ihr Magen mit den ekligen Krämpfen auf. Einen Augenblick lang wird sie von einem Gefühl des Triumphes überwältigt. Bösartig, haßerfüllt und aufgeregt zieht sie an der Haut. Fetz. Fetz. Fetz. Frieden und Genugtuung hüllen sie ein. Fast in Exstase läßt sie die Nadel auf den Boden fallen. Hypnotisiert rollt sie den Ärmel herunter. Sie hat den Dämon besiegt. Für einen Augenblick. Sie kriecht tief unter die Bettdecke und schläft ein.

Zu Hause liegen Dr. und Mrs. Milton still im Ehebett. Dr. Milton liebt seine von Sorgen zermürbte Frau. Er sehnt sich danach, sie zu berühren. Er hatte einen langen Tag. Einen beschwerlichen Tag. Ein langer Riß von Schmerz und Verzweiflung trennt sie voneinander.

Margaret rieb sich verschlafen die Augen. Sicherlich würde sich bald das erste Licht der Morgendämmerung am Himmel zeigen. Der riesige Platanenbaum vor dem Fenster hatte sich in der leichten Morgenbrise zu regen begonnen. Sie ging vorsichtig zu dem Bett, wollte ihren Vater nicht wecken. Nicht bevor sie mit dem, was sie tun mußte, fertig war. Sie stand still und sah auf ihn hinunter. Dann wandte sie sich ab. Es erschien fast unanständig, ihn zu betrachten, wenn er so verletzlich dalag.

Sie ging zu ihrem Sessel zurück und setzte sich wieder hin, den Oberkörper nach vorne gebeugt, und starrte hinaus auf den heller werdenden Himmel. Im letzten Schuljahr war ich krank. Krank. Aber es gab niemanden, dem ich meine Krankheit hätte erklären können. Sie versetzte mich in einen unbeschreiblichen Zustand. Ich war allein und hatte Angst. Ich war dabei, verrückt zu werden. Und als sie es begriffen, war es zu spät, um es aufzuhalten. Sie sah zu dem Bett hinüber. Als er es begriff, war selbst er, der Allmächtige, machtlos. Er konnte nichts tun. Er wußte nicht, wie und was. Es war jenseits seines Begriffsvermögens.

Ihr Kopf dröhnte von Erinnerungen. Ich habe dich danach gehaßt, Daddy ... ich habe dich jenes Jahr im Krankenhaus gehaßt, als sie mich fütterten, wuschen und anzogen. Ich habe dich gehaßt, als du kamst und schweigend in dem kahlen Raum standest, wo ich auf einer Matratze kauerte. Ich habe mir nicht erlaubt, deine Worte zu hören.

Ich habe dich gehaßt, als ich die Splitter meines Lebens aufsammeln mußte, die verstreut vor mir herumlagen.

Ich habe dich vor fünfundzwanzig Jahren gehaßt, als du mir das Geld für einen Flug gabst und ich mich davonmachte. Ich habe dich gehaßt, als ich herausfand, daß es für mich nur einen Lebensinhalt gab, nämlich, meinen Haß gegen dich zu nähren. Ich habe dich wegen all dieser Dinge gehaßt. Selbst als Robert in mein Leben trat und die Kinder, merkte ich, daß ich nicht in der Lage war, mich von der Gewohnheit des Hasses zu trennen. Der Haß machte mich einsam und verbittert. Du hattest immer noch Macht über mein Leben. Ich haßte dich so, daß es für mich kein Entkommen gab. Ich habe dir meinetwegen vergeben, Daddy, meinetwegen.

Während du da liegst und dich dem Ende deiner letzten Prüfung näherst, nähere auch ich mich dem Ende einer Prüfung. Ich möchte in Frieden und Liebe »Auf Wiedersehen« sagen.

24

Mutter Anton bewegt ihre verspannten Schultern. Sie nimmt ihre Nickelbrille ab und säubert sie sorgfältig mit ihrem großen, weißen Taschentuch. Mit langen knöchernen Fingern massiert sie müde ihre Augenlider. Sie setzt die Brille wieder auf und guckt auf ihre Liste. Ein neues Schuljahr beginnt. Mutter Anton denkt über die oberste Klasse nach. Sie liegt ihr besonders am Herzen und bereitet ihr am meisten Vergnügen im Leben. Ihre Rolle als Lehrerin, die für Disziplin verantwortlich ist, macht ihr weniger Freude. Die jüngeren Mädchen sind eine Plage, laut, unruhig, pampig. Mutter Anton fühlt sich eigentlich nur in geordneten Verhältnissen richtig wohl in ihrer Haut. Die Ausmaße ihres Zimmers, die sorgsam geschichteten Papiere, die strenge Möblierung weisen darauf hin. Mutter Anton fühlt sich wohl in rechten Winkeln, geraden Linien und Schmucklosigkeit. Junge Mädchen sind nicht schmucklos. Die oberste Klasse ist schon darauf eingestellt. Die Mädchen sind reifer. Mutter Anton genießt die Zeit mit ihnen.

Sie setzt ihr Lineal an und zieht einen entschlossenen Strich durch einen der Namen. Flynn O'Brien. Sie seufzt. Es ist immer eine Enttäuschung, eine von ihnen zu verlieren. Flynn kann jedoch nicht in der Schule bleiben. Mutter Anton sitzt eine Weile da und denkt über das Mädchen nach. Von der ersten Minute an war das Mädchen schwierig gewesen. Hatte Mutter Porter nicht schon vor Jahren Scherereien vorausgesagt? Mutter Anton fragt sich, ob sie etwas gegen das Mädchen hat. Nein. Sie ist nicht dazu berechtigt, jemanden gern zu haben oder etwas gegen jemanden zu haben. Wie auch immer, Flynn war ein ständiges Ärgernis. Sie trug wenig zum guten Schulgeist bei. War unordentlich, von Unruhe getrieben, arbeitete nur sporadisch. Flynn war es einfach völlig Wurst, was Sacré Cœur ihr bot. Wenn es nicht so dramatisch klänge, würde Mutter Anton ihre Einstellung anarchistisch nennen. Nun, es liegt nicht mehr in unserer Hand. Sie klopft verärgert mit dem Fingernagel auf den Schreibtisch. Der Himmel sei Zeuge, sie ist zornig wegen all der Möglichkeiten, die das Mädchen verspielt hat. Sie kann packende, phantasievolle Prosa schreiben. Sie kann singen, sie kann malen, ihr Verstand ist wach und schnell, und wozu? Um verbotene Briefe zu schreiben, lauthals in der ganzen Schule zu singen. Textbücher mit lächerlichen, kindischen Zeichnungen zu verunstalten, sich für Thomas von Aquin und Augustinus im Religionsunterricht zu entscheiden. Um ein bißchen von diesem und ein bißchen von jenem zu zitieren, halbverdaute Theologie, Philosophie, Naturwissenschaft und Gott weiß was alles anzuwenden. Mutter Anton hat es gern, wenn die Mädchen etwas in Frage stellen. Es ist freigestellt, an die Evolutionstheorie zu glauben, wenn ihr wollt, sagt sie den Schülerinnen zu Beginn des Jahres. Aber, Flynn. Eine große, wirbelnde Masse von ungenutzten Talenten. Keine Disziplin. Keine Ordnung. Eine Versagerin? Nun, es geht sie nichts mehr an.

Was für eine peinsame Unterredung mit den armen El-

tern das gewesen war! Von dem Benehmen ihrer Tochter verwirrt und geschockt. Man stelle sich vor! Sie mit einem langhaarigen Studenten von der nahegelegenen Universität im Bett zu finden. Überall auf dem Teppich Bier und Zigaretten! O Gott! O Gott!
Die armen Leutchen haben sie gebeten, mit Flynn zu reden, sie zur Vernunft zu bringen. Das Mädchen kommt – waghalsiger geht's kaum – mit abrasierten Augenbrauen, blondierten Haaren und falschen Wimpern. Ganz schwarze Augenlider, weißer Lippenstift, eng anliegende Klamotten mit schwarzen Strümpfen und, o lieber Gott, einem Goldkettchen um den Fußknöchel! Da war wenig, was Mutter Anton tun konnte. Sie wußte das, bevor sie mit dem Mädchen sprach. So verschwand Flynn in ihrem letzten Jahr aufs Land zu den Dominikanerinnen. Wunderbare Nonnen mit dem Ruf, schwierige Mädchen in den Griff zu bekommen. Mutter Anton massiert sich den Nasenrücken. Es ist immer traurig, wenn so etwas passiert. Noch trauriger für die Eltern, deren Hoffnungen enttäuscht wurden. Doch für Gott ist nichts unmöglich. Mutter Anton will Flynn in ihre Gebete einschließen.
Sie beginnt über den nächsten Namen auf der Liste nachzudenken. Margaret-Anne Milton. Sie setzt eine Zimmernummer neben den Namen. Margaret-Anne war ein hervorragendes Vorbild für die Jüngeren im Schlafsaal. Als Belohnung dafür, daß sie so lange auf ein Zimmer warten mußte, gibt sie ihr das Turmzimmer. Alle Berichte weisen darauf hin, daß sie eine intelligente und arbeitsame Schülerin ist. Ein Kind, das in der Unterstufe als etwas leichtsinnig und unbestän-

dig galt, jetzt aber zur Ruhe gekommen ist und keinerlei Ärger mehr macht. Hmm. Keinerlei Ärger? Aus Erfahrung weiß Mutter Anton, daß stille Wasser tief sind. Sie wird Margaret-Anne im Auge behalten.
Margaret-Anne gehört auch zu den Mädchen, die das heißbegehrte Blaue Band für gutes Benehmen und ausgezeichnete Leistungen bekommen haben. Mutter Anton hat selbst alle Eltern solcher Mädchen angerufen und ihnen vor Beginn des nächsten Semesters die gute Nachricht mitgeteilt. Sie setzt sich nachdenklich zurück. Sie überlegt, wie Margaret-Anne wohl auf die Nachricht reagiert. Mutter Anton war nicht mehr außerhalb des Klosters, seit sie vor einunddreißig Jahren eingetreten ist. Sie hat nie das Zuhause einer Schülerin gesehen. Sie hat immer mit den Ordensschwestern die Mahlzeiten zu sich genommen. Sie kann sich nicht vorstellen, wie ein Familienmahl heutzutage abläuft.

Die Miltons sitzen um den Eßtisch herum. Dr. Milton hat etwas zu sagen.
»Also, Matti. Deine Mutter und ich sind ungemein erfreut darüber, daß du mit dem Blauen Band belohnt worden bist. Es bedeutet, daß die Nonnen erkannt haben, daß einiges in dir steckt. Es ist ein großes Privileg, meine Liebe. Jetzt hast du die Chance, zu zeigen, aus was für einem Holz du geschnitzt bist. Die Schwestern kennen dich gut, Matti.«
Das Mädchen verkrampft sich innerlich. *Wie gut kennen die mich?*
»Sie kennen genauso gut wie ich deine selbstsüchtigen Anwandlungen. Auf die ich leider gelegentlich hinwei-

sen mußte. Diese Auszeichnung könnte zukunftsweisend sein. Stecke in dieses Jahr all deine Energie und zeige, was du kannst. Beiß die Zähne zusammen, und mach uns alle Ehre! Wie Desmond.«
Quatsch nur weiter so. Ich hör' nicht hin. Warum sollte ich? Ich kenn' das auswendig. Ich hör' dich laut und deutlich, aber ich hör' nicht hin. Sie sieht ihn an, beobachtet, wie sein Mund sich öffnet und schließt. Die Worte sprudeln ihr entgegen in die Leere.
Noch größere Leere, seit Desmond weg ist. Oh, was war das für ein Weihnachten! Die bevorstehende Abreise, die auf ihnen allen lastete! Er fehlt ihr, und sie wußte nicht, daß es so kommen würde. Desmond gab ihr Halt. Durch seinen Fleiß und seine Würde hat er den Vater stolz gemacht, und hat ihn für Mattis Verhalten entschädigt. Er hat den Vater durch seine vorzüglichen Qualitäten von der Tochter abgelenkt. Dafür ist sie dankbar. Er hat versprochen, um Erlaubnis zu bitten, damit er ihr Briefe schreiben kann, daß er für sie beten und immer ihr Freund sein wird.
»Komm schon, meine Liebe. Ich bitte nur um ein bißchen Liebenswürdigkeit. Einstmals, Matti, hast du uns soviel Freude am Eßtisch gemacht. Nicht wahr, Jungens?« Er blickt heiter in die Runde seiner Söhne, unbedeutende Punkte an Mattis Horizont. Sie nicken. Es ist ihnen ziemlich egal. »Denk daran, Liebes. Immer nur Arbeit und kein Spiel macht Jack …«
Hör auf zu quatschen und mach den Mund zu beim Essen. Ich habe die Nase gestrichen voll von deinen süßen kleinen Sprüchen. Von deiner ruhigen, vernünftigen Alles-zu-deinem-Besten-Stimme. O ja, ich weiß. Der ver-

nünftigste aller Männer. Alle müssen nach deiner Pfeife tanzen. Nun, du Tyrann, du weißt es nicht, aber die alte Mittelstürmerin, die tapfere alte Seglerin hat es nicht vergessen. Was auch immer ich machte, du wolltest es anders. Du hast jedesmal, wenn du ein Spiel anfingst, die Regeln geändert. Ich kann dir keine Freude machen. Ich kann es nicht. Nichts wird dir je recht sein. So traurig. Armer alter Dad, seiner kleinen Freuden beraubt. Nun, du hast ihnen den Garaus gemacht, du hast ihnen den Garaus gemacht, du …

Dr. Milton windet sich bei dem giftigen Blick, der das verdrossene Gesicht seiner Tochter überfliegt. Er hält sich nur mit Mühe zurück. Er beglückwünscht sich und die werten Schwestern, daß Matti in diesem Jahr das Blaue Band überreicht worden ist. Noch ein Jahr, härter als alle anderen – Disziplin, Verantwortung und Fleiß, und sie wird gehorchen. Sie muß. Denn er wird nicht nachgeben.

25

Dr. Milton bringt Matti selbst zu dem ewig gleichen Februarschauplatz. Jedes Jahr das gleiche. Der »Queen's Square« ist belebt von zurückkehrenden Mädchen. »Da wären wir, Matti. Gib dein Bestes, Hmm?« Dr. Milton dreht sich nach hinten, um für seine Tochter die Hintertür des Wagens zu öffnen. Sie küßt ihn flüchtig, nimmt ihren Koffer und steigt aus dem Auto. Sie geht unbeteiligt auf die Menge zu, die aufgeregte, lärmende Masse. Sie überfliegt die Listen, registriert ihren Namen und ihre Zimmernummer und steigt langsam die Treppe hoch. Noch vor einem Jahr hätte das Zimmer sie vielleicht entzückt. Jetzt empfindet sie nur eine überaus tiefe Erleichterung über die ihr gewährte Einsamkeit. Das Zimmer unter dem Glockenturm, mit den langen Fenstern und dem riesigen altmodischen Badezimmer, das sie für sich allein hat, für sich ganz allein. Leise schließt sie die Tür und läßt die Schule hinter sich. Sie setzt sich aufs Bett und starrt zum Hafen hinaus. Er erstreckt sich glitzernd und eisig vor ihren Augen. Sie kneift die Augen gegen die Helligkeit zusammen und atmet tief. Allein, allein, allein. »Matti! Wie schön, dich wieder bei uns zu haben!« Das Mädchen schreckt auf. Mutter Anton steht vor ihr. Bevor Matti sich erheben und ihren Knicks machen kann, beugt sich die Nonne zu ihr hinunter und küßt sie trocken auf die Wange. »Nun, meine Liebe, dies ist ein bedeutsames Jahr für

dich, nicht wahr?« Matti nickt. »Ihr seid uns alle lieb und teuer, du und deine Klassenkameradinnen. Aber du, Matti, bist unser ältestes Kind. Du bist am längsten bei uns. Wieviele Jahre sind es? Zwölf! Somit bist du etwas ganz Besonderes. Ich weiß, daß dieses Jahr für euch Mädchen sehr hart sein wird, wegen der Schlußexamina. Aber ihr könnt versichert sein, daß der Orden und ich alles in unserer Macht Stehende tun werden, um euch beizustehen. Gefällt dir dein Zimmer?«
»Ja, Mutter. Es ist wunderschön. Danke.«
»Gut. Gut. Aber nicht zuviel herumsitzen und aus dem Fenster starren! Ablenkungen können wir nicht zulassen, oder?« Die Nonne lacht, ein trockener, unangenehmer Laut, als ob sie wenig Übung in dieser Kunst hätte. »Nun, meine Liebe, ich muß hinuntergehen und bei der Aufsicht helfen. Es gibt so viel zu tun, wenn die Neuen kommen. Ich geh' aber immer gern erst einmal herum, begrüße meine Ältesten und rede ein paar Worte mit ihnen. Vielleicht hast du nach dem Abendessen, wenn alle mehr zur Ruhe gekommen sind, Lust, zu einem kleinen Schwatz in meinem Zimmer vorbeizuschauen. Herzlich willkommen bei uns, Matti!« Ein Strahl von Wärme dringt in das stille Mädchen. »Matti«, hatte die Mutter sie genannt.
Die Nonne dreht sich um und geht davon. Matti sitzt ganz still da. Die freundlichen Worte haben sie entwaffnet. Dicke Tränen laufen ihr das Gesicht herunter, bringen sie zum Schluchzen. *Liebe mich, bitte, liebe mich. Gibt es jemanden, der mich beschützen wird?* Es läutet zum Abendessen. Matti wäscht sich das Gesicht und läuft los, um sich unter die anderen Schulkinder zu mengen.

Als »Queen's Square« leer und still und der Rest der Schule oben beim Auspacken ist, wird sie in Mutter Antons Zimmer gerufen. Es riecht nach Bohnerwachs. Der Raum strahlt Nüchternheit aus, aber die Nonne zeigt ein breites Lächeln, so daß sich ihre Zügen glätten. Sie bittet Matti herein.

»Setz dich, Matti.« Matti setzt sich steif auf den Eichenstuhl. »Also, meine Liebe. Ich bin sicher, daß wir gut miteinander arbeiten werden. Nun, ich weiß, daß dies ein schwieriges Jahr ist. Auf euch Mädchen lastet der Examensdruck. Aber auch der Druck, zu wissen, daß ihr bald den Schutz des Klosters verlassen werdet und beginnen müßt, euren eigenen Weg in der Welt zu gehen. Ich habe keinen Zweifel, daß jedes »Sacré Coeur«-Mädchen dazu in der Lage ist. Wir bereiten euch hier nicht auf ein kontemplatives Leben vor. Wir bereiten jede von euch darauf vor, an den richtigen Platz in der Gesellschaft zu gelangen, indem ihr eure einzigartigen Fähigkeiten einbringt. Hast du darüber nachgedacht, Matti, wo du deine Fähigkeiten einsetzen möchtest?«

»Ja, Mutter.«

»Wirklich, meine Liebe? Und wo ist das?«

»Ich möchte die staatliche Schauspielschule besuchen, Mutter. Ich möchte Schauspielerin werden.«

»Oh. Und hast du das mit deiner Familie besprochen?«

»Ich habe es versucht, Mutter.«

»Und?«

»Nun ...«

»Ich verstehe. Ich kann deinen Wunsch begreifen, Matti. Du bist begabt. Wir haben uns all die Jahre an deinen Aufführungen erfreut. Aber, meine Liebe, das

Schauspielerdasein ist mit Versuchungen verbunden. Ich kann begreifen, daß deine Eltern sich Sorgen machen. Noch schlimmer, Matti, es ist kein sicheres Leben. Wie deine Eltern gehen wir davon aus, daß du die Universität besuchst und ein ordentliches Examen machen wirst. Vielleicht ist danach ein besserer Zeitpunkt, um zu entscheiden, ob du dich der Schauspielerei widmen willst. Wie auch immer, meine Liebe, darüber können wir später noch reden.«

»Bevor du zu Bett gehst, noch eines. Es ist Sitte, daß unsere Blaues-Band-Trägerinnen sich der »Mary-Sodality«-Gruppe anschließen und das Abzeichen tragen.«

»Oh, Mutter. Ich wäre nicht aufrichtig, wenn ich das täte. Ich empfinde keine ...«

»Empfinden? Was hat Empfinden damit zu tun?«

»Ich glaube an Gott, Mutter ...«

»Dem Himmel sei Dank dafür!« Mutter Anton ist Ironie nicht unbekannt.

»Ich weiß nicht, wo Er Seinen Platz in meinem Leben hat. Ich verstehe überhaupt nichts mehr.«

»Meine Liebe, es ist nicht deine Aufgabe, zu verstehen. Bitte um Seine Hilfe, Matti. Reiße die Himmelspforten mit deinen Gebeten auf. Schließ dich der Sodality-Gruppe an, und Unsere selige Jungfrau Maria wird auch dir helfen.«

»Noch nicht, Mutter. Aber ich will darüber nachdenken.«

»Matti, Matti, du wirst durch die Himmelspforten getragen werden, nachdem du dir schreiend und tretend jeden Zoll deines Weges hart erkämpft hast, aber du wirst durchgehen. Auf nun, ins Bett, und denk daran,

Unser himmlischer Vater zermahlt diejenigen zu Staub, die er mit seinen Händen zu Lehm machen wird. Gute Nacht und Gott segne dich, meine Liebe.«
Matti macht einen Knicks. Sie sehnt sich danach zu sprechen, eingehüllt, verborgen zu sein. Aber für das, was sie sagen möchte, gibt es keine Worte. Für dieses schleichende, düstere, schreckliche Zeug, das sich durch ihr Hirn windet. Sie verläßt das Zimmer. Die Gänge sind leer, dunkel und still. Nur ihre Schritte hallen in der Weite des Raumes wider. Sie durchschreitet die schweren getäfelten Türen und geht an der Kapelle vorbei, wo die Nonnen ihre Abendgebete singen. Sie hält einen Augenblick inne, beugt das Knie, *hilf mir,* und setzt den Weg, die Treppe hinauf, zu ihrem Refugium fort.
Das geordnete Klosterleben hat wieder begonnen. Zurückgezogener denn je bereitet sich Matti auf ihre Abschlußprüfungen vor.

Eines Sonntagmorgens begegnet sie überraschenderweise an der Bushaltestelle Flynn. Sieht in keiner Weise aus wie die Flynn, die sie noch im Gedächtnis hat. Aber es ist zweifelsohne Flynn. Die beiden Mädchen umarmen und küssen einander. »Oh, Flynn, ich habe dich so vermißt. Wirklich. Es ist wunderbar, dich zu sehen. Wie geht es dir?«
»Nicht besonders. Ich bin ein Wochenende zu Hause, weg von dem Gefängnis. Ich mußte kommen und meine alte Freundin sehen.« Sie entfernen sich etwas von der Bushaltestelle, gehen zu einer baumbestandenen ruhigeren Straße und setzen sich auf eine alte Steinmauer.

»Du siehst toll aus, Flynn, mit dem Make-up und so. Erlauben dir das deine Eltern?«
»Na ja, sie können mich nicht wirklich abhalten, oder?«
»Meine Eltern würden das tun.«
»Nun, meine nicht. Wahrscheinlich sind sie einfach so erleichtert, ein paar Nonnen gefunden zu haben, die mich das Jahr über aufnehmen, daß sie bereit sind, über alles andere hinwegzusehen. Arme alte Mum. Ich bin wohl sowas wie eine Prüfung für sie, nehme ich an.«
»Das nehme ich auch an«, lacht Matti. »Oh, Flynn, es ist wirklich toll, dich zu sehen.«
»Und wie kommst du zurecht, sag? Immer noch Beste bei all den Prüfungen. Blaues Band, wette ich.«
»Na ja ...«
»Ach, komm schon, Matti, ist doch Klasse. Ich bewundere dich so sehr. Habe ich schon immer, weißt du. Du packst die Dinge wirklich an. Du hast das, was mir fehlt. Disziplin. Gut für dich.« Matti sieht ihre Freundin an und empfindet große Zuneigung. Nichts Abschätzendes, nichts Wertendes. Im Wesen klar, unverfälscht und gut.
»Oh, ich wollte, du wärst noch bei uns.« Flynn sieht exotisch, reich und wundervoll aus. Wie ein seltsamer Paradiesvogel mit den mehrfarbigen Strähnen im Haar.
»Darfst du dein Haar so tragen?«
»Natürlich nicht. Aber was können sie machen? Das ist ein paar Wochen lang nicht rauszukriegen. Sie müssen es hinnehmen.«
»Sei vorsichtig, Flynn. Was passiert, wenn sie dich rausschmeißen?« Flynn zuckt mit den Achseln. »Was ist in deiner Tasche? Darf ich's sehen?« Es ist eine Reisetasche. »Klar. Nichts Dolles. Oh, da sind ein paar Törtchen

in dem weißen Papier. Vielleicht magst du was davon?« Matti tastet danach und zieht sie heraus. Sie mampfen gemeinsam. Matti untersucht den Inhalt der Tasche.
»Oh, Flynn, rauchst du?«
»Klar doch. Wenn ich kann.«
»Oh, und was ist das? Ein Lutscher?«
»Oh, Matti! Um alles in der Welt! Weißt du nicht, was das ist? Hast du sowas noch nie vorher gesehen? Es ist ein Tampon. Weißt du, du schiebst ihn dir selbst rein, statt diese schrecklichen Binden zu tragen.« Matti untersucht das Ding.
»Oh. Ich habe so was vorher noch nie gesehen. Aber ich dachte, weißt du, nun ja, Jungfrauen können sie nicht benutzen, oder wie ist das?«
»Weiß nicht. Wahrscheinlich nicht. Weiß nicht, wirklich.« Beiläufige Flynn. »Ich hab' auch 'ne Täto.«
»Ne was?«
»Eine Tätowierung.«
»Das ist nicht wahr.«
»Doch. Willst du sehen?« Matti nickt. Sprachlos. Flynn krempelt ihren Ärmel bis zur Schulter hoch und dreht sich leicht. Da ist die winzige Tätowierung.
»Flynn! Was soll denn das sein?«
»Es ist ein Manxman.« Flynn rollt den Ärmel wieder hinunter. Sie essen ein weiteres Törtchen. Und dann hat Matti die Idee, eine Idee von umwerfender Kühnheit.
»Flynn, ich hab' eine Entscheidung für das nächste Jahr getroffen. Ich geh' zum NIDA. Weißt du, zum ›Nationalen Institut für dramatische Kunst‹, einer Schauspielschule.«

»Wie schön für dich.«
»Willst du mir bei etwas behilflich sein?«
»Klar.«
»Schau, ich möchte nicht, daß irgend jemand davon weiß. Denn man wird versuchen, mich davon abzuhalten. Ich muß vollendete Tatsachen schaffen. Kannst du mir die Aufnahmeformulare und -bedingungen besorgen und mir dann in den Ferien alles geben?«
»Klar kann ich das. Kein Problem. Niemand öffnet die Post bei uns. Ich kümmere mich darum.«
»Flynn, du bist wunderbar. Versprichst du mir, daß du es nicht vergessen wirst.«
»Bestimmt nicht.«
»He. Guck mal auf die Uhr! Ich geh' jetzt besser. Sie werden zu Hause warten und sich wundern, wo ich geblieben bin.« Sie umarmen einander noch einmal. Matti entfernt sich den Hügel hinauf. Sie blickt einmal zurück, um zu winken. Flynn sitzt auf der Mauer und schlenkert mit den Beinen.
Flynn besorgt alle Unterlagen, taucht eines Sonntagmorgens während der Ferien in der Kirche auf und übergibt Matti alles nach der Messe.
»Ich möchte nicht, daß du dich mit dem Mädchen abgibst«, sagt Mrs. Milton. »Sie ist ein Schandfleck.«
Abends bereitet sich Matti in ihrem Zimmer unter dem Glockenturm auf das Vorsprechen vor. Die heilige Johanna, die Katharina aus *Heinrich V.* und eine Chorpassage aus dem *Ödipus*. Sie war noch nie so zuversichtlich. Das ist es!
Während der Septemberferien, Ferien, geprägt von langweiligen Lerntagen wegen des Examens, belügt

Matti ihren Vater zum erstenmal. »Ich muß heute zu dem Kinder-Mariä-Treffen.« Und weg ist sie, voller Entschlossenheit. Trotz ihrer Furcht. Trotz der Tatsache, daß die Lüge entdeckt werden wird. Daran besteht kein Zweifel. Sie trifft Flynn auf dem Campus. Sie gehen zu dem Theater, wo das Vorsprechen stattfinden wird. Sie trägt ihre Texte vor. Sie ist zuversichtlich. Es wird ihr gelingen. Es muß. Es muß. Es muß.

Eines Samstagmorgens, drei Wochen vor dem Semesterende bemerkt Matti die Spannung in der Luft, als sie nach Hause kommt. Furchterregend. Sie fühlt, wie die vertrauten Symptome sich über sie hermachen. Die Hitze, die ihren Schädel zu sprengen droht, die Enge, die ihren Hals schmerzen läßt, der Aufruhr, der in ihrem Bauch tobt.

»Nach dem Mittagessen, Matti, möchte ich dich im Salon sehen.« Matti sieht ihren Vater an. Er rollt einen langen braunen Umschlag zusammen und auseinander. Kaum unterdrückte Erregung geht von seiner massigen Gestalt aus. Besser, er kommt gleich heraus.

»Weshalb, Daddy?«

»Du durchtriebenes Geschöpf. Du hast mich verstanden. Nach dem Essen. Im Salon.« Was für eine Mahlzeit! Sie führt alle Gesten mechanisch aus, hilft beim Austeilen des Essens, kaut lustlos auf dem Fleisch herum. In der Zwischenzeit fragt Mr. Milton ihre Brüder detailliert über ihr Leben aus. Matti weiß, daß sie nicht existent ist, sie ist ausgeschlossen. »Desmond hat uns in seinem Brief erzählt ...« Matti versucht, seine Worte nicht an sich herankommen zu lassen. Heiliger Desmond, der zukünftige nette Priester. Sie vermißt ihn;

sie haßt ihn, weil er in diesem Haus auf ein Podest gestellt wird.

Nach dem Essen geht sie auf ihren Vater zu.

»Hilf deiner Mutter in der Küche. Ich nehme die Jungen mit zu einem Spaziergang. Wenn ich zurückkehre, möchte ich dich wartend vorfinden.« Wartend! Warum immer dieses Warten? Um ihr noch mehr Angst und Schrecken einzujagen. Um das Ausmaß seiner Macht zu zeigen? Wer das Sagen hat? Der Diktator!

Voller schrecklicher Erwartungen geht sie in die Küche. Sie wird sich ihm widersetzen, mit ihm kämpfen und siegen müssen. Es scheint unmöglich, daß es ihr gelingen wird. Sie wendet sich flehentlich an ihre Mutter. Vielleicht ...

»Was will er mir sagen?«

»Nein, Matti. Dein Vater kann sich mit dir befassen. Du bist hinterhältig, falsch und verschlagen. Ich will nichts mehr mit dir zu tun haben. Dein Vater kann sich mit dir befassen.« Mußte Mrs. Milton nicht schon die ganze Woche sein Wüten und seine schlechte Laune aushalten? Würde sie nicht alles tun für ein ruhiges Leben? Doch Matti kommt dazwischen. Mit ihren Einfällen. Mit ihren Plänen, sich zu entziehen. Mit ihrer Auflehnung gegen den Status quo.

»Bitte ...«

Die Mutter schüttelt den Arm ihrer Tochter ab. »Geh und kämm dir sofort die Haare aus den Augen.«

Die Isolation macht dem Mädchen heftig zu schaffen. Tränen der Enttäuschung und Angst brennen in ihren Augen.

»Hör mit dem Quatsch auf. Krokodilstränen. Oh, du bist

eine tolle kleine Schauspielerin, Matti.« Die Stimme ihrer Mutter ist voller Verachtung und Abneigung. »Geh jetzt. Geh und warte auf deinen Vater.«
Es passiert etwas Entsetzliches. Matti, die so voller Angst und einsam ist, lacht. Irgendwo aus einem perversen, verstörten, hysterischen Teil ihres Innern bricht ein schrilles Lachen hervor, das sie nicht unterdrücken kann. Ihre Mutter schlägt ihr hart ins Gesicht. Matti flieht aus der Küche. Der Salon ist streng und freudlos, lächerliche Dresdner Schäfer und Schäferinnen stehen auf dem Kaminsims und auf den Ziermöbeln herum. Sie wartet. Der Nachmittag vergeht. Eine Stunde, zwei Stunden. Schließlich kommt er. Sie hört das Lachen, das Geschäker und das Hasten der Schritte. Sie hört ihn den Mantel ablegen und auf sie zukommen. Er tritt ein. Sie sieht die grimmig zusammengekniffenen Lippen und den eiskalten Zorn in seinen Augen, der sich in sie hineinbohrt. »Steh auf!« befiehlt er. »Was hat dies zu bedeuten?« Er hält einen Umschlag hoch. Sie geht auf ihn zu und greift nach dem Umschlag. Er zieht ihn zurück.
»Ich habe dich gefragt, was dies zu bedeuten hat. Ich warne dich, Matti. Ich bin ein toleranter Mann, aber meine Geduld ist zu Ende.«
»Was ist denn das?« flüstert sie.
»Das weißt du ganz genau.«
»Tu ich nicht.«
»Das tust du doch. Ich warne dich zum letzten Mal.«
»Ist er von NIDA?« fleht sie. Die Angst davor, was er mit ihr machen wird, zwingt sie zur Unterwürfigkeit. Ein unkontrollierbarer Schwall von Schuldgefühlen überkommt sie.

»Wir hätten uns viel Zeit und Unannehmlichkeiten sparen können, wenn du das gleich gesagt hättest. Warum, mit Verlaub, war es notwendig, uns zu hintergehen?«

»Weil ... weil ich davon ausging, daß du mich anders nicht gelassen hättest.«

»Ah.« Es ist ein tiefes Aufatmen, ein langes, zufriedenes Aufatmen. »Siehst du, Matti. Du hast es gewußt und bist trotzdem losgezogen. Du bestätigst einfach meine Überzeugung ...«

»Aber, Daddy, bitte. Ich will das. Es ist mein Leben. Was haben sie gesagt? Bitte!«

»Es erübrigt sich wohl für mich zu sagen, Matti, daß ich deinen Studienplatz und das Stipendium abgelehnt habe. Du weißt ganz genau, daß deine Mutter und ich als verantwortliche Eltern das nicht erlauben konnten.«

Er zerreißt den Umschlag samt Inhalt in winzige Fetzen, wirft alles in den Kamin, zündet ein Streichholz an und setzt die Papierstücke in Brand. *Ich habe es nicht einmal gesehen, und es ist mein Leben,* geht ihr durch den Kopf. Sie beobachtet, wie die Flammen züngeln und das Papier schwarz wird. *Mein Leben.*

»Sieh mal, meine Liebe. Es ist zu deinem eigenen Besten, daß ich solche Schritte unternommen habe. Ich habe auch den Kaplan von der Universität gebeten, etwas später herüberzukommen und mit dir zu reden. Du wirst selbst hören, daß dieser Ort einfach indiskutabel ist. Erinnere dich, meine Liebe, was nutzt es einem Mann, wenn er die ganze Welt gewinnt und seine Seele verliert? Du wirst dich hinsetzen und dir anhören, was Pater Cosgrove zu sagen hat.«

»Werde ich nicht.«

»Wie bitte?«
»Werde ich nicht.«
»O doch, meine Liebe, das wirst du. Solange ich Herr in meinem eigenen Haus bin, wirst du tun, was ich dir sage. Du wirst heute abend ins Kloster zurückkehren und sonntags keinen Ausgang mehr haben, bis die Prüfungen vorüber sind. Du wirst dich ganz dem Lernen widmen. Und wenn du die Noten nicht schaffst, zu denen, wie wir wissen, du fähig bist, wirst du nächstes Jahr ins Kloster zurückkehren und das letzte Jahr wiederholen. Du wirst dich bemühen, deiner hinterhältigen, halsstarrigen Verhaltensweisen Herr zu werden. Du wirst dieses störrische, launische Benehmen abstellen. Wenn du hart arbeitest, kannst du damit rechnen, daß du schließlich – denn von nichts kommt nichts – aus deiner Lernerei eine große Befriedigung ziehst. Und, Matti, ich erwarte von dir, daß du mit der Schauspielerei weitermachst. Ich erwarte, daß du die Talente nutzt, die Gott dir geschenkt hat, so daß wir stolz auf dich sein können. Aber als ein Hobby, als ein gesundes Hobby, das Spaß macht. Vielleicht kann ich dann vergessen, was für Unglück du mit deiner Selbstsucht über dieses Haus gebracht hast. Ich möchte nicht immer wieder davon anfangen, aber du hörst nicht auf …«
»Hörst nicht auf mit was?« Sie hört sich schreien.
»Es besteht keinerlei Notwendigkeit, die Stimme zu erheben, meine Liebe. Du weißt sehr gut, worauf ich anspiele.«
»Nichts weiß ich. Gar nichts. Ich habe es nie gewußt und werde es nie wissen.«
»Dann kann ich dir nur empfehlen, jetzt intensiv dar-

über nachzudenken. Bleib hier und denk darüber nach. Laß mich wissen, wenn du zu einem Ergebnis gekommen bist.«

»Ich will einfach nur, daß du mich mein eigenes Leben führen läßt. Das ist alles. Was ist daran so selbstsüchtig? Du bist der Selbstsüchtige. Und du bist der Tyrann. Du willst mein Leben ebenso wie …«

»Das reicht!«

»Nein. Es ist wahr. Du willst immer, daß ich das tue, was dir und deinen Bedürfnissen behagt. Warum soll ich alles auf deine Weise machen? Ich bin ich, nicht du.«

Er steht da und schüttelt traurig den Kopf über sie. Die Milde in seinem Gesicht bringt sie zur Raserei. Sie spürt, wie ihre rechte Hand sich hebt, und sie weiß, daß sie drauf und dran ist, ihn zu schlagen. Daß sie dieses selbstgefällige, lächelnde, wissende Gesicht ins Jenseits befördern möchte. Sie spürt, wie ihre Hand sich regt. Während ihr Hirn langsam arbeitet, spürt sie, wie die andere Hand sich hebt und dem Schlag zuvorkommt, so daß sie mit erhobenen Händen, wie zum Gebet verschränkt, vor ihm steht.

»Es ist zwecklos, mich auf diese Weise anzuflehen, Matti. Du kannst mich nicht blenden, meine Liebe. Ich bewahre dich nur vor einem einsamen Leben. Du bist ohne Freunde, Matti, und wirst es immer bleiben, wenn du dich weiter so benimmst.«

»Sag das nicht. Es ist nicht wahr. Ich habe eine Menge Freunde, ich habe Flynn.«

»Flynn!« Er lacht sauertöpfisch.

»Ja. Flynn. Was stimmt nicht an ihr? Komm schon. Sag's mir.«

»Gut, wenn du darauf bestehst. Flynn übt schlechten Einfluß aus. Du hast jeglichen Kontakt mit ihr abzubrechen. Ihr Verhalten gegenüber den Schwestern war immer schlimm und ...«
»Woher willst du das wissen?«
»Ich habe meine Quellen. Du kannst versichert sein, daß es sehr wenig gibt, was ich nicht weiß.«
»Du glaubst, du bist Gott, der alles weiß. Nun, du bist es nicht. Flynn ist meine Freundin und wird es immer bleiben.«
»Das mag sein, wie es will, aber jetzt ist es aus mit der Freundschaft. Gleich und gleich gesellt ... Matti. Das ist ein anderer Grund, weshalb du bis Semesterschluß im Kloster bleiben wirst.« Er hält inne. »Freunde?« Mattis Kopf schießt ungläubig hoch. »Freunde?« Er fragt noch einmal und streckt die Hand aus.
Sie starrt ihn an. Zorn und Haß erfüllen ihren ganzen Körper. Sie sieht die Gefangenen auf der Folterbank die Folterwerkzeuge küssen. *Haß. Haß. Gift und Galle spucken. Es wird mich zerreißen, wenn ich dieser Entladung von Kotze nicht Einhalt gebieten kann. Wie kann ich dem allem nur entkommen?* Glühend heiß und eiskalt, in ihrer Höhle gefangen, streckt sie langsam mit abgewandten Augen die Hand aus.
»Aber, aber, Matti. Mit etwas mehr Liebenswürdigkeit, bitte. Erinnere dich an unseren kleinen Schwatz. Keine weiteren Worte. Denk daran, Liebes, ich bin auf deiner Seite.«
Er nimmt die Hand, schüttelt sie, tätschelt sie sanft seitlich am Kopf und eilt aus dem Zimmer. Matti steht ganz still da und läßt den Aufruhr, die üblen, widerwär-

tigen Dinge entweichen. *Still. Still. Still. Eine falsche Bewegung, und sie werden überall hinsprühen, und der Gestank, der Schleim werden immer haftenbleiben.* Sie steht regungslos da. Sie hat keine Ahnung, wie sie je wieder vom Fleck kommen soll.

26

Mutter Anton beobachtet ihre oberste Klasse sehr genau. Sie weiß, daß die Mädchen zu übertriebenem Verhalten neigen, wenn der Examensdruck zu groß wird. Sie achtet darauf, daß sie zum Frühstück gekochte Eier essen, vor dem Tee ein Tonicwasser zu sich nehmen und vor dem Zubettgehen heiße Milch trinken. Sie streift durch die Räume und prüft, ob unter den Matratzen Taschenlampen oder Notizen versteckt sind. Sie beobachtet genau. Aber nicht genau genug.

Matti hält den Passierschein für den Schlafsaal hoch, und die Aufsicht habende Nonne im Studierraum nickt. Matti geht schnell nach oben. Ihr Herz klopft und ihre Schläfen hämmern. Angst drückt sie fast zu Boden. Sie weiß, wie sie diese Gefühle verscheuchen kann, aber dazu braucht sie ihre Intimsphäre. Sie kann nicht immer warten, bis die Nacht hereinbricht und sie mit ihrem weichen Nadelkissen in Dunkelheit und Frieden allein ist. Das Klopfen scheint sie zu zerreißen. Ihr ganzer Körper pocht vor Kummer. Ihr Hals sticht vor Anspannung. Weg. Weg.

Sie geht in ihr Zimmer, schließt fest die Tür hinter sich und setzt sich aufs Bett. Sie starrt auf den Hafen hinaus und beginnt sich hin und her zu wiegen. Manchmal genügt das Wiegen zur Beruhigung, und sie braucht nichts anderes mehr. Hypnotisch und rhythmisch wiegt sie sich vor und zurück und zählt langsam und automatisch vor sich hin. Sie hält die Arme eng an ihren Körper gepreßt. Schützt sich selber, unfähig, etwas anderes zu berühren oder zu empfinden. Alles um sie herum ist eine glitzernde Eisfläche, makellos und schrecklich, die sie in ihren Bann zieht. Matti schaukelt sanft. Sie darf nicht an dem Eis rühren, sonst werden sich tiefe Schluchten öffnen und sie verschlingen. Sanft, sanft, schaukeln und schaukeln.

Aber bevor die Ruhe kommt, ertönt die Tee-Klingel. Sie hört sich vor Entsetzen keuchen. Wie kann sie hinuntergehen, solange die Hitze, diese Angst sie noch umklammert halten, solange die Metallkiefer der Falle noch in ihrem Nacken verbissen sind? Müde und schwerfällig streckt sie die Hand aus und zieht aus ihrem Schrank eine kleine Flasche. Sie taucht den Zeigefinger in die fettige Masse, steht ganz still da und führt den Finger nacheinander an beide Augäpfel. Das Brennen läßt sie vor Schmerz keuchen. Ihre Augen füllen sich mit Wasser, versuchen, das ölige Zeug abzuweisen und wegzuwaschen. Brutal, doch schon ruhiger, schmiert sie noch mehr hinein. Sie zwingt sich, mit weit geöffneten Augen in die schimmernden Trugbilder der Ferne zu starren. Inzwischen sind ihre Augen blutunterlaufen und voller Tränen. Sie kann das Brennen und Stechen kaum noch ertragen. Ihr dreht sich der Magen um. Sie stürzt ins Badezimmer. Sie muß sich vor Schmerz übergeben. Als das Würgen und Ächzen nachlassen, richtet sie sich auf. Nun ganz ruhig. Sie geht mit gebeugtem Kopf in den Studierraum zurück, legt den Passierschein wieder hin und schließt sich den auf den Speisesaal zuströmenden Reihen an.

Sie sitzt da, ohne ein einziges Wort während der Mahlzeit zu sprechen. Ihre Tischnachbarinnen gucken auf ihre geschwollenen Lider und auf die verweinten Augen und wundern sich. Beiläufig. Schließlich ist sie in der obersten Klasse, die Prüfungen sind nah. Da fließen schon mal Tränen.

Freitag nachmittag. Mutter Anton unternimmt einen stillen Spaziergang durch den Busch. Sie hat ihre Mädchen zum Tennisspiel getrieben.
»Und nun los mit euch! Arbeitet euch aus! Verschafft euch einen klaren Kopf. Es wird erst wieder am Schreibtisch gesessen nach dem Tee heute abend. Los geht's.« Mutter Anton hat sich auf und davon gemacht. Sie braucht Ablenkung und Ruhe wie ihre Schülerinnen. Ihre Pflichten sind beschwerlich. Die Möglichkeit einer Pause wird ihr selten geboten. So wandert sie nun zu dem Kap, dem gefährlichen Felsvorsprung, unterhalb dessen die gefälligen Hafenstrände liegen. Sie wird einen Felsbrocken finden, um sich darauf zu setzen und dort ungestört ihren Rosenkranz zu beten. Kein Mädchen wird sie stören. Denn hier ist absolut verbotenes Terrain für sie, außer beim Versteckspielen an Festtagen. Wer kauert da also im Schutz der Felsen und starrt hinaus auf den Hafen? Mutter Anton beschleunigt den Schritt und klatscht herrisch in die Hände. »Wer ist da? Wer ist es? Matti!« Sie ist bei dem Mädchen angekommen. »Was um alles in der Welt tust du hier? Du sollst auf dem Sportgelände sein.« Das Mädchen rührt sich nicht und nimmt die Nonne in keiner Weise zur Kenntnis. »Matti!« Sie schüttelt das Mädchen an der Schulter.

Es dreht sich langsam um und starrt sie an. »Matti, was um alles in der Welt machst du hier? Du solltest bei den anderen sein.« Das Mädchen fährt fort, sie anzustarren. Mutter Anton starrt zurück. »Matti, steh sofort auf!« Sie streckt die Hand aus, um dem Mädchen zu helfen. Benommen kommt Matti hoch, das Gesicht ausdruckslos. Sie scheint Mühe zu haben, die Augen auf einen Punkt zu konzentrieren.

»Meine Liebe ...«

»Tut mir leid, Mutter, ich weiß nicht ...«

»Wie lange bist du schon hier, Matti?« Das Mädchen schüttelt den Kopf, zu keiner Antwort fähig. Ein Schauder durchfährt die Nonne. Das Gesicht des Mädchens. Als wenn ein Rad im Getriebe fehlte, ein entscheidendes Teil in einer einzigartigen Maschine. Diese Examina! Sie setzen die Mädchen unter zu großen Druck. »Macht nichts, Liebes, macht nichts! Aber du darfst nicht einfach davonlaufen. Ist kein gutes Beispiel für die anderen. Wir gehen zusammen zurück, ja, und vielleicht können wir in der Küche eine Tasse Tee für dich kriegen.« Sie faßt Matti unter und tätschelt liebevoll ihren Kopf. Und so machen sie sich auf den Weg, die Nonne und das müde Mädchen. Mutter Anton merkt, wie das Mädchen auf merkwürdig langsame Art den Kopf dreht und sie anstarrt, die Augen verloren und traurig. *Wenn ich mich mit meinem ganzen Gewicht gegen dich lehnte, würdest du mich halten können? Wenn ich mich gegen dich lehnte, würdest du mir helfen weiterzugehen?*

»Da sind wir, Liebes. Trink das. Du bist übermüdet. Die Prüfungen beginnen nächste Woche. Du darfst dich nicht überanstrengen. Kein spätes Lernen mehr für dich, Mädchen, und bleib morgens etwas länger im Bett. Wir können nicht zulassen, daß du vor den Prüfungen noch krank wirst, nicht wahr?«

In der Aula sind Tische in Reihen aufgestellt, die Vorhänge zugezogen, um die starke Morgensonne abzuhalten. Fremde Leute sitzen an den Wänden auf Klappstühlen, alte Frauen mit Strickzeug, zittrige alte Männer mit nikotinverfärbten Fingern, die so gern einen Glimmstengel sehen möchten. Jetzt strömen die Mädchen allmählich herein. Die Nonnen geben ihnen an der Tür allerletzte Ratschläge und schieben sie mit einem Gebet und aufmunternden Worten vorwärts. Die Vertreter des Erziehungsministeriums beginnen Blätter zu verteilen. So ist das tagelang gegangen. Das ist das letzte Blatt.

»Ihr habt zehn Minuten, euch das durchzulesen. Keine Schülerin darf anfangen zu schreiben, bevor nicht die zehn Minuten um sind. Ihr könnt jetzt eure Blätter umdrehen.« Hektische Bewegungen, die Spannung läßt nach. Konzentration. Dann klingelt es. Es ist Zeit. Sie fangen an zu schreiben, die gestochene »Sacré Cœur«-Handschrift verschwimmt immer mehr im Laufe der Zeit. Hefte füllen sich. Fakten und Zahlen, Theorien und Philosophien, Diagramme und Tabellen, die sie gepaukt haben, werden auf dem Papier wiedergekäut. Geballtes Wissen.

Nur Matti hat noch nicht angefangen zu schreiben. Sie starrt verwirrt auf die Fragen vor ihr. Es steigt ein blendender Glanz von dem Papier zu ihr auf; sie schielt. »Du wirst dich ganz dem Lernen widmen. Und wenn du die

Noten nicht schaffst, zu denen, wie wir wissen, du fähig bist, wirst du nächstes Jahr ins Kloster zurückkehren und das letzte Jahr wiederholen ... Und, Matti, ich erwarte von dir, daß du mit der Schauspielerei weitermachst. Ein gesundes Hobby, das Spaß macht.« Matti starrt über die Köpfe der Aufsichthabenden hinweg auf die geschlossenen Bühnenvorhänge. Sie knirscht mit den Zähnen. Ihr Körper vibriert vor Panik. Hoffnungslos greift sie nach der Feder.
Drei Stunden vergehen. Die Zeit ist fast um. Matti starrt auf die Seiten und versucht das Geschriebene noch einmal zu lesen. Seite um Seite vollgeschrieben. Ihr Geist weigert sich, ihr zu gehorchen, ihre Augen nehmen kaum etwas wahr. Sie ist unfähig zu lesen, was sie geschrieben hat. Sie überlegt, ob sie überhaupt etwas geschrieben hat. Vielleicht ist es eine Illusion. Bestimmt nicht. Hat sie nicht alles geschrieben, was sie über das Thema gelernt hat? Sie kann es nicht entziffern. Sie starrt auf das Gekritzel. Sie kneift die Augen zusammen, um die Wörter zu erkennen. Schwungvolle Striche und Rundungen, Schnörkel und Punkte, vor ihren Augen sich vergrößernd und verblassend. Es ist nutzlos. Sie kann nicht lesen, ob es Englisch oder Kauderwelsch ist, ob es gescheit oder unsinnig ist. Sie gibt auf, lehnt sich auf ihrem Stuhl zurück und wartet.

Dr. Milton wartet. Er wartet nun schon lange. Er hat die oberste Klasse aus ihrer letzten Prüfung in die Verheißung einer sonnigen Welt strömen sehen. Alle haben sie durcheinandergeredet, die Bücher in die Luft geworfen, die Nonnen geküßt, sind einander um den Hals gefallen und über ihr Gepäck gestolpert. Rufe und Versprechungen und der Drang, nichts wie weg. Er wartet. Die Menge wird kleiner, der Lärm schwächer. Matti kommt nicht. Dr. Milton sieht auf seine Uhr, runzelt die Stirn und marschiert auf die »Queen's Square«-Tür zu. Wo er Mutter Anton in die Arme läuft.

»Guten Tag, Mutter. Ich warte auf Margaret-Anne. Haben Sie sie gesehen? Die anderen sind schon alle weg.«

»Oh, tut mir leid, Doktor. Vielleicht ist sie losgezogen, um sich von ein paar Jüngeren zu verabschieden. Wir werden sie sofort für Sie suchen.« Sie macht einer jungen Novizin ein Zeichen.

»Mutter, könnten Sie mal eben gehen und nach Margaret-Anne Ausschau halten? Ihr Vater wartet. Ich werde selbst nachsehen, Doktor. Einen Augenblick, bitte.«

Sie geht und steigt die Treppen zu Mattis Zimmer hinauf. Es ist leer. Der Koffer mit der alten Mohairdecke darauf steht neben dem Bett. Die Matratze ist seitlich hochgestellt und das Bettzeug ordentlich zusammengelegt. Mutter Anton guckt im Badezimmer nach. Leer. Sie geht hinaus und die Turmtreppe hinunter. Sie hört eilige Schritte.

»Mutter?«

»Ja, Mutter. Ich habe sie gefunden ...«

»Sag ihr, sie möchte sofort herkommen. Ihr Vater war ...« Die beiden Nonnen sind in der Düsternis der Treppenbiegung zusammengetroffen. Die Stimmen ersterben. Mutter Anton folgt der anderen Nonne.

In einer dunklen Ecke der Turmtreppe findet sie das Mädchen. »Matti! Matti!« Das Mädchen rührt sich nicht. Ihre Augen starren stumpf auf ein eisiges Ödland. Blut und Eis und Ferne sind eins geworden. »Mutter, bitten Sie Dr. Milton, sofort zu kommen. Schnell! Ich warte hier.« Sie beugt sich über die stille, zusammengekauerte Gestalt, flehentlich summend. Lieber Gott, lieber Gott. Ihre Augen folgen den schrecklichen, wie mit einem Rechen gekratzten Striemen. Sie hält die blutige Hand. Sie drückt das von Wahnsinn gezeichnete Gesicht gegen ihr schwarzes Gewand.

Man hört schnelle Schritte. Die Nonne sieht zu Mattis Vater auf, sprachlos, flehend. Er sieht auf seine Tochter herab, Verwirrung, Schmerz, Ungläubigkeit in den Augen. Er beugt sich nach vorn, als wolle er sich über sie werfen. Doch dann nimmt er wieder Haltung an. Seine Stimme krächzt vor Verzweiflung. Er räuspert sich.

»Säe den Wind, und du wirst den Sturm ernten«, sagt er zu irgend jemandem.

27

Das war es also. Das war es, weshalb Margaret gekommen war. Ihrem Vater gegenüberzutreten, ihr Leben zusammen noch einmal durchzuspielen und zu sehen, wieviel Macht er noch über sie hatte. Um ein für alle Male herauszufinden, ob sie allein bestehen konnte, erwachsen, stark genug und gesund, und ihn und die Vergangenheit nicht brauchen würde, um ihre Existenz zu bestätigen. Sie betrat das Badezimmer, streifte schnell die Kleider ab und duschte sich die Erschöpfung der Nacht vom Leib. In einem Becher stand eine Zahnbürste. Sie zögerte einen Augenblick, belud sie dann mit Zahnpasta und putzte sich die Zähne. *Er würde nichts dagegen haben. Über das Etwas-dagegen-Haben ist er hinaus. Und ich habe auch nichts dagegen. Wir gehören zusammen, nicht wahr?* Als sie wieder zurückkehrte, war er wach. Die Schwester gab ihm erneut eine von den Spritzen, die er schon in der Nacht bekommen hatte. Ihr Vater beobachtete sie. Er schien wach und ausgeruht.
»Komm her, Liebes. Komm her.« Sie eilte hinüber. Er machte eine schwache Geste zur Wand hin. »Es ist eine außergewöhnliche Sache. Siehst du das Bild? Kann nicht verstehen, wie sie das machen. Siehst du's? Die beiden Chinesen. Guck es dir von der Seite an. Siehst du's? Sich so zu bewegen. Gekonnt, was? Siehst du den Rauch? Siehst du, wie der Rauch nach unten zieht?« Er blickte vergnügt auf dieses magische Bild.

»Siehst du's?«
»Nun, nicht wirklich. Es ist ein Bild mit Kamelien, Daddy. Du weißt, Blumen.«
»Ja, nun, vielleicht sind's Blumen. Aber Chinesen sind auch da.«
Sie setzte sich neben das Bett. Wieder stahl sich seine Hand unter der Bettdecke hervor und suchte die ihre. Sie nahm sie und ließ sie müde in der ihren ruhen.
»Was mache ich hier, Liebes?«
»Du bist krank, Daddy.«
»Nein. Nein. Nein. Nein. Wie bin ich hier 'raufgekommen?«
»Wohin?«
»Hier. Nach Brisbane. Ich konnte lange Zeit nicht Auto fahren. Wer ist gefahren?«
»Du bist nicht in Brisbane.«
»Wo bin ich dann?« Da waren Angst und Verwirrung in dem eingefallenen Gesicht.
»Es ist alles in Ordnung, Lieber. Du bist im Krankenhaus. Ich bin hier bei dir. Die anderen werden auch bald hier sein.«
»Schrecklich. Schreckliches Durcheinander. Auf dem Nachtpfad.« Sie sah ihn an und spürte Entsetzen in sich hochsteigen. *Nein, laß ihn nicht so sein. Es ist unerträglich Stirb. Bitte, stirb!* Aber er hörte nicht auf. Er konnte nicht aufhören. Er redete wirres Zeug, und er suchte bei ihr nach Erklärungen und Bestätigungen. Sie nickte, bejahte und konnte keinen Sinn in dem Kauderwelsch erkennen. Laß Stille einkehren, betete sie, und umklammerte die Hand noch fester. Plötzlich erhob er sich im Bett. Er beugte sich vor und tätschelte kräftig ihr Bein.

»Gute feste Schenkel«, sagte er, sehr klar. Dann legte er sich aufs Kissen zurück und schloß die Augen. Das waren seine letzten Worte.
Sie blickte in sein Gesicht. Etwas hatte sich verändert. Sein Kopf war auf die Seite gefallen, sein Mund stand offen, ein tiefes Gurgelgeräusch entströmte ihm. Ein Röcheln. Das Todesröcheln. Sie erkannte es sofort. Das mußte es sein. Jetzt würde es nicht mehr lange dauern. Bald würde er tot sein. Es würde zu Ende sein. *Oh, Daddy.* Sie beugte sich über ihn und strich ihm über das weiche, weiße Haar. Jetzt konnte er ihr nicht Einhalt gebieten. Sie konnte tun, was immer sie wollte.
Selbst als ihre Mutter und ihre Brüder ankamen, blieb sie, wo sie war, am Kopfende des Bettes, ihn streichelnd. Er kämpfte sich immer weiter durch den Tag hindurch, röchelnd und um Atem ringend. Sie sprach nur einmal. Um die Schwester zu fragen, ob er Schmerzen hatte. Ob dieser Kampf so schrecklich war, wie es schien. Nein, lehrte man sie, er würde es nicht mehr merken. Nur um sicherzugehen, spritzten sie ihm nun alle zehn Minuten die Droge.
Das Zimmer war voll. Familie, Nonnen, alte Freunde, die alle anwesend sein wollten, um für eine sichere Reise zu sorgen. Sie bemerkte, daß Desmond mit dem Arm um die Schulter seiner Mutter dastand. Auf seltsame Weise war sie froh darüber und ihrem Bruder dankbar. Alle paar Minuten näherte sich jemand dem sterbenden Mann und stieß ihm einen Schlauch in den Rachen. Es gab ein würgendes, saugendes Geräusch, und eine schmutzigbraune Masse kam zum Vorschein. Laßt ihn in Ruhe, wollte sie schreien. Laßt ihn in Ruhe. Laßt ihn

sterben. Es kann doch bestimmt nichts ausmachen. Aber es wurde so sanft gemacht, mit leisem Gemurmel und Zärtlichkeit, daß sie den Kopf abwandte.
Es macht nichts mehr aus. Wir haben gelebt. Wir haben uns bemüht. Wir haben unser Bestes gegeben. Ich bin nicht gestorben, Daddy. Ich wollte dir sagen, daß ich dir vergeben habe. Aber ich habe nichts gesagt, weil du nicht wußtest, daß du Vergebung brauchtest. Und wenn das so war, konnte ich dich dafür verantwortlich machen? Und jetzt stirbst du, und ich sehe, daß du kämpfst wie ich. Eines Tages werde auch ich sterben, aber noch nicht so schnell. Vielleicht werden wir uns eines Tages fröhlich im Himmel begegnen. Dann wirst du alles wissen. Und ich auch. Aber jetzt verstehen wir so wenig. Ich kann warten.
Irgendwann trat die Veränderung ein. Für sie unmerklich. Eine alte Nonne, die in der Ecke saß, begann laut zu beten.
»Gegrüßet seist du, Maria, voll der Gnade, der Herr ist mit dir. Du bist gebenedeit unter den Frauen und gebenedeit ist die Frucht deines Leibes, Jesus. Heilige Maria, Mutter Gottes, bete für uns Sünder, jetzt und in der Stunde unseres Todes. Amen.« Gegrüßet seist du, Maria … Und so ging es unentwegt weiter. Der Körper auf dem Bett kämpfte nicht mehr gegen das Röcheln an. Er war ruhiger, die Abstände zwischen den Atemzügen wurden länger und länger. Margaret bewegte sich. Sie setzte sich aufs Bett und nahm den armen, müden alten Kopf in ihre Arme. Dort blieb er liegen. Ruhiger und ruhiger. Gegrüßet seist du, Maria … Heilige Maria …
»Bete für uns Sünder, jetzt und in der Stunde unseres

Todes. Amen.« Unablässig wie das Mantra. Margarets Lippen bewegten sich. Die Laute strömten hypnotisierend über sie weg. Immer weiter und weiter. »Bete für uns Sünder.« Sie drückte den Kopf an sich, den sie gehaßt, geliebt und fast zu Tode gefürchtet hatte. Die Tränen flossen ihr die Wangen hinunter, es kümmerte sie nicht. Sie war von Mitleid mit diesem Mann überwältigt, der sich so viel Mühe gegeben hatte. So vieles hatte er falsch angefangen. Aber gerade durch den Akt des Sterbens verschaffte er ihr die Möglichkeit, ihm noch einmal gegenüberzutreten und zu erkennen, daß sie ihn bei allem Haß doch liebte und nun in Ruhe weiterleben konnte.

Er gab einen letzten langen Seufzer von sich. Er war tot.

Bibliografische Information der Deutschen Nationalbibliothek:
Die Deutsche Nationalbibliothek verzeichnet diese Publikation in der Deutschen Nationalbibliografie; detaillierte bibliografische Daten sind im Internet über **http://d-nb.de** abrufbar.

Für Fragen und Anregungen:
stelter@finanzbuchverlag.de

2. Auflage 2014

Nymphenburger Straße 86
D-80636 München
Tel.: 089 651285-0
Fax: 089 652096

Lektorat: Rainer Weber, München
Umschlaggestaltung: Maria Witteck, München
Satz: Carsten Klein, München
Druck: Konrad Triltsch, Ochsenfurt
Printed in Germany

ISBN Print 978-3-89879-875-4
ISBN E-Book (PDF) 978-3-86248-359-4
ISBN E-Book (EPUB, Mobi) 978-3-86248-360-0